U0932560

外国文学学术史研究

主编

陈众议

左拉学术史研究

Etudes sur l'Histoire des Etudes de Zola

吴岳添 著

译林出版社

图书在版编目(CIP)数据

左拉学术史研究 / 吴岳添著. —南京：译林出版社,2014.1
(外国文学学术史研究 / 陈众议主编)
ISBN 978-7-5447-2412-8

Ⅰ.①左… Ⅱ.①吴… Ⅲ.①左拉,E.(1840～1902)—文学研究 Ⅳ.①I565.074

中国版本图书馆 CIP 数据核字（2011）第 227128 号

书　　名	**左拉学术史研究**
作　　者	吴岳添
责任编辑	张媛媛
出版发行	凤凰出版传媒股份有限公司 译林出版社
出版社地址	南京市湖南路 1 号 A 楼，邮编：210009
电子邮箱	yilin@yilin.com
出版社网址	http://www.yilin.com
经　　销	凤凰出版传媒股份有限公司
印　　刷	南京爱德印刷有限公司
开　　本	718 毫米×1000 毫米　1/16
印　　张	19.25
插　　页	2
字　　数	215 千
版　　次	2014 年 1 月第 1 版　2014 年 1 月第 1 次印刷
书　　号	ISBN 978-7-5447-2412-8
定　　价	58.00 元

译林版图书若有印装错误可向出版社调换
(电话：025-83658316)

总序

在众多现代学科中，有一门过程学。在各种过程研究中，有一种新兴技术叫生物过程技术，它的任务是用自然科学的最新成就，对生物有机体进行不同层次的定向研究，以求人工控制和操作生命过程，兼而塑造新的物种、新的生命。文学研究很大程度上也是一种过程研究，从作家的创作过程到读者的接受过程，而作品则是其最为重要的介质或对象。问题是，生物有机体虽活犹死，盖因细胞的每一次裂变即意味着一次死亡；而文学作品却往往虽死犹活，因为莎士比亚是“说不尽”的，“一百个读者就有一百个哈姆雷特”。

换言之，文学经典的产生往往建立在对以往经典的传承、翻新乃至反动（或几者兼有之）的基础之上。传承和翻新不必说，即使反动，也每每无损以往作品的生命力，反而能使它们获得某种新生。这就使得文学不仅迥异于科学，而且迥异于它的近亲——历史。套用阿瑞提的话说，如果没有哥伦布，迟早会有人发现美洲；如果伽利略没有发现太阳黑子，也总会有人发现。同样，历史可以重写，也不断地在重写，用克罗齐的话说，“一切历史都是当代史”。但是，如果没有莎士比亚，又会有谁来创作《哈姆雷特》呢？有了《哈姆雷特》，又会有谁来重写它呢？即使有人重写，他们缘何不仅无损于莎士比亚的光辉，反而能使他获得新生，甚至更加辉煌灿烂呢？

这自然是由文学的特殊性所决定的，盖因文学是加法，是并存，是无数“这一个”之和。鲁迅谓文学最不势利，马克思关于古希腊神话的“童年说”和“武库说”更是众所周知。同时，文学是各民族的认知、价值、情感、审美和语言等诸多因素的综合体现。因此,文学既是民族文化及民族向心力、认同感的重要基础,也是使之立于世界之林而不轻易被同化的鲜活基因。也就是说,大到世界观,小到生活习俗,文学在各民族文化中起到了染色体的功用。独特的染色体保证了各民族在共通或相似的物质文明进程中保持着不断变化却又不可淹没的个性。惟其如此,世界文学和文化生态才丰富多彩,也才需要东西南北的相互交流和借鉴。同时,古今中外,文学终究是一时一地人心的艺术呈现,建立在无数个人基础之上,并潜移默化、润物无声地表达与传递、塑造与擢升着各民族活的灵魂。这正是文学不可或缺、无可取代的永久价值与恒久魅力之所在。

于是,文学犹如生活本身,是一篇亘古而来、今犹未竟的大文章。

此外,较之于创作,文学研究则更具有意识形态和上层建筑属性,因而更取决于生产力和社会形态、社会发展水平。这也是马克思主义的基本观点之一。如是,我国现代意义上的文学研究起步较晚,外国文学研究更是如此。虽然以鲁迅为旗手的新文学运动十分重视外国文学,但从实际成果看,1949 年前的外国文学研究却基本上属于旁批眉注、前言后记式的简单介绍,既不系统,也不深入。因此,我国的外国文学研究几乎可以说是在新中国成立以后全面展开的,而系统的外国文学学术史研究,这还是第一次。

二

学术史研究也是一种过程学,而且是一种相对纯粹的过程学。不具备一定的学术史视野,哪怕是潜在的学术史视野,任何经典作家作品研究几乎都是不能想象的。

然而,后现代主义解构的结果是绝对的相对性取代了相对的绝对性。于是,许多人不屑于相对客观的学术史研究而热衷于空洞的理论了。在一些人眼里,甚至连相对客观的真理观也消释殆尽了。于是,过去的"一里不同俗,十里言语殊",成了如今的言人人殊。于是,众声喧哗,且言必称狂欢,言必称多元,言必称虚拟和不确定。这对谁最有利呢?也许是跨国资本吧。无论解构主义者初衷如何,解构风潮的实际效果是:不仅相当程度上消解了真善美与假恶丑的界限,甚至对国家意识形态,至少是某些国家的意识形态和民族凝聚力都构成了威胁。然而,所谓的"文明冲突"归根结底是利益冲突,而"人权高于主权"这样的时鲜谬论也只有在跨国公司时代才可能产生。

且说经典在后现代语境中首当其冲,成为解构对象,它们不是被迫"淡出",便是横遭肢解。所谓的文学终结论也正是在这样的背景下提出来的。它与其说指向创作实际,毋宁说是指向传统认知、价值和审美取向的全方位的颠覆。因此,经典的重构多少具有拨乱反正的意义。

正是基于上述原由,中国社会科学院外国文学研究所于 2004 年着手设计"外国文学学术史研究工程"计划,并于翌年将该计划列入中国社会科学院"十一五规划"。这是一项向着重构的整合工程,它的应运而生,标志着外文所在原有的"三套丛书"(即 20 世纪 60 至 90 年代——"文革"时期中断——的"外国文学名著丛书"、"外国古典文艺理论丛书"和"马克思主义文艺理论丛书")等工作的基础上又迈出了新的一步,也意味着我国的外国文学研究已开始对解构风潮之后的学术相对化、碎片化和虚无化进行较为系统的清算。

于是,关乎经典的一系列问题将在这一系统工程中被重新提出。比如,何为经典?经典是必然的还是偶然的?经典重在表现人类的永恒矛盾(用钱锺书的话说是"两足动物的基本根性")呢,还是主要指向时代社会的现实矛盾?它们在认知方式、价值判断、审美取向方面有何特征?经典及经典批评与时代社会的生产力和生产关系、经济基础和上层建筑等关系何如?批评及批评家的作用(包括其立场、观点、方法及其与时代社会的一般和特殊关系)又如何?此外,经典作家的遭际与性情、阅历与禀赋,经典的内容与形式、继承与创新,以及文学的一般规律和文学经典的特殊性等诸如此类的问题,都将是本工程需要展示并探讨的。

且说世界文学一路走来，其规律并非羚羊挂角，无迹可寻。童年的神话、少年的史诗、青年的戏剧、中年的小说、老年的传记是一种概括。由高向低、由外而内、由强至弱、由大到小等等，也不失为一种轨辙。如是，文学从摹仿到独白、从反映到窥隐、从典型到畸形、从审美到审丑、从载道到自慰、从崇高到渺小、从庄严到调笑……终于一头扎进了个人主义和主观主义的死胡同。小我取代了大我，观念取代了情节；“阿基琉斯的愤怒”变成了麦田里的脏话；“路漫漫其修远兮，吾将上下而求索”变成了“我做的馅饼是世界上最好吃的”；诸如此类，不一而足。是谓下现实主义。当然，这不能涵盖文学的复杂性和丰富性。事实上，认知与价值、审美与方法等等的背反或迎合、持守或规避所在皆是。况且，无论“六经注我”还是“我注六经”，经典是说不尽的，这也是由时代社会及经典本身的复杂性和丰富性所生发的。

二

众所周知，文学是人类文明的重要组成部分。马克思主义的经典作家向来重视文学，尤其是经典作家在反映和揭示社会本质方面的作用。马克思在分析英国社会时就曾指出，英国现实主义作家“向世界揭示的政治和社会真理，比一切职业政客和道德家加在一起所揭示的还要多”。恩格斯也说，他从巴尔扎克那里学到的东西，要比从“当时所有职业的历史学家、经济学家和统计学家那里学到的全部东西还要多”。列宁则干脆地称托尔斯泰是俄国革命的一面镜子。这并不是说只有文学才能揭示真理，而是说伟大作家所描绘的生活、所表现的情感、所刻画的人物往往不同于一般抽象的概括、数据的统计。文学更加具体、更加逼真，因而也更加感人、更加传神。其潜移默化、润物无声的载道与传道功能更不待言。站在世纪的高度和民族立场上重新审视外国文学，梳理其经典，展开研究之研究，将不仅有助于我们把握世界文明的律动和了解不同民族的个性，而且有利于深化中外文化交流，从而为我们借鉴和吸收优秀文明成果、为中国文学及文化的发展提供有益的“他山之石”。胡锦涛前不久说过，“我们必须准确把握当代世界和中国发展变化的大势，坚持立足国情，同时又吸收世界文化的优秀成果；坚持立足当代，同时又大力弘扬中华民族优秀文化传统”。这和“洋为中用”、“古为今用”思想一脉相承。

“观乎天文以察时变，观乎人文以化成天下”；文学作为人文精神的重要基础和介质，既是人类文明的重要见证，同时也是一时一地人心、民心的最深刻、最具体的体现，而外国文学则是建立在外国各民族无数作家基础上的不同时代、不同民族的认识观、价值观和审美观的形象反映。研究人心自然不能停留在简单抽象的理念上，因此，走进经典永远是了解此时此地、彼时彼地人心、民心的最佳途径。换言之，文学创作及其研究指向各民族变化着的活的灵魂，而其中的经典(包括其经典化或非经典化过程)恰恰是这些变化着的活的灵魂的集中体现。

如是，“外国文学学术史研究”立足国情，立足当代，从我出发，以我为主，瞄准外国文学经典作家作品和思潮流派，进行历时和共时的梳理。其中第一、第二系列由十六部学术史研究专著、十六部配套译著组成：第一系列涉及塞万提斯、歌德、雨果、左拉、庞德、高尔基、肖洛霍夫和海明威；第二系列包括普希金、茨维塔耶娃、康拉德、狄更斯、哈代、菲茨杰拉德、索尔·贝娄和芥川龙之介。

三

格物致知，信而有证；厘清源流，以利甄别。“外国文学学术史研究”中的经典作家作品学术史研究系列，顾名思义都是学术史研究(或谓研究之研究)。学术史研究既是对一般博士论文的基本要求，也是一种行之有效的文学研究方法，更是一种切实可行的文化积累工程，同时还可以杜绝有关领域的低水平重复。每一部学术史研究著作通过尽可能抽丝剥茧式的梳理，即使不能见人所未见、言人所未言，至少也能老老实实地将有关作家作品的研究成果(包括有关研究家的立场、观点和方法)公之于众,以裨来者考。如能温故知新,有所创建,则读者幸甚,学界幸甚。相配套的经典论文翻译,则遴选有关作家作品研究的阶段性和标志性成果,其形式类似于外文所先前出版的"外国文学研究资料丛书"。

此次面世的"外国文学学术史研究"中的每一部学术史研究著作将由三部分组成。第一部分为经典作家(作品)的学术史梳理。这是相对客观的,但其中的艰难也不可小觑。首先,学术史梳理既不像平素泛舟书海,拾贝书海,尽意兴而为之的俯拾由己和随心所欲;其次,牵涉语种繁多,而且经过20世纪的形形色色的方法论和批评思潮的浸染,用汗牛充栋来形容经典作家作品研究成果已不为过。因此,要在浩如烟海的研究史料中攫取最有代表性的观点和方法,实在是件考验耐心和毅力的事情。战战兢兢,生怕挂一漏万,自不待言,且挂一漏万在所难免。因此,我们只能择要概述,甚至把侧重点放在经典作家的代表作上。不然纵使篇幅再大,也难以涵括浩瀚的文献资料。换言之,去芜杂的枝蔓和重复的敷衍,留精粹要义和真知灼见是必然的,但也是不容易做到的。它考验我们涉猎的深度和广度,而且也是检验我们学术水准和价值判断的重要环节。

第二部分研究之研究何啻是一大考验。都说20世纪是批评的世纪,在经历了现代主义的标新立异和后现代主义的解构风潮之后,在各种思潮、各种方法杂然纷呈的情况下,如何言之有物、言之成理、不炒冷饭,殊是不易;如何在前人的基础上有所发现、有所前进,就更是难上加难。反过来看,正因为文化相对主义的盛行和批评的多元,也才有了我们展示立场、发表见解的特殊理由和广阔余地。举个简单的例子,解构主义针对二元论的颠覆虽然是形而上学的,却不可谓不彻底。其结果是相当一部分学者怀疑甚至放弃了二元思维,但事实上,二元思维不仅难以消解,而且在可以想见的未来仍将是人类思维的主要方法。真假、善恶、美丑、你我、男女、东方和西方等等实际存在,并将继续存在。与此同时,作为中国学者,面对西方话语,我们并非无话可说。总之,从文学出发，关心小我与大我、外力与内因、形式与内容、反映与想象、情节与观念，以至于物质与精神、肉体与灵魂、西方与东方等诸如此类的二元问题，以及经典在民族和人类文明进程中的地位和作用，依然可以是我们的着力点。当然，二元论决不是排中律，而是在辩证法的基础上融会二元关系及二元之间所蕴藏的丰富内涵和无限可能性。毋庸讳言，改革开放以来，学术界解放思想，广开言路，但日新月异中不乏矫枉过正、时髦是趋。比如大到存在与意识、物质与精神的辩证关系，小到客观与主观、客体与主体等等，都大有乾坤倒转、黑洞化吸之势。至于意识形态“淡化”之后，跨国资本主义的一元化意识形态更是有增无已；真假不辨、善恶不论、美丑混淆的现象所在皆是；个人主义大行其道，从而使抽象的人性淹没了社会性；普世主义势不可挡，以致文化相对主义甚嚣尘上。文学从大我到小我，从外向到内倾，从摹仿到虚拟，从代言到众声喧哗；真实给虚幻让步，艺术向资本低头；对妖魔鬼怪和封建迷信津津乐道，任帝王将相和无厘头充斥视阈，能不发人深省？然而，经典作家是说不尽的，以上的任何一位作家都是无法穷尽的。用巴尔加斯·略萨的话说，伟大的经典具有“自我翻新”的本领。至于何为经典，虽然也是个说不尽的话题，但用简单的方式综观前人的观点，也许可以用两句话来概括：一是它们必须体现时代社会（及民族）的最高认知和一般价值（包括人类永恒的主题、永恒的矛盾）；二是其方法的魅力及审美的高度不会随着岁月的更迭而褪色或销蚀。当然这是将复杂问题简单化的一种说法。而本课题便是关乎经典其所以成为经典的一种较为复杂的论证方式。需要说明的是，经典不等于市场。用桑塔亚那的话说，经典不在于一时一地喜欢者的多寡，而在于喜欢者的喜欢程度。如果在此基础上再加上一个历史的维度，那么这话也就更加全面了。

学术史研究的最后部分为文献目录。它在尽可能详尽的基础上，还要有所选择。不然，展示一个经典作家的学术史，光文献目录就可以编辑厚厚的几大本。因此，去粗存精，是为重要或主要文献目录。

最后需要说明的是，“外国文学学术史研究”的中长期目标是在作家作品和流派思潮研究的同时,进行更具问题意识的学术史乃至学科史研究,以期点面结合,庶乎“既见树木,又见森林”;若能密切联系实际,促进中华学术的繁荣、发展和创新,则读者幸甚,我等幸甚。无疑,此工程面向全国高校及科研机构,希望有志于外国文学学术史研究的同仁踊跃加盟、不吝赐教。

陈众议

目录

绪言

埃米尔·左拉的名字是和自然主义文学紧密地联系在一起的。自然主义文学是欧洲19世纪下半叶最重要的文学流派。它在19世纪50年代产生于法国,80年代初形成以左拉为首的自然主义文学流派即梅塘集团,到80年代末随着梅塘集团的解体,这一流派开始衰落,但其影响却逐渐遍及欧美乃至东方,成为一种世界性的文学潮流。

作为法国自然主义文学流派的领袖和理论家,左拉以多达二十卷的长河小说《卢贡-马卡尔家族》著称于世;作为法国人道主义传统的继承者,他在19世纪末的德雷福斯事件中挺身而出,为昭雪冤案和伸张正义进行了英勇的斗争。左拉的名字和业绩无疑在法国和世界文学史上都占有非常重要的地位,然而这样一位伟大的作家和社会活动家,却在生前和身后都备受抨击,关于他的争议至今仍在继续。

左拉及其自然主义文学之所以在法国乃至世界引起持久而激烈的争论,原因是多方面的。首先是自然主义强调生理和遗传的反传统的写作方式,与习惯了浪漫主义和现实主义作品的读者有着很大的审美差距。其次是自然主义文学流派的形成过程特别复杂,与通常所说的批判现实主义没有明确的界限,在流派内部也有分歧,而且成立不久即告解体。最后是左拉介入了德雷福斯事件的斗争,成为法国进步力量的领袖,从而使文学上的分歧与政治上的矛盾纠缠在一起,再加上恩格斯以及拉法格、卢卡契等关于左拉的评价,对后世的文学批评产生了深远的影响。但也正因为如此,今天来回顾左拉学术史的发展过程就具有更为重要的现实意义。

研究左拉及自然主义文学的专著和评论,在左拉生前就层出不穷、不可胜数,因此只能择其要者进行梳理,也就是介绍关于左拉本人及其《小酒店》、《萌芽》和《土地》等代表作的评论,以及布吕纳介、拉法格、朗松和弗雷维勒等最重要的评论家的著述。对于其他国家的左拉研究史,则更是务求客观,以期不失历史的真相和全貌。

本书分为三篇。第一篇《左拉学术史》是对法国及其他国家的左拉研究的概述,第二篇《左拉学术史研究》是对各国左拉研究的评论,第三篇《主要文献目录》是按不同语种整理的主要文献目录。在按照年代顺序进行阐释的基础上,本书在顾及全面的同时突出重点,以期做到条分缕析、一目了然,使读者既能了解左拉学术史的概况,又能看到各个时期主要评论家的不同观点。

本书涉及到国外大量的人名、地名和书名等专有名词,除我国解放前的某些论著作为历史文献需保持原貌外,其他论著和论文中的专有名词,在译成中文时均采用现在通用译法,以保持全书的统一和规范,同时也纠正了译文和引文中的明显笔误,删除了一些不必要的或重复的注释。

本书的写作正值左拉诞生一百七十周年,而出版又正逢他逝世一百一十周年。在他去世一个多世纪之后来回顾左拉的学术史,既是对这位伟大作家的纪念,也是对自然主义文学这个重要流派的一个总结。为此我要感谢在这个漫长过程中为左拉研究做出贡献的中外评论家和文学家,是他们构成了左拉学术史的各个阶段。我还要感谢陈众议所长的远见卓识,正是他的大力倡导和积极支持,才使包括本书在内的这套经典作家的学术史研究系列丛书得以问世。最后我要感谢译林出版社为出版这套丛书做出的努力。我深信这套富有学术价值的丛书将会在国内学术界引起反响，同时也希望专家学者和广大读者对本书中的不足之处予以批评指正。

第一编

左拉学术史

第一章

19 世纪法国的左拉研究

埃米尔·左拉(Zola, Emile)生于1840年,死于1902年,他的主要活动是在19世纪下半叶的法国,而他的影响则在20世纪逐渐扩大到整个世界,因此我们可以把法国的左拉学术史分为19世纪和20世纪两个阶段。

第一节　19世纪60至70年代

一 左拉的自然主义理论

"自然主义"一词最初在古代哲学中代表唯物主义,即不承认上帝而是以自然为本原的理论。它在16世纪的西方哲学中指享乐主义者或无神论者的生活信条,从17世纪开始用于美术,指对大自然的模仿和描绘,在18世纪成为一种哲学体系,认为人仅仅生活在一个可被感知的现象世界之中。

1848年,波德莱尔(Baudelaire, Charles)最早称巴尔扎克(Balzac, Honoré de)为"自然主义者"。1858年2月23日,泰纳[①](Taine, Hippolyte)在论巴尔扎克的文章里第一次给文学中的自然主义下了定义,就是根据观察和按照科学方法来描写生活。1868年,左拉在《泰莱丝·拉甘》

① 伊波利特·泰纳(1828—1893),法国哲学家、历史学家和文艺批评家,法兰西学士院院士,著有《英国文学史》和《艺术哲学》等。

(*Thérèse Raquin*)的第二版序言中,第一次使用了"自然主义小说家"这个名称。1874年,福楼拜(Flaubert,Gustave,1821—1880)开始主持每个星期天举行的五人聚餐会,成员有福楼拜、屠格涅夫(Tourgueniev, Ivan)、埃德蒙·德·龚古尔 (Goncourt,Edmond de,1822—1896)、都德(Daudet,Alphonse,1840—1897)和左拉,他们被人们视为自然主义文学运动的始作俑者,自然主义文学似乎在逐渐形成一个流派。

真正的自然主义文学流派是以左拉为首的梅塘集团。左拉早期受到雨果(Hugo,Victor,1802—1885)为首的浪漫主义文学的影响,他的短篇小说集《给妮侬的故事》(*Contes à Ninon*, 1864)就富有浪漫主义色彩。他之所以后来居上,成为自然主义文学运动的领袖,缘于他早年受到的思想影响,绘画的影响就是其中之一。

文学与绘画一向有着密切的关系,以库尔贝[1](Courbet,Gustave)为代表的现实主义绘画, 就是与以巴尔扎克为代表的现实主义小说同步发展的。1855年,库尔贝由于他具有现实主义风格的作品《画室》(*L'Atelier du peintre*)和《奥尔南的葬礼》(*Un enterrment à Ornans*)被万国博览会拒绝,因此举办了名为"现实主义"的个人画展,并一度成为现实主义文艺流派的领袖,小说家杜朗蒂[2](Duranty,Louis Edmond)等创办了杂志《现实主义》(*Le Réalisme*)(1856—1857,共出版六期)表示支持,尚夫勒里[3](Champfleury)又发表了论著《现实主义》(*Le Réalisme*, 1857),于是导致了"现实主义"一词的流行。

其中照相术的出现对于绘画具有重大的意义:

> 摄影揭示了表象的多样性以及直接捕捉真实的能力,这便促

① 居斯塔夫·库尔贝(1819—1877),法国画家,曾任巴黎公社艺术家协会主席。

② 路易·埃德蒙·杜朗蒂(1833—1880),法国小说家、记者和艺术批评家。

③ 尚夫勒里(1821—1889),法国小说家、艺术批评家。

使人们就同一场景置于不同光线和氛围之时形象所产生的变化进行探索。于是,印象派应运而生,它是把现实主义置于视觉感受全部控制之下的结果。[①]

早在法国南方的埃克斯上学的时候,左拉就与塞尚(Cézanne,Paul)成为好友。从1864年开始,左拉与杜朗蒂、库尔贝、尚夫勒里、塞尚、莫奈(Monet,Claude)等现实主义作家和印象派画家们交往密切,每星期四都和他们聚会,他只要身在巴黎就永远都保持这个习惯。左拉与这些画家朋友的友谊并非偶然,正如拉法格所说:"自然主义,在文学上它相当于绘画方面的印象派,禁止推理和概括。"[②]同样并非偶然的是,评论家卡斯塔涅里在《现代评论》上发表的《1857年的沙龙》,就是用"自然主义"一词来形容库尔贝的绘画的[③]。

左拉的文学生涯是与印象派画家们分不开的。1866年他在《大事报》(*L'Événement*)上开辟的专栏《我的沙龙》(*Mon Salon*),就是抨击评委会成员的所谓高尚趣味,为马奈(Manet,Edouard)等印象派画家辩护的。用莫泊桑的话来说,左拉的《我的沙龙》曾经在绘画界引起了革命。在这个专栏结束之后,左拉把文章结集为《我的沙龙》出版,并把这本书题献给塞尚。同时他还把关于文学艺术的尖刻评论结集出版,名为《我的仇恨》(*Mes haines*,1966)。

另一个更重要的影响是自然科学。第二帝国是法国自然科学飞速发展的时代,在科学和技术方面取得了巨大的进步,铁路网的形成,电灯电报的使用,极大地方便了交通和通讯,有力地促进了资本主义经济的发展,同时也使社会上弥漫着一股唯科学主义的狂热。科技的发展为

① 雅克·德比奇等:《西方艺术史》,徐庆平译,海南出版社,2000年,第328页。

② 《拉法格文论选》,罗大冈译,人民文学出版社,1962年,第158页。

③ 《法语文学词典》,博尔达斯出版社,巴黎,1984年,第1609页。

实证主义哲学的产生创造了条件。哲学家奥古斯特·孔德[①](Comte, Auguste)认为，人类的智慧在经过神学阶段和形而上学阶段之后，现在进入了第三个阶段即实证阶段，它的任务不再是探索宇宙的奥秘，而是用科学的方法来研究社会事物。

左拉年轻时醉心于生理学、遗传学等自然科学，早在19世纪60年代初就热情地阅读了达尔文(Darwin, Charles, 1809—1882)的《物种起源》(*De l'origine des espèces par voie de sélection naturelle*)和勒图尔诺(Letourneau, Charles Jean Marie)医生的《情欲生理学》(*La Physiologie des passions*)，并且决心把它们应用于自己的小说创作中。

1866年12月，26岁的左拉应邀参加在埃克斯召开的科学大会，他提交了一篇名为《小说的定义》的学术报告，他的小说理论在其中已初露端倪：

> 报告中这样概括小说的作用："笔者判断小说家的职责即探索真理，怀着人道的意识描写激情，不再需要虚构复杂的故事，但是要从由自然和人的千姿百态提供的取之不尽的'研究主题'中，发现叙事的趣味。"这种想法仍然是含糊不清的，不过，小说家的主要特点已有所突出，那就是，不再杜撰，从资料中获得"研究的主题"。[②]

左拉开始把自然科学知识应用于创作实践，即像研究生物一样，用自然科学的方法剖析人的生理对性格和行为的影响，以求完全客观地描绘现实。他的朋友、自然主义者安托尼·马里翁向他提供了有关隔代

① 奥古斯特·孔德(1798—1857)，法国哲学家，实证主义和社会学的奠基人，著有《实证主义哲学教程》等。

② 阿尔芒·拉努：《埃米尔·左拉和〈鲁贡-玛卡尔家族〉》，施科译，载谭立德编选：《法国作家、批评家论左拉》，安徽文艺出版社，1994年，第252页。

遗传、自然史原理和遗传学的情况,使他喜出望外。他尤其借鉴了吕卡斯医生的著作《自然遗传的生理学论著》(1847—1850),从中采用了许多由于遗传而造成的病例,用于写作《卢贡-马卡尔家族》。

1896年8月28日,在给生物学家居埃诺的信中,左拉清楚地说明了吕卡斯对他的影响:

> 我正是依据吕卡斯大夫的著作《自然遗传》,于1868年制定了拙作《卢贡-马卡尔家族》的整个写作方案的。我从该著作中提取了拙作的全部科学框架。但是,我并没掌握关于吕卡斯大夫的点滴传记详情。我对他一无所知……帕斯卡尔大夫的形象纯属通过想象虚构而成。我只不过是把好几位大科学家散乱的特征凑合在他身上而已。[①]

左拉醉心于吕卡斯医生的作品,却对这位医生本人一无所知,由此可以看出左拉对自然科学的研究不求甚解, 只要能构成他的小说的框架即可。正因为如此,他在开始写作时并未形成自然主义的创作理论,因而他的所谓自然主义文学研究也就缺乏理论基础。直到1878年,左拉已经出版了《卢贡-马卡尔家族》中的八卷作品之后,才读到了他的弟子亨利·塞亚尔[②](Céard, Henry)借给他的克洛德·贝尔纳[③](Bernard, Claude)的《实验医学研究导论》(*Introduction à l'étude de la médicine expérimentale*),真可谓踏破铁鞋无觅处,得来全不费工夫,使他因发现了期待已久却未能看到的理论而欣喜若狂。左拉立即把贝尔纳的理论

① 让·罗斯丹:《左拉—— 一个诚实可靠的人》,郑其行译,载谭立德编选:《法国作家、批评家论左拉》,安徽文艺出版社,1994年,第189页。

② 亨利·塞亚尔(1851—1924),法国小说家。

③ 克洛德·贝尔纳(1813—1878),法国生理学家,法兰西学士院院士。

移植到他的《实验小说论》(*Le Roman expérimental*)里，第二年先后在《伏尔泰报》(*Le Voltaire*)和《欧洲信使报》(*Le Messager de l'Europe*)上发表，并且坦率地承认：

> 在这里我不过是申述而已，因为克洛德·贝尔纳在其《实验医学研究导论》一书中已经严密而极其清晰地建立了实验方法。这位学者的权威是不容争议的，他的这本著作将作为我论述的坚实基础。我觉得整个这个问题在那里都已得到论述，我只不过限于作我所需要的引用，作为无可辩驳的论据。这不过是对他的论述进行一番汇编，因为我的一切论述都原封不动地取之于克洛德·贝尔纳。只不过始终把"医生"一词换成"小说家"，以便阐明我的思想，使之具有科学真理的精确性。[①]

《实验医学研究导论》为左拉提供了自然主义小说的理论依据，使自然主义文学流派有了理论基础，他因而得以举起自然主义的大旗，在1880年成立了以他为首的梅塘集团，作为这一流派的标志《梅塘之夜》(*Les Soirées de Médan*)也于同年出版。

以上是对法国自然主义文学流派形成过程的简单回顾。在这个为时近二十年的过程中，作为流派领袖的左拉，不仅辛勤地写作了大量作品，而且经历了无数的坎坷，遭受了激烈的非议和抨击。也正是在这一时期，左拉与报纸进行了既相辅相成又充满矛盾的合作。

二 左拉与报纸的合作

法国在七月王朝时期开始了工业革命，印刷业和新闻业迅速发展，

① 左拉：《实验小说论》，吕永真译，载柳鸣九主编：《法国自然主义作品选》，天津人民出版社，1987年，第738页。

报纸读者大量增加，于是报纸上的连载小说和文学专栏应运而生。连载小说的始作俑者是巴尔扎克，1836年10月23日至11月4日，《新闻报》分十二次连载了他的小说《老姑娘》，然后汇总出书，使读者和出版商都获益匪浅，连载小说因而得以迅速普及开来。大仲马(Dumas père，Alexandre)和欧仁·苏(Sue，Eugène)就是40年代家喻户晓的连载小说家。

为报纸撰稿可以名利双收，因此当时几乎所有的文人都与报纸合作，发表连载小说、时事评论以及论战文章等。左拉也不例外，他不仅依靠为报纸撰稿谋生，而且很早就看到了报纸的重要作用，从1863年起就成为一些报纸的记者或撰稿人。1865年他开始为里昂的《公益报》(*Le Bien public*，后改名为《伏尔泰报》)撰稿，在当年2月6日给安东尼·瓦拉布莱格[①]的信中，他坦率地说明了自己尽力为报纸写稿，目的就是要充分利用报纸：

> 您明白我写这类散文不是为了讨公众的喜欢……在这方面钱的问题起着一些决定作用，不过我也考虑到为报纸撰文是一种如此有力的手段，所以能定期为数量巨大的读者撰文我毫无遗憾。这种想法正是我为《小报》撰稿的原因。我知道这张报纸在文学方面占据着什么样的地位……至于《公益报》，这是一份最好的外省报纸，我在其中享有很大的自由和一栏很宽的版面，我的文章都是谈高雅的文学问题，我很满意能为它撰稿。这一切都是为了打进巴黎的一家大报，我希望不出两个月就能在某家自由主义报纸上发表文章。此刻我有双重的目标，就是提高知名度和增加收入。[②]

① 安东尼·瓦拉布莱格(1844—1900)，法国诗人和艺术批评家，曾在埃克斯上学，后到巴黎，左拉以他为原型塑造了画家加尼埃尔这个小说人物。

② 《左拉文学书简》，吴岳添译，安徽文艺出版社，1995年，第58页。

果然到1866年初，他就引起了巴黎的《费加罗报》(*Le Figaro*)和《大事报》这两份大报的创办人伊波利特·德·维勒麦桑的注意，并且说服维勒麦桑开辟文学评论专栏，取得了很大的成功。此外他还为《钟声》(*La Cloche*)、《论坛报》(*La Tribune*)、《环球报》(*Le Globe*)、《高卢人报》(*Le Gaulois*)、《回声报》(*Le Rappel*)、《马赛信号报》(*Sémaphore de Marseille*)与俄国的《欧洲信使报》等撰写专栏文章和书评。从1871年到1877年，他为《马赛信号报》写了一千八百多篇文章(虽然大部分未能发表)，同时还为其他报纸写了几百篇文章。莫泊桑认为左拉就是通过这些报纸而越来越知名的。

左拉的小说通常都是先在报纸上连载，然后汇集成书出版，因此他的小说往往尚未成书，就引起了读者的反响和报纸的抨击。左拉也把报纸作为阵地进行反击，进行论战以扩大影响，为此往往与主编们形成了既合作又敌对的复杂关系。例如《伏尔泰报》的主编于勒·拉菲特对《娜娜》(*Nana*)进行了一些删节，左拉大为不满，在《费加罗报》上进行反驳，却又受到《费加罗报》主编弗朗西斯·马涅尔的阻挠，导致左拉最终与拉菲特绝交，并且转而与《欧洲信使报》合作，他的《实验小说论》就是首先在1879年9月号的《欧洲信使报》上发表的。正如巴比塞所说的那样：

> 他经常咒骂新闻工作，但也颂扬它是自己锻炼良好的纪律和文笔的手段。新闻工作曾帮助他本人在踏上生活道路之初，获得了生活的自由，成为一个有教养的文化人；新闻工作还帮助他有系统地清理了当时连他自己也还不大清楚的思想，但是最重要的是，新闻工作成了他进行思想斗争和进行报复(从好的意义上说的)的武器。[①]

① 巴比塞：《长篇小说》，王中琪译，载《法国作家论文学》，王中琪等译，三联书店，1984年，第10—11页。

报纸上对左拉的谩骂和抨击从未停止，终于使左拉无法再忍耐下去。1881年9月22日，他在《费加罗报》上发表致读者的公开信《永别了》，宣布永远不再干新闻记者这一行："新闻记者这一行是下九流的行业；他可以捡起污泥烂草、扔石子，可以干卑鄙龌龊的勾当。"当年还有个叫阿尔贝·德尔皮的记者在《巴黎报》上诽谤左拉及其弟子保尔·阿莱克西[①](Alexis, Paul)："真正的罪人不是这个倒霉的侏儒(阿莱克西)，跟他发火不如说更可怜他。总之，真正的老板、他的头头是埃米尔·左拉先生，这是淫秽画片商的竞争对手，靠妓女养活的权杆儿，毁谤人的主谋……他不过是喜欢侮辱人的胆小鬼，但他不爱出头露面。"[②]如此放肆的污蔑迫使阿莱克西跟他决斗，也更使左拉决心彻底脱离新闻界。

1881年11月5日，左拉写信告诉于勒·特鲁巴："我离开了新闻界，希望再也不要回去。在最后一段时间里，我感到自己是在与坏人为伍。总之，我的仗已经打够了，让别人来代替我吧，我要努力创作了。"[③]从1882年开始，左拉完全可以依靠自己的名声和财富而独立，所以从此不再定期为报纸撰稿。

三 关于《泰莱丝·拉甘》的评论

左拉倡导的自然主义文学主张客观地描绘现实，像研究生物一样，用科学的方法来剖析人的生理对性格和行为的影响。《泰莱丝·拉甘》(1867)是他的第一部自然主义小说，也是最有代表性的自然主义作品。

① 保尔·阿莱克西(1847—1901)，法国作家，左拉的中学校友和朋友，一贯最坚决地支持左拉与自然主义文学运动。

② 亨利·特洛亚：《正义作家左拉》，胡尧步译，世界知识出版社，1999年，第155页。

③《左拉文学书简》，吴岳添译，安徽文艺出版社，1995年，第309页。于勒·特鲁巴(1836—1914)是圣伯夫的秘书，担任过一些著名图书馆的管理员。

他把这部小说作为自然主义理论的例证来创作，集中体现了把遗传学、生理学应用于小说的创作方法。

《泰莱丝·拉甘》写拉甘太太有一个儿子卡米尔，还收养了弟弟与一位非洲部落女子的私生女泰莱丝，两个孩子长大后结为夫妇。卡米尔身体虚弱，情欲强烈的泰莱丝因而与体魄健壮的放荡者洛朗勾搭成奸，并且合谋害死了卡米尔。但是他们结婚之后却始终忘不了卡米尔被淹死的形象，永远也无法结合，只感到痛苦和恐惧。最后两人为了得到解脱都想害死对方，在动手时都明白了对方的企图，于是抱头痛哭、双双自杀，中风的拉甘太太目睹了这一切。

《泰莱丝·拉甘》首先在《艺术家》杂志上连载，左拉只是应主编阿尔塞纳·乌塞的要求删去某些段落。该书在1867年底出版后，受到了雨果、福楼拜和龚古尔兄弟等作家的赞赏，泰纳也予以好评，认为小说前后连贯，结构严密，表明作者是真正的艺术家，是严肃认真的观察家。但是除了他们之外，《泰莱丝·拉甘》几乎受到所有批评家的猛烈抨击，权威的批评家圣伯夫(Saint Beuve)在肯定小说具有划时代意义的同时，也指出第一页上对新桥巷的描写就不忠实，而且还对洛朗和泰莱丝在谋杀之后不能拥抱表示怀疑，认为这是违反现实的。

左拉甚至被说成是热衷于描写色情的疯子。其中最为激烈的是《钟声》的主编路易·于尔巴克(Ulbarch, Louis)，他于1868年1月23日在《费加罗报》上发表名为《腐败的文学》的文章，斥责龚古尔兄弟的小说《热尔米妮·拉瑟特》(*Germinie Lacerteux*, 1865)是"腐败的文学"，而左拉的《泰莱丝·拉甘》更是卑劣透顶：

> 最近几天，我感到特别奇怪，就像掉到充满污泥浊水和血污的坑里，这个坑的名字叫《泰雷兹·拉甘》，它的作者是左拉先生，他被视为有才华的年轻人。他对那些粗俗不堪的东西感兴趣……他看

见的女人就像是马奈先生画的那种，把烂泥颜色当玫瑰色装扮……《泰雷兹·拉甘》一书，是最近出版物中最肮脏、最低级趣味的……描写的尽是淫秽不堪、厚颜无耻的东西……这种只沉浸于下流格调的作品是最坏的东西。如果要拿这本书作为比方的话，就像是一个人被安放在太平间的陈尸床上的水管下，一直读到最后一页，他会感到那水管流出和滴下的水是用来冲洗尸体的。①

于尔巴克虽然以费拉古为笔名，但是他作为《钟声》主编的身份人所共知，于是新闻记者随后蜂拥而上，在各种报纸上纷纷发表文章，把左拉说成是“淫书作者”、“下流文学的信徒”。左拉写信给于尔巴克进行反驳：

您是吃人部落的族长，先生，您老老实实地把我吞吃了……您攻击我的全部信仰，您咬了我热爱和钦佩的两位龚古尔先生，您指控一个产生了强有力的动人作品的文学流派。我有权答复，对不对？不是为了自卫，我是微不足道的，而是为了捍卫真理的事业。②

左拉的反驳可谓是一箭三雕：既维护了与龚古尔兄弟的友谊，又肯定了自己属于一个强有力的文学流派，同时表明自己是在捍卫真理。因此这种争论实际上对左拉有利，结果是促进了小说的销售，不到半年就出了第二版，左拉也因此成了文学界的风云人物。他干脆一不做二休，把《泰莱丝·拉甘》改编成剧本上演，在法国和国外都受到了公众的欢迎。

在关于左拉的评论中，研究者通常都把于尔巴克的嘲弄当成抨击

① 亨利·特洛亚：《正义作家左拉》，胡尧步译，世界知识出版社，1999年，第61页。

② 《左拉文学书简》，吴岳添译，安徽文艺出版社，1995年，第79页。

左拉的典型。左拉经常在《钟声》上发表文章，怎么会和《钟声》的主编闹僵到如此地步？其实读者都被蒙在鼓里，以为左拉和于尔巴克一直是冤家对头。直到将近一个世纪之后，左拉的研究者拉努终于向我们揭示了内幕，原来他们关于《泰莱丝·拉甘》的争论是一场合演的双簧，实际上这正是左拉对报纸的巧妙利用：

> 一个年长的朋友对一位作家进行如此尖刻的抨击，我们如果不知道这个秘密的话会感到茫然不知所措。于尔巴克和左拉一致同意进行这种（何况也是直率的）抨击，是出于这位小说家早就理解的一个原则：重要的是让大家去议论一本书！[①]

事实上左拉和于尔巴克始终保持着友好的关系，1871年他还担任了《钟声》的记者，在这份报纸上发表了一百五十九篇文章。于尔巴克看到左拉在别的报纸上连载《卢贡家族的发迹》（*La fortune des Rougon*），还写信告诫他要小心，以免在资金和声誉两方面都遭受损失。

从1871年9月29日开始，左拉在《钟声》上连载《贪欲的角逐》（*La curée*，1872），这是《卢贡-马卡尔家族》系列小说的第二部，写卢贡的儿子萨卡尔（也就是阿里斯蒂德·卢贡）靠做地产投机发了财。他的第二个妻子追求享乐，钟情于他前妻的儿子，左拉以此谴责了尔虞我诈和男盗女娼的商界。小说头几章在《钟声》上连载后立即引起轰动，有些读者向检察官指控这部小说诲淫，于尔巴克不得不在11月5日停止刊登。左拉第二天就给于尔巴克写信，借此机会宣扬自己的创作理念：

> ……《贪欲》是一株在帝国的粪堆上生长的有害的植物，是在

① 阿尔芒·拉努：《您好，左拉先生》，阿歇特出版社，巴黎，1952年，第143页。

千百万法郎的泥土上发展起来的乱伦。在这部新的《费得尔》[①]里，我要表明当风俗败坏、家庭关系已不再存在的时候，人们面临着多么可怕的崩溃……

显而易见，人们不能责备我夸大其词。我还不敢都说出来。人们责备我写起下流话来过于放肆，其实我不止一次在我拥有的资料面前望而却步。[②]

左拉非常明白争论的好处，所以抓住一切机会猛烈反击。例如他在为《泰莱丝·拉甘》出版所作的序言中就写道：

这本书的问世，在批评界引起了一片粗暴、愤怒的声音。某些道貌岸然之士，在同样道貌岸然的报纸上装出副不屑一睹的怪相，拿起镊子将这本书夹起来，扔进火里。各家文学小报都捂住鼻子，叫嚷这本书污秽不堪、臭气熏天，而这些小报本身，每天晚上都向读者提供床头隐私和餐馆单间秘闻之类故事。[③]

这样的争论显然难以平息，相反地只会愈演愈烈，同时《泰莱丝·拉甘》在各国都一版再版，而且被三次搬上了银幕。关于它的争论进入20世纪后仍在继续，批评家们也从精神分析学和语言学等角度提出了新的见解。

① 法国古典主义诗人拉辛(Jean Racine，1639—1699)的悲剧，一般译作《淮德拉》，取材于古希腊悲剧诗人欧里庇得斯的悲剧《希波吕托斯》。

② 《左拉文学书简》，吴岳添译，安徽文艺出版社，1995年，第83页。

③ 左拉《〈黛莱丝·拉甘〉序言》，罗国林译，载柳鸣九主编：《自然主义》，中国社会科学出版社，1988年，第460页。

四 关于《小酒店》的评论

左拉的卓越贡献是在长达二十五年的时间里，完成了《卢贡-马卡尔家族：第二帝国时期一个家族的自然史和社会史》(*Les Rougon-Macquart, histoire naturelle et sociale d'une famille sous le second Empire*, 1871—1893)这套气势宏伟的巨著，共出版了二十部系列长篇小说。《卢贡-马卡尔家族》系列小说中的第一部《卢贡家族的发迹》(1871)起初在《世纪报》上连载，当年10月出版。1872年7月22日，左拉与乔治·夏庞蒂埃(Charpentier, George)书局签订了出版《卢贡-马卡尔家族》的合同。

随着资本主义的飞速发展，巴黎的面貌出现了前所未有的变化。1853年6月，乔治-欧仁·奥斯曼 (Haussmann, George-Eugène,1809—1891)受命主持巴黎城市大规模的改造和扩建，他大力拆除或者迁出造成污染的企业，只留下奢侈品与精品行业，力求建造一座与西方文明相称的帝国之都，各种百货商店、交易所等金融商业机构空前繁荣，资产者过着灯红酒绿的生活。但巴黎在成为金融、商业、交通、文化和行政中枢的同时，也吸引了外省饥饿贫困的人群前来谋生，以至于巴黎人口密集，住房紧张，租金上涨，穷人被迫向郊区迁移，在厂矿企业里从事繁重的劳动。经过大改造之后，富人住在西边，穷人住在东边，贫富悬殊的巴黎在空间上被分隔成了两座城市，两个民族。

伴随着贫困而来的往往是堕落、犯罪、卖淫所造成的危机。诗人泰奥菲尔·戈蒂埃[①](Gauthier, Théophile)把工人居住的贫民窟比作城市里的洞穴，咒骂他们是臭气熏天的有毒的野兽，天性嗜血，是没有心肝和灵魂的鬣狗和大猩猩。反过来，革命分子认为只有工人才高贵，自食其力，而富人则是贪婪成性的投机者，他们放高利贷，吸工人的血汗，工人阶级有充分的权利起来革命。所以巴黎公社看起来是普法战争失败的产

① 泰奥菲尔·戈蒂埃(1811—1872)，法国诗人、小说家和艺术批评家，主张“为艺术而艺术”，代表作有诗集《珐琅与雕玉》和小说《莫班小姐》等。

物,其实是巴黎这座火山在大改造的过程中逐渐升温到最后爆发的结果。

第二帝国是巴黎与过去决裂的时代。中世纪的作坊变成了现代工业，个体的店铺变成了百货公司，文学艺术从浪漫主义发展到现实主义,政治思潮从空想社会主义发展到科学社会主义。左拉的《小酒店》、《娜娜》、《妇女乐园》(*Au Bonheur des dames*)、《萌芽》(*Le Germinal*)和《金钱》(*L'Argent*)等小说,正是生动地描绘了巴黎发展成为现代化大都市前后的法国社会的各个阶层，是一幅反映第二帝国和第三共和国时期社会现实的宏伟画卷。

继《泰莱丝·拉甘》和《贪欲的角逐》引起的争论之后,左拉的作品开始越来越受到评论界和读者的关注。《巴黎之腹》(*Le ventre de Paris*, 1873)描写以巴黎菜市场为中心的生活,散发出令人垂涎的气味,使莫泊桑(Maupassant,Guy de)和若里–卡尔·于斯曼[①](Husmans,Joris-Karl)等欣喜若狂。但是作家巴尔贝·多勒维里(d'Aurevilly,Barbey)却在《宪政报》上发表评论,说左拉是个拙劣的画家,至多是个疯子。

《穆雷教士的过失》(*La faute de l'abbé Mouret*,1875)讲教士穆雷和一个姑娘有了孩子,事情败露后悔恨无比地回到教堂,任凭姑娘和孩子在远方死去。小说详尽地描绘了修道院里的生活情景,使泰纳惊叹这部小说简直就是一首诗,描写的花园像个伊甸园。莫泊桑也十分欣赏,说每一页都散发出一种强烈和持久的气息,使人因闻到了泥土的芬芳、发酵的气味和禾苗的清香而陶醉。

小说抨击了基督教,因而引起了比以前更为激烈的批评。多勒维里这次暴跳如雷,说"这是兽性的自然主义,超越了基督精神,鲜廉寡耻。我想,在描写下流方面,恐怕没有再比这更低级的了。"[②]其他杂志也群

① 若里–卡尔·于斯曼(1848—1907),法国小说家,前期为自然主义作家,著有小说《浮沉》等;后期为象征主义作家,著有小说《逆流》等。

② 亨利·特洛亚:《正义作家左拉》,胡尧步译,世界知识出版社,1999年,第107页。

起鼓噪，指责小说冗长枯燥，主人公等于是野兽。但是与《小酒店》遭到的谩骂和诽谤相比，这些批评还只是一个小小的序幕。

《小酒店》(1877)写女工伊尔维丝的丈夫朗第耶不务正业，抛弃她，和另一个女工阿黛尔私奔。她带着两个孩子艰难度日，得到了工人古波的爱情。他们在婚后生活逐渐改善，搬进了新居，不料古波工作时从屋顶上摔了下来，在疗伤期间养成了喝酒的习惯。伊尔维丝看到丈夫酗酒，自己也随波逐流，由于贪吃而日益肥胖。

这时朗第耶已与阿黛尔分手，重新回到伊尔维丝身边，用大吃大喝的手段笼络了古波，重新占有了她，她也竟然习惯了这种三角夫妇的生活。朗第耶逐渐侵吞了家中的一切后把古波夫妇赶了出去。最后古波死于酒精中毒，女儿被人拐走，她自己只得靠卖淫为生，穷困而死。小说描写了穷苦的工人因酗酒而堕落的过程，真实地反映了工人的悲惨生活，再现了他们的恶劣处境，是法国文学史上第一部为工人鸣不平的作品，出版后受到了民众的热烈欢迎。

《小酒店》最初从1876年4月30日到6月7日在《公益报》上连载，副标题是《巴黎通俗小说》。不久越来越多的人退订该报，左拉从7月9日起把它转到诗人卡迪尔·孟戴斯主编的小型周刊《文学界》继续登载，因而论战在小说出版之前就已经激烈展开。

1876年9月1日，《费加罗报》评论员阿尔贝·米罗首先发难，不仅指责左拉“以他刚崭露头角的才能，他确实成了不折不扣的下等人。他不是现实的人，倒成了卑鄙的小人，这本书不光是粗话，而且是描写色情的淫书。”[①]而且暗示左拉是带有社会主义倾向的民主主义作家。《高卢人报》也在9月21日发表文艺评论家路易·布塞·德·富尔科的文章：“这本集子是我所知道的集中最卑劣、最直截了当鲜廉寡耻的大杂烩……

① 亨利·特洛亚：《正义作家左拉》，胡尧步译，世界知识出版社，1999年，第118页。

可以这么形容左拉先生,他也不可能不会发怒:'臭不可闻'。"①

不仅资产阶级评论界群起而攻之,而且《法兰西共和国报》等左翼报纸也指责左拉用淫秽有害的作品公开恶意中伤民众,为反动派提供炮弹。泰纳并不支持左拉,就连一向对左拉有好感的雨果,也对《小酒店》感到震惊和愤怒:

> 这部作品是拙劣的。它几乎是随心所欲地描写贫困和穷人蒙受的屈辱的一切丑陋的疮疤……不要反驳我说这些都是真实的,就是这么回事。我很清楚,我经历过各种各样的贫困,但是我不想让它们引人注目。您没有权利这样做,您没有权利使不幸暴露无遗。我并不害怕描写《悲惨世界》的痛苦和耻辱。我把人物安排成一个苦役犯、一个妓女,然而我写这部作品是为了解除他们的屈辱……我深入了解这些苦难的人是为了安慰他们、解脱他们。我是作为道德家、医生去了解的,但是我不想让人抱着无动于衷或者好奇的态度去了解,任何人都没有这种权利。
>
> 在左拉之后,另一个人将会出现,他在暴露无遗和冷酷无情方面不会担心走得更远。这些现在只不过是肮脏;肮脏之后就是猥亵,我瞥见了一个深不可测的深渊。②

雨果的预见并没有错,这个深渊就是当代小说,因为按照左拉那个时代的读者的眼光来看,当代的多数小说都可以贴上猥亵的标签。雨果的这篇评论也标志着他与左拉关系的恶化。左拉曾经是钦佩雨果的,他在1860年9月8日致雨果的信中充分表达了自己的景仰之情:

① 亨利·特洛亚:《正义作家左拉》,胡尧步译,世界知识出版社,1999年,第119页。

② 阿尔芒·拉努:《您好,左拉先生》,阿歇特出版社,1952年,第227—228页。

写这封信的年轻人之所以敢于向他敬爱的诗人、向您这位天才人物请教，是因为他已熟知您对年轻、自由和多情的一切都予以父亲般的关怀……

我尝试过一切流派，变得更爱思考，最终又回到您对艺术的观念上来，这些如此正确和如此恰当的思想观点，我在童年时代就已经怀着热诚和敬仰接受了……

我寄的诗篇和我的大胆本身，就是我对您作品的热爱和崇拜、对您仁慈的信任的证明。但愿我微弱的声音能使您想到，您如此热爱的法兰西永远记得它的诗人，而年轻的心灵在自己周围徒然地寻求回声之后，都不得不离开祖国飞向您的流放地。①

对于左拉的热情，雨果也报之以相应的好评。1869年3月21日，他把自己的一册《盖纳西岛之声》题赠给左拉，对他表示友好的感谢，并且说道："我在读您的作品，雄辩的亲爱的同行，我今后还会读您的作品；成功就是被重新阅读。您具有坚定的意图、明快的色彩，生动、真实、生活。继续这些深刻的研究，握您的手。"②由此可见左拉和雨果的关系是不错的，但后来却逐渐恶化，据说与两人对巴黎公社的态度不同有关，但雨果对《小酒店》的指责，至少是这种恶化的第一次公开表示。后来左拉也失去了对雨果的好感，他在1880年11月5日给友人卡米叶·夏涅奥的信中写道："我认为，雨果作为辞藻华丽而浮夸的作家和自然神论者，对于我这一代的影响是令人不快的。"③

当时只有法朗士(France, Anatole)对《小酒店》予以好评，保尔·布尔

---

① 《左拉文学书简》，吴岳添译，安徽文艺出版社，1995年，第41—42页。

② 阿尔芒·拉努：《您好，左拉先生》，阿歇特出版社，1952年，第227页。

③ 《左拉文学书简》，吴岳添译，安徽文艺出版社，1995年，第325页。

热[①](Bourget, Paul)也致信左拉表示支持："这是您最优秀的小说。这么疯狂地攻击本身也说明了问题。您绝对是站在自己的土地上。啊！您真是一位了不起的人物！我们这些年轻人，都认为您是第一流的。"[②]

有趣的是，《小酒店》的语言虽然粗俗，但是对语言十分敏感的象征主义诗人马拉美[③](Mallarmé, Stéphane)，也在1877年2月3日写信给左拉表示支持：

> 这完全是一部杰作，而且适合于一个真实正在变成美的通俗形式的时代！那些指责您没有为人民而写作的人，就和那些怀念一种古代理想的人一样搞错了；您从中找到了一个现代的理想，仅此而已……您在语言方面令人赞叹的尝试，多亏了它，那么多被可怜的家伙们往往编造得荒谬的表达方式，具有了最动人的文学名言的价值，因为它们能使我们这些文人微笑或者几乎要流泪！这使我感动到了极点；……您用平静的笔调写下的这些文字，这些像生活中的日子一样翻过去篇章，就是您赋予文学的某种全新的东西。[④]

《小酒店》于1877年初由夏庞蒂埃书局出版后，就像雨果的剧作《欧那尼》(*Hernani*, 1831)那样引起了激烈的论战。尽管左拉被骂成"抄袭者"、"挑衅者"、"叫人恶心" 等等，但是这些叫骂声等于为小说做了广告，使《小酒店》在几个月里就重印了三十五次，当年售出了三万五千册，成为《卢贡-马卡尔家族》中第一部成功的小说。左拉不仅因此成为法国最著名的作家，而且在1878年5月28日，用《小酒店》所得的丰厚报

① 保尔·布尔热(1852—1935)，法国小说家，注重人物的心理分析，作品有《弟子》等。

② 亨利·特洛亚：《正义作家左拉》，胡尧步译，世界知识出版社，1999年，第120页。

③ 斯特凡·马拉美(1842—1898)，法国象征主义诗人，代表作有《牧神的午后》等。

④ 马尔克·贝尔纳：《左拉》，瑟伊出版社，巴黎，1977年，第61页。

酬在梅塘买下了一栋带花园的房子。

五 梅塘集团的成立

1880年是左拉最为动荡的一年。年初他因写作《娜娜》而积劳成疾，接着先后失去了好友杜朗蒂、亦师亦友的福楼拜和自己的母亲。他刚刚宣布永远离开新闻界，所以忙于把发表过的文章收集成《戏剧上的自然主义》(*Le Naturalisme au théâtre*)、《戏剧作家》(*Nos auteurs dramatiques*)、《自然主义小说家》(*Les romanciers naturalistes*)、《文学资料》(*Documents littéraires*)和《一次战役》(*Une campagne*)等集子出版。他在2月份出版了《娜娜》，4月份出版了《梅塘之夜》，从而为梅塘集团这个自然主义文学流派的成立做好了舆论准备。

《娜娜》(1879)里的女主人公娜娜是《小酒店》里伊尔维丝被拐走的女儿，她的父亲就是死于酒精中毒的古波，这种遗传成了她堕落的根源。娜娜本来是一个普通的女人，还保持着善良的天性。她真诚地爱上了演员丰当，但婚后却经常挨打，丰当还和别的女人同居，于是她自暴自弃，甘心堕落，在演出时利用性感的肉体诱惑上流社会的达官贵人，使王公大臣到银行家都陷入她的色情泥坑不能自拔，为了她倾家荡产甚至送命。她还到国外去攫取钱财，最终回到巴黎后死于天花。小说以妓女为主人公，而且事先在报纸上做了广告并且连载，因此引起了像《小酒店》出版时同样激烈的争论。

福楼拜对小说大加赞赏，布尔热也对左拉和《娜娜》赞扬备至，于斯曼更是赞不绝口：

> 我读《娜娜》是简直吃惊万分，读到后来更是趣味无穷，香气扑鼻。这是本好书，一本风格新颖的书，是您的系列中和直到现在所写的书中绝对新颖的书……毫无矫揉造作，场面宏大……内容十

分精彩，那些华而不实的人写的多么惟妙惟肖！……这一切，天啊！实在是了不起！[①]

当然反对声也是一浪高过一浪，左拉又一次被骂成臭粪坑和污水管。连雷翁·甘必大[②](Gambetta, Léon)也认为《娜娜》不堪入目。争论的结果是《娜娜》在发行的第一天就售出了五万五千册，这一成就无疑为梅塘集团大张了声势。

梅塘集团的成员除了为首的左拉之外，有莫泊桑、亨利·塞亚尔、若里-卡尔·于斯曼，以及左拉在埃克斯时的中学校友保尔·阿莱克西，还有曾因举办关于《小酒店》的演讲而引起轰动的雷翁·埃尼克[③](Hennique, Léon)。

自然主义文学流派取名为梅塘集团，主要是由于左拉的声望，那里有左拉的住宅。实际上这个团体在19世纪70年代末已经形成，每星期四在巴黎左拉的家中聚会。他们本来想办一份杂志来鼓吹自然主义，但是缺乏资金，于是决定以1870年的普法战争为主题，每人写一篇小说，合作出版了中篇小说集《梅塘之夜》(1880)。这些作品一反浪漫主义的感伤，不到半个月就印了八次，尤其是莫泊桑因《羊脂球》而一跃跻身于法国大作家之列。

六 布吕纳介的评论

布吕纳介(Brunetière, Ferdinand, 1849—1906)是法兰西学士院院

① 亨利·特洛亚：《正义作家左拉》，胡尧步译，世界知识出版社，1999年，第137—138页。

② 雷翁·甘必大(1838—1882)，法国政治家，共和派领导人，《法兰西共和国报》的创立者，1879年至1881年任众议院议长，1881年至1882年任总理。

③ 雷翁·埃尼克(1851—1935)，法国作家，左拉的朋友。

士，曾任《两世界评论》（*La Revue des deux mondes*）主编，是法国19世纪下半叶学院派批评的重要代表。他推崇古典主义文学，贬低启蒙文学和浪漫主义文学，他虽然赞同泰纳的文艺批评理论，但是却从道德观念出发，对左拉的自然主义小说大加抨击。1892年，布吕纳介再版了他的文集《自然主义小说》（*Le Roman naturaliste*），共收入了他在《两世界评论》上发表的十四篇论文，大多是关于自然主义文学的，其中主要有：《1875年的现实主义小说》（1875）、《自然主义小说的起源》（1881）、《论实验小说》（1879）、《法国的自然主义》（1880）、《英国的自然主义》（1881）、《虚假的自然主义》（1882）、《关于〈家常事〉》（1882）、《渺小的自然主义作家》（1884）和《自然主义的破产》（1887）。从这些论文发表的时间和内容来看，布吕纳介对自然主义显然是极为关注和毫不留情的。

在《1875年的现实主义小说》中，布吕纳介在评述了福楼拜和都德等的小说之后专门批判了左拉，认为他已经发表的五部小说在描写放荡行为方面超出了现实主义所能允许的范围，指责他在题材的选择和描写的风格方面都卑鄙无耻、丑陋不堪。尤其是在《穆雷教士的过失》里，简直把人写成了畜生。在《自然主义小说的起源》里，布吕纳介详尽地回顾了从启蒙时代到当代的法国小说与国外小说的发展历程，把左拉与18世纪小说家雷蒂夫·德·拉布勒多纳①（Rétif de la Bretonne）相提并论，归根结底他认为左拉也会像拉布勒多纳那样被人遗忘。

在《论实验小说》（1879）里，布吕纳介对左拉极尽讽刺挖苦之能事，说迄今为止没有一个人迷恋左拉，没有一个人愿意吹捧他的作品，他为报纸撰稿是孤芳自赏，是自吹自擂。布吕纳介又一次把左拉与拉布勒多纳进行比较，认为左拉绝对缺乏文学教育和哲学修养，他的作品只有一点符合他所鼓吹的理论，那就是有意使用粗俗的语言和庸俗的题材。他还

① 雷蒂夫·德·拉布勒多纳（1734—1806），法国小说家，著有《走邪路的农民或城市的危险》、《尼古拉先生或揭穿了的人心》和长达十六卷的《巴黎之夜》等，以描写色情著称。

指责左拉看不到人类的美德，专写人的恶行，因此所写的小说毫无用处：

> 我们的小说家们究竟在什么地方看到了他们所描写的这些生活呢？只有他们看到了这些生活吗？就左拉先生来说，我会毫不犹豫地回答说，他没有看到过这些生活……而当他看到了这些生活时，又是什么样的怪癖使他只注意人类最卑劣的方面呢？目的何在？总是有目的吧。这是怎样恶劣的玩笑啊，它持续得太久了！左拉先生能使谁相信古波的震颤性谵妄会使一个酒徒离开他的杯中物呢？能使谁相信娜娜的梅毒会使一个不幸的少女放弃对自由欢乐和奢侈生活的追求呢？左拉先生曾对这种魅力大书特书的啊！对这种花了五百页来长篇累牍地描写的低卑而荒谬的罪恶，用不着进行辩护了，已经足够了，确切地说，已经太多了！
>
> 睁开眼睛来看看你的周围吧。我们这个世纪显然不是那么没有道德的，我们能够此处彼处地举出一些好德行的例子来……能找到正直善良的人们，他们安分守己地乐享生活，有勤俭的父亲、忠于丈夫的妻子、为子女们缝补花衣服的母亲。别说这些人身上没有什么故事可说！他们也有可以述说的故事，而且是一切故事中最有趣、最真实的故事……
>
> 不幸的是，左拉先生永远不会想到描述这样的故事。[①]

布吕纳介彻底否定了左拉的实验小说理论，认为左拉小说中不健康的粗俗内容已经远远超过了现实主义所允许的限度。他对左拉的讽刺挖苦可谓登峰造极，甚至否认左拉运用词汇的能力：

① 布吕纳介：《论实验小说》，胡宗泰译，载谭立德编选：《法国作家、批评家论左拉》，安徽文艺出版社，1994年，第47—48页。

由于他的文笔枯燥无味，我甚至不能同意左拉先生的崇拜者们将他当作一位“纯正的作家”，更不能同意将左拉先生称作是一位“语言大师”。在这一点上，我们不能被几页精彩的描写造成的假象所迷惑。作为一位作家，左拉先生好像是“市场大王”。人们说这样的人认识法语中的全部词汇，但是他却不知道使用这些词汇的方法。左拉先生也认识法语中的全部词汇，甚至还知道既不是法语也不是世界上任何一种语言的某些词汇；但是不管是法语中的词汇还是别的什么词汇，他都不明白这些词汇的含义、它们在句子中的位置以及怎样运用这些词汇。[①]

然而在关于左拉创作的评论中，布吕纳介却是一位独特的批评家，确实精辟地评析了文学创作方面的一些值得探讨的问题，例如关于环境和细节的描写，他认为应该有所选择，应该描写合乎人情、能突出人的感情和性格的环境和细节，而放弃一部分使人类似于动物的低级的、无足轻重的或者毫无意义的描绘：

你知道为什么你作品中的描写部分，尽管作为读者的我耐着性子在读，作为作家的你不乏写作天才，可是或迟或早，到头来总是使我感到厌烦呢？你是这样依次描写的：房间里铺着的地毯，地毯上放着的床，床上的被褥，被褥上压着的鸭绒压脚被……还有什么呢？这种描写，就使人感到疲倦。这些细节实在是没有什么意义的……特别是还有些细节是没有用处的。我的床放在房间角落里还是放在房间中间，我的床帷是垂帘式的还是佛来米头饰式的，你

① 布吕纳介：《论实验小说》，胡宗泰译，载谭立德编选：《法国作家、批评家论左拉》，安徽文艺出版社，1994年，第30页。

竟能从这些细节中得知我的性格怎么样的吗？[①]

布吕纳介对劳动大众有着贵族式的偏见，与以通俗语言描写工人的左拉为敌，时时进行最为猛烈的抨击，但是我们不能不承认他作为批评家的犀利眼光。左拉作品中的确有不少使人觉得累赘的细节描绘，因而他的作品有时如布吕纳介所说使人感到疲惫和厌烦。20世纪50年代的新小说只是不厌其烦地描写物，也就是连篇累牍地描写环境和细节，因而不可能得到读者的喜爱，昙花一现后便从文坛上消失，这种文学现象似乎也证实了布吕纳介的准确预见。

布吕纳介还深刻地指出了左拉作品的特色：

如果说左拉先生的观察不是"现实主义"的，我还要加上一句说，他的风格却是浪漫主义的。这真是奇怪的事情！这位"先驱者"竟落后于他所生活的时代！他的研究敲响了1900年的时钟，他的小说却总是标志着1830年。

显而易见，对他来说，这真是对泰奥菲尔·戈蒂埃极大的忘恩负义；其实，他是不敢这么做的，我还不知道左拉先生有哪些描写不是用戈蒂埃式的文笔写成的呢。[②]

布吕纳介把左拉作为自然主义的代表作家来抨击，却又认为他的风格是浪漫主义的，这本身就是一个奇怪的悖论，这也说明左拉决非一个纯粹的自然主义作家。

① 布吕纳介：《论实验小说》，胡宗泰译，载谭立德编选：《法国作家、批评家论左拉》，安徽文艺出版社，1994年，第39页。

② 同上，第46页。

第二节　19世纪80年代

梅塘集团成立后，左拉继续发表小说，以完成《卢贡-马卡尔家族》的庞大工程。为了全面地反映整个社会，他不仅为每部小说确定了一个专门的主题，而且在作品之间寻求某种平衡。例如他写过暴露工人生活的《小酒店》，所以也要写一部揭露资产阶级生活的小说，这就是《家常事》(*Pot-bouille*，1882)。小说描绘了资产阶级家庭里的三种因教育、疾病和愚昧导致通奸的女人，暴露了资产者的无耻和卑劣，但因此也引起了一片反对的声音，尤其受到了资产阶级评论界的猛烈抨击。有个名叫迪韦迪的律师因为与小说中的人物同名而向法院起诉，左拉因此被塞纳民事法庭判处有罪。于是又有与小说人物同名的人找上门来，左拉疲于应付，不得不写文章进行解释，说明要为小说人物取个不与任何人雷同的名字是不可能的。

为了平息新闻界的愤怒，以及纠正读者普遍认为他专写揭露丑恶现实的小说的观念，左拉特地改换笔调，写出了小说《妇女乐园》(1883)和《生之欢乐》(*La Joie de vivre*，1884)。在傅立叶(Fourier，Charles)、马克思(Marx，Karl)、普鲁东(Proudhon，Pierre-Joseph)和于勒·盖德[①](Guesde，Jules)等的著作的启发下，左拉在《妇女乐园》中描写了小商人与百货商店的竞争，颂扬了现代商业的繁荣和优越性。《生之欢乐》则描绘了孤女波利娜面对生活的种种磨难，多次不惜牺牲自己的幸福，以德报怨，始终保持着对生活的信心。这两部小说显示了与《小酒店》、《娜娜》和《家常事》截然不同的风格。

① 于勒·盖德(1845—1922)，法国工人党创始人之一，早年积极支持巴黎公社，创办《平等报》宣传社会主义思想。1879年10月创建法兰西工人党，1901年与拉法格一起创建法兰西社会党。第一次世界大战期间采取民族沙文主义立场，在资产阶级政府中任国务部长。

勒梅特尔认为《妇女乐园》和《生之欢乐》虽然描写了德行，但是着重描写的都是女主人公的身体感觉，取消了意志和感情斗争之中的心理分析，因而成功地塑造出具有威严、粗犷之美的人物，塑造出伟大而粗野的形象。在写作手法上也有所创新：

> 在《妇女乐园》中，职员们在嚷嚷，小店老板们在嚷嚷；在《生之欢乐》中，渔夫们在嚷嚷，乞丐们在嚷嚷。通过这些次要人物，主要角色便与人性中最大一部分结合起来了；而正如我们所看见的那样，这种人性本身是和事物的生命混在一起的，因此，从这些整体就能获得一种几乎只是兽性的、物质的，但却是杂沓的、深沉的、广阔的和无限的生活的印象。[①]

在上面两部相对轻松的小说之后，左拉在工人罢工斗争的影响下，再一次把目光投向了工人阶级，而且是劳动和生活最为艰苦的煤矿工人。这部名为《萌芽》(*Germinal*,1885)的小说从1884年11月26日起在《吉尔·布拉斯报》上连载，到1885年1月23日完稿后出版。

小说的主人公是年轻的机器匠艾蒂安，他被铁路工场开除以后到矿井里做工，逐渐获得了工人们的信任。为了反对矿主的残酷剥削，他在矿里成立了国际工人协会支部，发动工人罢工与资本家进行斗争。他排除了无政府主义者苏瓦林的干扰，率领工人游行示威，高呼“社会主义万岁！打倒资产阶级！”但是由于公司的分化阴谋，罢工最后还是失败了。艾蒂安在井下的搏斗中杀死了工贼沙瓦尔，自己也差点死去。他被救出后虽然无法再下矿井，但是已经成为一个久经考验的革命者，对未来的胜利充满了信心。小说的最后一句话是：“风云人物正在茁壮地成

① 勒梅特尔：《埃米尔·左拉》，载谭立德编选：《法国作家、批评家论左拉》，安徽文艺出版社，1994年，第77页。

长,一支黑色的复仇大军正如种子一般在田垄里慢慢地发芽,正在为下一个世纪的收获而成长,它的萌芽即将破土而出。”[①]

《萌芽》作为法国第一部描写工人罢工的长篇小说,它的进步意义是显而易见的。在法国文学史上,它第一次如实地反映了矿工们的悲惨生活,揭露了资本家对工人的残酷剥削,并且通过如火如荼的罢工场面,热情地歌颂了工人阶级的英勇斗争,因而出版后受到民众的热烈欢迎,对法国的工人斗争和进步文学都产生了深远的影响。

但尽管如此,《萌芽》由于如实地描绘了矿工们触目惊心的苦难生活,他们混乱的性行为,以及罢工时妇女们扯下坏蛋的生殖器等极端的举动,缺乏必要的心理活动和分析,因此出版后褒贬不一,也引起了不少争论。

继《萌芽》之后出版的《作品》(*L'Oeuvre*,1886),是《卢贡-马卡尔家族》系列中唯一以画家为主人公的小说,写克洛德·朗蒂埃由于患有遗传的疾病而未能发挥绘画天才,结果发疯而导致自杀。画家们纷纷怀疑自己是否成了左拉小说中的人物,其实塞尚心里最清楚,左拉就是以他为原型来塑造克洛德·朗蒂埃的,因而对左拉极为不满,左拉从此失去了老朋友塞尚的友谊。

一 莫泊桑的评论

居易·德·莫泊桑(1850—1893)是左拉的朋友,也是梅塘集团的主要成员,因此他虽然不是专门的评论家,但是他对左拉的评论却因其确实可靠而有着独特的史料价值。他对左拉的评论主要是写于1883年的《埃米尔·左拉研究》,对左拉从中学到80年代初的思想、写作和生活等各个方面进行了全面的评述。

莫泊桑一贯最坚定地支持左拉,充分肯定和赞赏左拉的作品。例如

① 左拉:《萌芽》,符锦勇译,上海译文出版社,1999年,第403页。

《贪欲的角逐》曾因受到抨击而被迫中断连载，莫泊桑却认为：

> 《贪欲的角逐》是自然主义艺术大师最出色的小说之一，这部辉煌而精炼、动人而真实的作品，写得热情洋溢，语言很有色彩，很有力量。虽则有些比喻一再重复略嫌累赘，但这种语言的优美和遒劲是无可争辩的。这是一幅生气勃勃的图画，描绘第二帝国的恶习，从奴仆直到贵妇人，从社会的最低层直到社会的最上层。[①]

莫泊桑对《巴黎之腹》、《普拉桑的征服》、《穆雷教士的过失》和《卢贡大人》等作品，特别是《小酒店》都表示由衷的赞赏，并且公开支持左拉在文学中的革命：

> 左拉是一位文学中的革命者，即一切陈旧事物的不可调和的敌人。
>
> 谁具有敏捷的思考力，并且热烈地向往一切新事物，谁具有思想活跃的特点，他就不可避免地会由于对熟知事物的厌恶而成为一个革命者。

然而莫泊桑在评论左拉的时候，始终保持着辩证的态度，也就是同时看到左拉的长处和短处。他肯定左拉坚定主张描写真实的革命精神，但也看到左拉是在浪漫派熏陶下成长起来的，他是用浪漫派的夸张手段在攻击浪漫派，因为：

> 须知绝对的真实，不掺水分的真实是不存在的，因为谁也不能

① 莫泊桑：《埃米尔·左拉》，若谷译，宋国枢校，载谭立德编选：《法国作家、批评家论左拉》，安徽文艺出版社，1994年，第53页。

认为自己就是一面完美无缺的镜子。我们每个人都有一种思想倾向，教我们这样或那样去看待事物；同一桩事，这个人觉得是正确的，另一个就可能觉得是错误的。想描写得真实，绝对的真实，是一种不能实现的妄想。[①]

这段话充分表明莫泊桑实际上已经背离了自然主义的创作原则，尽管他非常尊重和支持左拉，但是在创作实践中已经与左拉分道扬镳了。不仅在文学理论上，而且在创作方法上，他也看出了左拉的不足之处：

竭力主张观察真实的左拉，自己却过着十足的隐士生活，他足不出户，不了解社会的情况。那末他怎样写作的呢？靠笔记本里的二三则札记，东零西碎地收集若干资料，他便创造人物、刻画性格，做他的小说。结果他不得不虚构。[②]

所以他认为左拉是浪漫派的儿子，在写作手法上也是个浪漫派，这个观点实际上是与布吕纳介的观点相同的。

莫泊桑赞扬左拉勤奋写作的习惯，以及在报纸上顽强战斗的精神。但是在承认左拉在戏剧方面进行革新的同时，也看出了小说才是适于他创作的体裁：

无论这些剧作日后的成就如何，现在似乎已经证明，这位杰出

① 莫泊桑：《埃米尔·左拉》，若谷译，宋国枢校，载谭立德编选：《法国作家、批评家论左拉》，安徽文艺出版社，1994年，第58页。

② 同上，第58页。

的作家，他的才能，主要是在小说方面，只有小说这种形式在各方面都可以完全发挥他健旺的才力。[①]

二 梅塘集团的解体

梅塘集团既是法国自然主义文学发展到顶峰的产物，同时也是它开始衰落的标志。这个被视为自然主义文学流派的团体，成员之间本来就存在分歧、各有打算，只是在自然主义文学发展的高潮中暂时集结在左拉的大旗之下，因而对成员的加入与退出、对于各自的文学观点不可能有任何规定或要求，实际上就连左拉本人也并非始终信奉和坚持自然主义的文学理论。正因为如此，它一有风吹草动就如同昙花一现，只存在了短短的几年就宣告解体了。

1887年，左拉在小说《土地》(*La terre*)里用粗犷通俗的语言描绘了野蛮落后的法国农村，遭到了包括法朗士在内的批评界的猛烈抨击。当时影响最大的事件，是保尔·博纳坦(Bonnetain，Paul)、约瑟夫-亨利·罗斯尼(Rosny，Joseph-Henri)、吕西安·德卡夫(Descave，Lucien)、保尔·玛格丽特(Margueritte，Paul)和居斯塔夫·吉什(Guiche，Gustave)等五名青年，于1887年8月18日在《费加罗报》上发表了《五人宣言》，对《土地》进行肆无忌惮的辱骂，对左拉进行恶毒的人身攻击：

……实际上，左拉每天都在违背他的纲领……他越是鼓吹作品朴实无华，就越显得软弱无力，文章啰嗦冗长，一派陈词滥调，使得他最热心的弟子们不知所措……在《卢贡》一书中，大家最直接的感觉不是资料的残暴内容，而是淫秽的强烈成分。于是，有人将此归诸于作家的下身的病，僧侣般的孤独怪癖……《卢贡-马卡尔

① 莫泊桑：《埃米尔·左拉》，若谷译，宋国枢校，载谭立德编选：《法国作家、批评家论左拉》，安徽文艺出版社，1994年，第66页。

家族》一书之所以吸引人,并不是其文学质量,而是由《人民之声报》吹起来的,是以描写色情而名声远扬……

《土地》一书出版了,实在令人失望和难受……我们坚决摒弃这种骗人的实话文学,这只不过是高卢人的粗话俗习加上因成功冲昏头脑的大杂烩而已,我们摒弃左拉塑造出来的老实人,这是一些古里古怪、异于常人、脑子简单的人物,他们很快会在大庭广众中像风驰电掣的快车似的被大量抛弃……我们认为《土地》并不是一个大人物一时的失算,而是一系列败笔的后遗症,一个贞洁者不可挽回的病态的堕落。①

左拉曾在《实验小说论》里对青年寄予厚望,这份声明因而产生了分外强烈的影响,导致了本来已有分歧的梅塘集团的解体。对于这五个自称曾是左拉弟子的年轻人,左拉只是在埃德蒙·德·龚古尔和都德家里见到过,所以他怀疑是埃德蒙或都德泄漏了自己的生理隐私,因此加深了彼此的矛盾。

布吕纳介立即发表了《自然主义的破产》,特地把法国的自然主义作家与国外的自然主义作家做了比较,他认为:

左拉自己对他讲给我们听的故事、对他打算描绘的人物、对这种他毕竟以为阐明了的现实都是不大关心的。左拉先生关心的只是他作品的成功和他的声望的提高。除了鉴赏力和道德感之外,他最缺乏的就是同情,而没有同情,没有这种可贵、优雅和敏锐的特性,就没有办法稍微深入了解我们的同类,也没有办法成为自然主义者。

① 亨利·特洛亚:《正义作家左拉》,胡尧步译,世界知识出版社,1999年,第190—191页。

> 无论怎样重复都不会多余：这里正是现代的自然主义作家所不理解的东西，首先是福楼拜，接着是左拉先生，以及他们的许多模仿者；正是这一点使得托尔斯泰、陀思妥耶夫斯基、狄更斯、乔治·艾略特这样的俄国和英国的自然主义作家比他们高出许多。这是因为他们真正爱卑微的和被蔑视的人……他们相信人类在痛苦和死亡中的平等，赋予所有人以一种同样受到所有人关注的权利。如果他们深入到一个妓女或者一个罪犯的内心的时候，那是为了寻找人类的灵魂本身。他们之所以敢于描绘丑陋和庸俗，是因为他们相信发明了安慰我们的艺术，就是使它们变得高尚。①

布吕纳介还指出左拉“越是宣扬自然主义，就越是回归浪漫主义，再说他就是从那里出来的，他也会在那里结束。”②这句话的本意是为了论证自然主义的破产，但客观上却再一次证明了左拉作品的特色，即他的小说并不完全符合他的自然主义理论。

布吕纳介在抨击左拉的《土地》的同时，分析了作品的影响与销售量之间的关系，指出了农民语言与资产者语言的区别，特别能见人所未见，看到了读者与小说的关系，这可以看作是当代接受美学的先声：

> 如果某种东西比《土地》里骇人听闻和卑鄙下流的一切还要严重的话，这就是有一类想要读它们的读者；更糟的是还会有这样的读者：类似的书籍只有读者的同谋才有可能，没有他们，无论他多么为自己的才华、或者为人们在他周围所说的这个名词自负，一个

① 布吕纳介：《自然主义的破产》，载布吕纳介：《自然主义小说》，巴黎，卡尔芒·莱维出版社，1892年，第352—353页。

② 同上，第363页。

小说家是不会写它们的……

《土地》，至少或许会有助于使他们睁开眼睛？在消除对《卢贡-马卡尔家族》的作者的好感和钦佩的同时，读者会消除对那么多其他与左拉先生在同样条件下、以同样的手段、只是更加灵活一点而取得成功的作者的好感和钦佩吗？最终会明白，如果不这样做，左拉先生，将永远依靠同样的读者，与他们联系得更紧密，不会担心在下一部小说里比他自己做得更加强烈？这正是我对同代人的希望。①

布吕纳介在论现实主义作家时批判左拉，在论自然主义小说时又称福楼拜是自然主义的先驱，《包法利夫人》是自然主义的杰作。在把法国与国外的作家进行比较的时候，他更是把自然主义作家与现实主义作家混为一谈，由此不难看出他对自然主义与现实主义并没有严格的区别。这就说明布吕纳介俨然以古典主义文学的卫道士自居，他抨击的矛头不仅是指向左拉，而且是指向所有的自然主义作家，乃至所有的现实主义作家。

当时只有左拉的老朋友马拉美看到了《土地》的价值：

我至少在《土地》中重又发现这使我惊叹不已的一切：您给艺术增添的富有才华的也许出自同一来源的双重特点，我们熟悉的，在每一页通过景色有所表现的人物所处的生活环境，还有您在远距离观察的许多人和人群的典型的命运，大自然客观的眼光就落在这些命运上。我并不觉得您那过人的才智和新颖的思想已达到

① 布吕纳介：《自然主义的破产》，载《自然主义小说》，巴黎，卡尔芒·莱维出版社，1892年，第365、366—367页。

> 比最近几部文笔练达的作品更佳的状态[①]。您不会疏忽底层的、在地面上发生的任何事：各种各样的爱情或生殖行为。那就是洞察入微的哲学和真正的诗意！[②]

为了纠正人们认为他专写淫秽色情的印象，左拉有意创作了一部描写纯情的小说《梦》(*Le rêve*,1888)：贫女昂瑞丽克爱上了艺术家费里西安，但因受到未来的公公、大主教德奥特古的反对而郁郁成病，在大主教最后表示同意的时候死去了。

《人兽》(*La bête humaine*,1890)是一个由于欲望导致犯罪的古老故事，类似于《泰莱丝·拉甘》。男主人公雅克·朗蒂埃是个身强力壮的火车司机，却有着遗传的精神分裂的病症，有着嗜血的本性和杀人的欲望。小说的情节都是在西部铁路公司展开的，通篇都是写一连串谋杀，而且没有任何理由。朗蒂埃杀人只是出于本能，为了取乐，不过背景换成了有着火车和火车站的工业社会。纪德认为《人兽》是左拉写得最好的小说之一，其中描写朗蒂埃与自己的杀人欲望进行斗争的心理活动写得非常出色。

三 勒梅特尔的评论

于勒·勒梅特尔[③](Lemaître, Jules)是法国学院派批评的重要人物，他对左拉的批评与众不同，不像布吕纳介那样彻底否定，也不像莫泊桑那样全面赞赏，而是既有对小说内容的指责和否定，也有对写作方法的

① 马拉美对左拉的著作的钦佩和好感从未中断过。他对《土地》的价值看得很清楚，然而，这部作品却遭到相当普遍的抗议，引起了五名年轻人的反击。——原编者注

② 马拉美：《致左拉》，谭立德译，载谭立德编选：《法国作家、批评家论左拉》，安徽文艺出版社，1994年，第17页。

③ 于勒·勒梅特尔(1853—1914)，法国文学和戏剧批评家，法兰西学士院院士。

肯定和赞扬，而且总的来说用语比较文雅，每次提到左拉都必称“先生”。他在《埃米尔·左拉》(1886)一文中，首先指出左拉不是一位批评家，不是一位描写真实的自然主义小说家，而是一位悲观的史诗诗人。他认为左拉的作品是在描写兽类，毫无价值：

> 左拉的书中充斥下流的内容，其无耻淫荡的程度远远超过现实生活；因此这些书是毫无价值可言的……
>
> 在左拉先生看来，人的本质就是兽性和愚蠢。他的作品向我们介绍的，是一大堆白痴，或者是受到他所说的“第六感官”折磨的人物——它散发出一股腐败的气味，肥料堆的气味，——大多数读者对此深为恶心，另外一些读者则感到巨大的、无法忍受的悲痛。[①]

但是勒梅特尔对左拉的写作方法非常欣赏：

> 然而，不管过的是什么样的生活，哪怕是残缺的、备受蹂躏的生活，他也会将这些人塑造得栩栩如生，他就是有这份才气，在这方面，作家中他是首屈一指的。不仅主要人物是这样，就连最不显眼的次要人物，在这位兽类制作者的大笔一挥之下，也是很有生气的……
>
> 他写小说就像泥水工砌墙一样，把一块石块砌在另一块石块上面，从容不迫地干着，好像工作是没有限期似的。像他这种类型的作家，采用这种写作方法确实是适宜的。这或许正是布丰先生所说的，是长期耐心的一种表现形式，是富有才气的。这种才能和其

① 勒梅特尔：《埃米尔·左拉》，胡宗泰译，载谭立德编选：《法国作家、批评家论左拉》，安徽文艺出版社，1994年，第69，79页。

它一些才能结合起来，便造就了左拉先生作品的十足的独创性……即使单从形式来看，《卢贡家族的发迹》和《穆雷教士的过失》中的一些篇章确实写得很美，光彩照人，语言纯正。[①]

总而言之，左拉的作品是矛盾的统一体：

我们将会认识到，通过这些并非无可指摘的成堆句子，我们才看到波澜壮阔和动人心弦的场面；这种粗糙的、从来不是细腻的、有时还欠正确的文笔，通过反复使用单调的夸张和强调再三的方法，用来真实地再现具体事件的全貌，是最最适宜的了。[②]

在这篇文章中，勒梅特尔还专门评论了左拉刚刚出版的《萌芽》。他虽然认为左拉只是从外部来描写人物，没有心理描写，但还是认为他写得精彩：

在这样的一部小说中，左拉先生将那些不可避免的、盲目的、非人性的、难以抗御的东西，集聚起来的愤怒的感染力，人群的激烈而怒不可遏的集体精神，全都绘声绘色地表现出来了。[③]

勒梅特尔认为左拉写的是本能而不是心理，是感觉而不是感情，因此他对小说的内容是不满的，尤其对结尾感到非常失望：

① 勒梅特尔：《埃米尔·左拉》，胡宗泰译，载谭立德编选：《法国作家、批评家论左拉》，安徽文艺出版社，1994年，第77，81，82页。

② 同上，第82页。

③ 同上，第83页。

你认为这谜一样的结尾怎么样？未来的革命究竟是什么样子的呢？贫苦的人们是等待美好日子的降临，还是去摧毁旧世界？是正义主宰一切，还是有更多的人进行角逐格斗？真是令人莫解！或者，这只是单纯的文字游戏！……

上上下下，到处都是痛苦和绝望！……在这部描述痛苦、饥饿、淫荡和死亡的史诗中，埃纳博时时在诉苦，在悲叹。这个人物是这部小说的寓意所在，明显地表达出左拉先生的思想："一股辛涩的苦味像毒素一样使他烦恼痛苦……一切都是徒劳无用的，活着是永恒的痛苦。"①

勒梅特尔的观点并不完全正确，因为《萌芽》描写并非只是感觉和本能，左拉不仅把矿井想象成吃人的猛兽，而且把那匹在井下呆了十年的老马写得和人一样富有感情：

现在，它的年纪已经很老了，两只猫眼似的眼睛有时会露出一种忧郁的目光。也许在模模糊糊的遐想中，它又隐隐约约地看到了马谢纳边上它降生时的那座磨坊。这座磨坊建在斯卡尔帕河畔，周围一片葱翠，叶轮总是在风中转个不停。空中有样东西在燃烧，是一盏很大的吊灯，但这东西的确切模样已经从它那牲口的记忆中消失了。它低着头呆在那儿，四条老腿在发抖，它是在尽力回忆太阳的样子，但怎么也想不起来了。②

① 勒梅特尔：《埃米尔·左拉》，胡宗泰译，载谭立德编选：《法国作家、批评家论左拉》，安徽文艺出版社，1994年，第89、90页。

② 左拉：《萌芽》，符锦勇译，上海译文出版社，1999年，第44页。

四 法朗士的评论

阿纳托尔·法朗士(1844—1924)是19世纪和20世纪之交重要的批判现实主义作家和文学评论家,是维系从左拉到罗曼·罗兰的法国民主主义传统的纽带,法国现代进步文学的开拓者。他在长达六十年之久的创作生涯中,共出版了近四十卷作品和评论,并且积极投身于德雷福斯事件(l'affaire Dreyfus)的斗争,并且在饶勒斯[①](Jaurès,Jean)的影响下信仰社会主义,接近无产阶级和劳动人民,支持国内外一切反对帝国主义和殖民主义的革命斗争,成为法国著名的进步人士,在当时的法国和欧洲产生了很大的影响。1921年,法朗士荣获诺贝尔文学奖,并以77岁的高龄加入了刚刚成立的法国共产党。

除了在小说创作和政治活动方面的成就之外,法朗士还是法国现代著名的文学批评家。从1886年到1893年,他在《时代报》上开设名为《文学生活》(*La Vie littéraire*)的评论专栏,一共发表了约三百篇评论,其中有一半被收入四卷本的《文学评论》(1894)出版。当代雅克·絮菲尔主编、日内瓦出版发行社(未注明出版年份)出版的《法朗士全集》,将评论部分增加到两百零八篇,分为六卷。这些评论的内容包罗万象,主要是对法国作家、特别是对包括左拉在内的、与他同时代的重要作家的评论。

法朗士崇尚人道主义,热爱美好的生活。他认为任何人身上都有爱美的本能,由此形成了生活的魅力。他是公认的语言大师,他的作品和评论都具有古典主义语言的明晰特色。他还擅长幽默的讽刺,在任何时候都不失其高雅的风度。因此虽然法朗士认为自己不是一个批评家,他也不属于某个流派,但是他的评论却能独辟蹊径和自成一家,是一种崇

① 让·饶勒斯(1859—1914),法国历史学家、哲学教授,法国社会党创立者。他多次当选为议员,经常发表鼓舞人心的演说,对法朗士影响很大。由于反对第一次世界大战,他在1914年7月31日被暴徒暗杀。

尚真善美的人道主义批评。正因为如此,他对乔治·桑[①](Sand,George)和莫泊桑等歌颂理想和美好事物的作家都赞誉有加。同时可想而知,他对左拉作品的粗俗风格往往是不以为然的。

法朗士的批评具有坦诚的特色,并不讳言名家的缺点。他曾指出斯塔尔夫人[②](Mme Staël)的文笔不够简洁,甚至指责雨果没有人性,不懂得什么是爱。然而他一旦认识到自己批评失当就会勇于改正,例如他在出版帕尔纳斯派[③]的诗集的时候,曾删去了他认为晦涩难懂的马拉美的诗作,但是他后来承认这是他的一个谬误,因为奥秘也是常常富有诗意的。

综上所述,我们就不难理解法朗士对左拉的作品所进行的看似多变、其实是一以贯之的评论。当左拉的《小酒店》受到评论界围攻的时候,法朗士挺身而出,予以既有赞赏又有批评的公正评价,后来他在《左拉先生的纯洁》一文中重申了他的赞美之词:

> 左拉先生是杰出的。他在描绘洗衣女工和白铁工方面无与伦比。我悄悄地告诉你们:《小酒店》使我获得莫大的乐趣。我怀着纯粹的快乐把古波的婚礼、鹅的饭和娜娜的第一次领圣体读了十遍。这些都是充满了色彩、活动和生气的令人赞赏的画面。[④]

① 乔治·桑(1804—1876),法国女小说家,她的《魔沼》等小说以反映空想社会主义学说的乐观色彩著称。

② 斯塔尔夫人(1766—1817),法国小说家和文艺批评家,著有《论文学》和《德意志论》等。

③ 法国19世纪下半叶以勒孔特·德·李勒(1818—1894)为首的诗歌流派,要求诗歌客观化、科学化和重视形式,并出版了三册名为《当代帕尔纳斯》的诗集。

④ 法朗士:《左拉先生的纯洁》,载雅克·絮菲尔主编:《法朗士全集》,日内瓦出版发行社(未注明出版年份),《文学生活》,第2卷,第534页。

法朗士对《小酒店》的评论发表之后，左拉在1877年6月28日给他写了一封措辞直率的信表示感谢，由此可见左拉完全理解法朗士的善意：

> 我认为您对我的评价往往说得不准，我这样说与其是就您对我的赞扬、不如说更是就您对我的批评而言的。您的朋友们告诉我，您的研究和您的精神状态使您独特地远离了当代的环境……
>
> 我指出您的两个错误：我根本不是出生于埃克斯，我是出生在巴黎。另外，我没有等到第二帝国垮台才开始写我的《卢贡-马卡尔家族》，它的第一部小说写于1869年，何况这套系列小说的提纲从1868年就构思好了。
>
> 再次感谢您，先生，为我费了您许多时间。我们的头脑虽然不一样，不过您属于那种想公正地对待我的人。[①]

法朗士对左拉《土地》的猛烈抨击人所共知。作为一个崇尚美和语言典雅的作家，他特别不能容忍《土地》的粗俗语言和放荡行为。他在对《土地》的评论中，首先谴责发表《五人宣言》的弟子们犯下了像含[②]一样的罪行，因为他们公然嘲笑父亲的裸体；接着他就以语言大师的身份指责左拉使用的不是农民的语言：

> 左拉先生没有为我们清晰地描绘农民。更为严重的是，他没有让他们好好说话，他让他们说的话是城市工人粗野的饶舌……左拉先生给予乡下人的是他们从未说过的一种啰嗦的下流话和一种

① 《左拉文学书简》，吴岳添译，安徽文艺出版社，1995年，第237页。

② 挪亚的次子，闪的弟弟。

形象的色情话。[①]

然后他谴责了《土地》中的淫秽气氛：

然而《土地》的最恶劣的缺点，却是毫无依据的猥亵。左拉先生笔下的农民达到了求雌狂的程度。夜里僧侣们由于害怕而在祷告时唱日课经的圣歌来加以驱赶的所有魔鬼，直到拂晓都包围在罗涅农夫们的床头。这个不幸的村庄里乱伦成风。田野上的劳作远未平息他们的感官，反而更为加剧。在所有的树丛里，都有一个农庄的小伙子按着"一个像发情的雌兽那样香喷喷的少女。"[②]

最后他把自己擅长的讽刺用在了左拉身上：

当然，我决不会否认他那可憎的名声。在他之前没有人竖起过那么高的一堆垃圾。那是他的丰碑，其高度是毋庸置疑的。从未有人如此卖力地使人类堕落，蔑视美和爱的所有形象，否认善良和美好的一切。从未有人对人类的理想无视到这种程度。在我们所有的人身上……有一种使人变得神圣的、对爱的无限需要，左拉先生对此一无所知。欲望和廉耻心往往微妙地混合在心灵之中，左拉先生对此一无所知。世界上有着高贵思想的美妙形式，有着纯洁的灵魂和勇敢的心灵，左拉先生对此一无所知。即使是弱点、差错和谬误也有它们动人的美，痛苦是神圣的，眼泪的神圣存在于一切宗教的

① 法朗士：《土地》，载雅克·絮菲尔主编：《法朗士全集》，日内瓦出版发行社（未注明出版年份），《文学生活》，第1卷，第191页。

② 同上，第194页。

深处。不幸足以使高贵的人成为普通人。左拉先生对此一无所知。他不懂得魅力是端庄的，哲学的讽刺是宽容和温和的……左拉先生值得受到深深的怜悯。①

法朗士后来在德雷福斯事件中成为左拉最坚定的战友，因此有人嘲笑法朗士对左拉的态度前后不一、自相矛盾。其实法朗士是性情中人，他的批评全凭自己的印象，写起评论来不受任何理论的束缚，不拘泥于任何规则，而是凭自己的印象信笔所之，有感而发，有好说好、有坏说坏，不像左拉那样做精确的考证。例如他对《金钱》的评论就有褒有贬：

左拉先生的新小说是一部粗俗笨拙但坚实有力、具有教益和重大意义的百科全书式的作品。与金钱有关的人，银行家、证券经纪人、中间人、交易所掮客、投机者，都在小说里得到了有条理的研究。我不会过多地评论这幅绘画的所有细节是否精确，因为我对这方面并不熟悉。不过总的来说画面似乎是真实的。它是宏伟的、活动的，生气勃勃，充满活力。当然从中也能感觉到老一套的写法，其中能发现左拉先生惯于给我们看的一长串一长串的列举，不时地重复同样的、可以与瓦格纳的主题句相提并论的语言形式。越来越单一的文笔笨拙而草率，但是一股异乎寻常的力量在开动着这部沉重的机器。②

1892年，左拉出版了小说《崩溃》(*La débacle*)，真实地描写了普法

① 法朗士：《土地》，载雅克·絮菲尔主编：《法朗士全集》，日内瓦出版发行社(未注明出版年份)，《文学生活》，第1卷，第196—197页。

② 同上，第89页。

战争中的最后几次战役，指挥无能导致法军大败，以及法国投降和巴黎公社等历史事件。法朗士对小说大加赞扬，尤其是坦率地表明了他对左拉看法的转变：

人们已经把埃米尔·左拉先生的《崩溃》和托尔斯泰的《战争与和平》进行比较，已经在探讨《卢贡-马卡尔家族》的作者在他的新书里描写的色当战役的画面，是否能与斯丹达尔在《帕尔玛修道院》里对滑铁卢战役的叙述相提并论了……

如果这本书因为细节的堆砌而令人想起托尔斯泰的作品的话，《崩溃》就不失为一部完全独特的、非常有力的、给埃米尔·左拉先生带来极大荣誉的作品。从前当左拉先生缓慢而固执地埋头于文明或大自然的肮脏角落里的时候，我曾猛烈地指责他阴暗的粗野和狭隘的忧伤，但是必须承认随着岁月的流逝，这个粗犷的劳动者的智慧在增加和发出光彩。他在这里那里、特别是《萌芽》当中，已经显示出具有史诗般的意识和民众的本能。这一次，他充分理解并在书里描绘了广泛的人性。这一次，他表现了人类肉体上形形色色的痛苦，怀着男性的怜悯，怀着一种使它们变得庄严和神圣的尊重……应该感谢埃米尔·左拉先生，他没有隐瞒战争中的任何丑恶、愚蠢和残酷，他笔下的小兵是无知、狭隘、非常纯朴的。他们总是觉得饿，在乡下确实总是会觉得饿的。……我觉得左拉先生非常清楚地体验到了士兵内心产生的感觉。这一次不能责备他贬低和羞辱人性了，他向我们描绘了一些非常勇敢的人……

人们从左拉先生的作品里形成的观念是一支勇敢而优秀的军队，它所缺乏的只是指挥官。这支军队是真正的英雄，可以说是这场悲剧中唯一的人物……左拉先生的伟大功绩是复活了这支如此不幸、不该遭受闻所未闻的苦难的军队的灵魂。①

由此可以证明法朗士对左拉并无成见，他不是在德雷福斯事件爆发后才站在左拉一边的，而是从《崩溃》出版以后就改变了对左拉的看法。法朗士起初并不关心政治，后来随着政治形势和个人境遇的变化而改变了态度，越来越接近左拉。德雷福斯事件爆发后，他和左拉并肩战斗，带头签署《知识分子请愿书》，在法庭上为左拉辩护，是德雷福斯派中唯一的法兰西学士院院士。他的多卷本小说《现代史话》(*Histoire contemporaine*,1897—1901）中的第三卷《红宝石戒指》(*L'Anneau d'améthyste*,1899)，写的就是德雷福斯事件，谴责了鼓吹民族主义的公爵、将军、神父以及狂热无知的民众。左拉去世后，他在左拉的葬礼上发表了动人的演说，并且继续坚持斗争，直至1906年德雷福斯被彻底平反。

第三节 19世纪90年代

一 拉法格的评论

保尔·拉法格(Lafargue,Paul,1842—1911)是法国工人党的创始人之一，马克思的学生和女婿。他是法国最早的马克思主义理论家、宣传家和文艺批评家，被列宁赞誉为“马克思主义的最有才能的、最渊博的传播者之一”②。

拉法格出生于古巴圣地亚哥的一个法国移民家庭，9岁时随父母回

① 法朗士:《崩溃》，载雅克·絮菲尔主编:《法朗士全集》，日内瓦出版发行社（未注明出版年份），《文学生活》，第6卷，第530、532—533页。

②《代表俄国社会民主工党在保尔·拉法格的葬礼上发表的演说》，《列宁全集》，第17卷，第386页。

到法国波尔多,1861年中学毕业后考入巴黎大学医学院。他在青年时代是个资产阶级民主主义者,曾经追随过普鲁东和布朗基,后来在马克思和恩格斯的教育和影响下成长为一个坚定的共产主义者。1865年1月,他加入第一国际巴黎支部,2月即受巴黎支部委托到伦敦会见马克思,报告法国工人运动状况。同年年底,他因参加在比利时举行的国际大学生代表大会而被巴黎大学开除。1866年初,拉法格在伦敦学医期间当选为第一国际总委员会委员，任西班牙通讯书记,1868年获医学博士学位,与马克思的女儿劳拉结婚后回到巴黎。

拉法格在普法战争爆发后迁居波尔多，任第一国际波尔多支部通讯书记,创办《国防》日报呼吁抗战,发动外省工人支援巴黎公社的斗争。他在公社失败后流亡西班牙,后来侨居伦敦,从事组织法国工人党的工作,和盖德一起在马克思指导下制订了《工人社会主义纲领》。拉法格积极参与了第二国际的创建,因宣传鼓动而多次被捕入狱,在狱中以工人代表的身份当选为众议员。他和劳拉一起，把马克思和恩格斯的《共产党宣言》等著作译成法文出版,自己也出版了多部宣传马克思主义以及回忆马克思和恩格斯的著作。1911年11月25日,他和妻子劳拉由于年迈而不能再为工人运动工作,一起"怀着无限欢乐的心情"自愿结束了生命。列宁在拉法格夫妇的葬礼上指出:"在拉法格身上结合着两个时代：一个是法国革命青年同法国工人为了共和制的理想进攻帝国的时代；一个是法国无产阶级在马克思主义者领导下进行反对整个资产阶级制度的阶级斗争、迎接反对资产阶级而争取社会主义的最后斗争的时代。"①

由弗雷维勒编注的《拉法格文学评论集》,1936年由巴黎国际社会出版社出版,共收入了保存下来的拉法格的七篇评论。《左拉的〈金钱〉》就是其中之一,它和另一篇《舞台上的达尔文主义》由于找不到法文原

①《列宁全集》,第17卷,第286页。

文，是从老旧的德文报纸上重新翻译成法文的。

左拉本来没有写作金融题材的计划，1882年的金融崩溃启示他写作了《金钱》这部小说，其实他是取材于更早的金融斗争：

> 1851年12月2日早晨，埃米尔·佩雷尔赶到詹姆士·罗斯柴尔德宅邸，向这位卧病在床的银行家再次保证政变的准备工作相当顺利。佩雷尔兄弟和罗斯柴尔德家族随后的钩心斗角，一直持续到佩雷尔兄弟垮台为止，再过一年，1868年，詹姆士才去世，成了上层金融界的传奇战役。这场斗争日后也成了左拉的小说《金钱》的主题。①

《金钱》的另一个素材是欧仁·邦图银行，又称总联社，创建于1878年5月，因从事交易所买卖而于1882年2月倒闭。由此可见，左拉的自然主义并非像镜子一样反映现实，而是根据写作的需要对掌握的资料进行重新构思，正如让·布维埃(Bouvier，Jean)所说的那样：

> 确实，文学上的自然主义并不是摄影，也不是现实的移印。我们将会看到，"文献资料的精确性"并不是主要的原因。左拉这位建筑大师只是自由地使用精确的文献资料。文学创作是化学，是炼金术，也就是把握住事实将它写成作品。小说和现实之间，艺术塑造和真实历史之间，永远不会完全一致，绝对吻合——它们之间也不应该吻合一致。②

① 大卫·哈维：《巴黎城记》，黄煜文译，广西师范大学出版社，2010年，第117页。

② 布维埃：《金融界》，胡宗泰译，载谭立德编选：《法国作家、批评家论左拉》，安徽文艺出版社，1994年，第333页。

《金钱》(1891)写的是巴黎股票交易所里的一场你死我活的斗争。冒险家萨加尔串通国会议员于赫大搞投机,骗取了许多小股东的资金。1866年,普鲁士与奥地利的战争使各种证券价格全部下跌,萨加尔的哥哥卢贡是第二帝国的大臣,他因此窃取了拿破仑三世将出面调解、战争即将结束的机密,于是大量买进,第二天证券价格果然上涨,他因此大赚了一笔,成为交易所里的英雄。萨加尔在此基础上拿自己的股份进行投机,实际上是在买空卖空。真正的金融巨头甘德曼选准时机,通过一场你死我活的斗争,终于使萨加尔损失了全部资本,而且因违反银行法锒铛入狱。小说里的甘德曼实有其人,是当时的银行家雅姆·德·罗斯柴尔德,他身体虚弱,只能靠吃牛奶和水果活命,所以腰缠万贯却毫无生趣。

《金钱》从1890年11月30日开始在《吉尔·布拉斯报》上连载,成书出版后几天就售出了五万册,引起了许多评论。拉法格随即发表了《左拉的〈金钱〉》进行评论。

法国在19世纪末已经具有世界强国的地位。在《金钱》出版之前,例如为纪念法国大革命一百周年而于1889年3月建成的埃菲尔铁塔,1890年的巴黎博览会,以及开始兴建的地下铁道等,都是经济繁荣和国力增强的标志。拉法格指出左拉与巴尔扎克处于不同的时代,充分肯定了左拉对重大的经济和社会现象的描写:

> 左拉的独特之处在于他表现了一种社会力量把人打翻在地上,而且将他压得粉碎……在敢于有意识地表现人如何被一种社会的必要性所控制和消灭这一点上,左拉是唯一的现代作家……
>
> 当左拉达到他的才华的最高峰时,他有了勇气接触到社会上的一些巨大的现象和现代生活中的大事件;他试图描写那些经济机体对于社会所起的作用。

在描写和分析作为现代巨人的庞大经济机体，以及它们对人类性格和命运的影响时，给小说开辟了一条新的道路，这是一种大胆的事业；作了这样的尝试，已经足够使左拉成为一个革新者，并且使他在当代文学中获得优先的位置和与众不同的地位……

可是左拉的才能是如此之大，所以即使他的观察方法有那些缺点，即使他在材料搜集上有很多错误，他的那些小说仍然是我们这时代最重要的文学大事。它们获得巨大成功是应当的……

《金钱》所描写的世界是不美的；可是人们不能像责备巴尔扎克那样责备左拉，就是说"把丑恶弄得更丑恶了"。在这儿，现实比左拉的一切龌龊和粗俚的描写更为令人作呕。现实超过最令人憎恶的图画。①

拉法格接着批判了左拉的自然主义创作方法：

由于自然科学在今天很时髦，左拉为了使他在小说中所倡导的东西具有科学的外貌，也就乞灵于自然科学了。他自己号称为克洛德·贝尔纳的门生，并且使这位伟大的生理学家，对左拉自己的文学的和病理学方面的想入非非的东西负责。左拉能够获得原谅的理由，那就是他对克洛德·贝尔纳的学说一无所知。②

他指出了左拉只看事件的外表而不追究事件的原因，往往不是根据自己的生活体验、而只是根据从报纸杂志上搜集到的资料来进行写

① 拉法格：《左拉的〈金钱〉》，载《拉法格文论选》，罗大冈译，人民文学出版社，1962年，第129、132—133、140、156页。

② 同上，第124—125页。

作，至多只是到交易所或矿井里去感受一下气氛，因此对生活的观察是不深刻的，这正是左拉与巴尔扎克的区别所在：

可惜的是像左拉这样一个具有毋庸否认、也没有人否认的才干的人，却过着隐士的生活，这使他不能正确地去描写他要表现的一切。博物学家和化学家离群索居，可是他们关闭在自己的实验室中，为的是能够更仔细地观察使他们感兴趣而且他们愿意认识的有生物和无生物。相反，当左拉在他的隐士之居的深处生活和创作时，他远离了作为他的研究对象的有生物和无生物；这样一来，用画家们的一句熟语来说，他不得不"写意"了。[①]

拉法格详尽地分析了《金钱》的社会背景，最后肯定《金钱》是一部杰作：

要想把交易所的人们和他们的生意经描写得很有趣味，这是很困难的，可是左拉却成功地把放在他眼前的吃力不讨好的材料戏剧化。如果我们考虑到所克服的困难，细节的丰富，布局的巧妙，人物性格的突出——有几个性格是非常出色地观察得来的，我们应当承认《金钱》是一部杰作。[②]

二 从《三名城》到《四福音书》

《帕斯卡医生》(*Le docteur Pascal*, 1893)是《卢贡-马卡尔家族》系列小说的最后一部，左拉是把它作为这套系列小说的总结题献给他的母

① 拉法格：《左拉的〈金钱〉》，载《拉法格文论选》，罗大冈译，人民文学出版社，1962年，第136页。

② 同上，第150页。

亲和妻子的。帕斯卡医生就是吕卡斯的化身。其实吕卡斯的《自然遗传》几乎已经被人遗忘,是左拉使他的名字和著作得以流传下来。不过帕斯卡医生健康英俊,没有任何遗传疾病,他在花甲之年与年轻姑娘克洛蒂尔德的爱情写得纯洁优美,完全没有左拉以前小说中的自然主义色彩,因此受到了评论界的赞赏。其实小说中的爱情是以左拉和自己的年轻情人让娜的爱情作为原型的,左拉还特地把一本样书题献给了让娜。

《帕斯卡医生》出版的时候,《卢贡-马卡尔家族》已经发行了五十万册,奠定了左拉在法国文学史上的重要地位。1893年6月21日,有两百人出席了在巴黎郊区的布洛涅林园举行的庆祝《卢贡-马卡尔家族》完成的宴会,但是左拉昔日的战友埃德蒙·德·龚古尔、都德、于斯曼和塞亚尔等都没有露面,表明法国的自然主义流派已经不复存在。

左拉及其自然主义小说经常受到指责,被认为是专门揭露社会的丑恶。左拉为此要一反以前的风格,创作一套消除社会弊病、使之成为理想世界的作品,所以继《卢贡-马卡尔家族》之后,他接着就出版了三部曲《三名城》(*Les Trois villes*),包括《卢尔德》(*Lourdes*,1894)、《罗马》(*Rome*,1896)和《巴黎》(*Paris*, 1897)。

在小说《卢尔德》中,卢尔德城的一个大山洞里有泉水。1858年,饱受病痛和贫穷折磨的小女孩贝尔娜代特,放羊时经常在泉边祈祷,以致由梦想而产生幻觉,看到圣母来让她喝泉水解除痛苦。各地信徒闻风而来,教会一看有利可图,就把她终身囚禁在修道院里,霸占了山洞并在泉边修建浴池,说圣泉能使哑巴开口说话,盲人重见光明,并且利用个别病人的偶然康复编造圣母显灵的奇迹,因此每年都有数十万患了不治之症、身心深受创伤的信徒,从法国、欧洲各地甚至东方赶到这里求治。

皮埃尔·弗罗芒的女友不幸在14岁那年从马上跌了下来,七年来一直瘫痪在床,不可能成为妻子和母亲。皮埃尔出于对玛丽的忠诚当了神父。他不相信什么神灵,但还是陪她来到了卢尔德。玛丽的病症系受伤后精神刺激所致，所以在信徒们高举火把围绕山洞游行的壮丽奇景鼓舞下竟然站了起来。但是其他病人却依然如故,皮埃尔从他们身上看到了世界上无数的痛苦和眼泪,他在为玛丽高兴之余也感到悲哀,因为他作为神父已无法再娶玛丽为妻了。玛丽看出了他的心思,向他保证不嫁给任何人。

《罗马》写皮埃尔回到巴黎后,协助收容巴黎街头的流浪儿,更加深刻地体验到下层社会的悲惨生活。他逐渐失去了对天主教的信仰,但是还希望它能够与现代的民主运动相结合,于是出版了自己写作的《新罗马》,但是很快就遭到教会的禁止。为了捍卫自己的著作,皮埃尔来到罗马要面见教皇,但他在罗马不仅受到监视,而且在信徒们朝见教皇的仪式中,亲眼目睹了教皇如何贪得无厌、爱财如命。教皇对皮埃尔所讲的民间疾苦无动于衷,反而要他当众忏悔,把自己的书烧毁。皮埃尔看清了罗马教会的黑幕,相信它一定会垮台,所以又回到巴黎去了。

《巴黎》写皮埃尔回到巴黎以后,在上流社会里看到的只是政界的争权夺利和情场的争风吃醋,而广大民众则过着饥寒交迫的生活。皮埃尔的哥哥纪尧姆是个思想激进的化学家，他家里住着一个姑娘也叫玛丽,是父亲的一个老友临终时托付给他家的。由于纪尧姆的妻子早已病故,玛丽已准备和他结婚。纪尧姆请皮埃尔到自己家里去生活,玛丽用自己的热情治愈了他心灵的创伤,使他毅然脱去了神父的黑袍,两人相爱了。纪尧姆虽然感到痛苦,但最终决定把玛丽嫁给了皮埃尔。他自己要用炸药去炸掉大教堂,皮埃尔察觉后跟随着他,在关键时刻救了他的生命。皮埃尔和玛丽有了一个孩子,他们把对未来的美好希望寄托在孩子身上。

80年代以后,法国国内阶级矛盾激化,贫富悬殊日益加剧,各派政治力量的冲突日益尖锐,教权主义和保皇党人尤为猖獗,阴谋推翻共和制度进行复辟,而左拉最为痛恨的正是教权主义：

> 在他的整个一生中，左拉都痛斥“撒谎的教义”、迷信、违反理性和超乎自然的东西。他只知道科学——他的作品建立在科学之上——对它抱着一种独有的信仰。[①]

左拉在《三名城》中揭露了圣母显灵、圣泉包治百病的神话，谴责了贪得无厌、爱财如命的教皇，实际上是在代表科学向教会宣战，是在为法国将在1905年实行的政教分离制造舆论。正因为如此，他后来在德雷福斯事件中才会成为反动势力攻击的目标，甚至可能正是为此而受到谋害。

米歇尔·布托尔(Butor, Michel)在1967年发表的《实验小说家埃米尔·左拉及蓝色火焰》中，特别引用了《巴黎》中纪尧姆想用炸药炸毁这个社会的动机：

> 最初他想炸掉歌剧院，但他觉得将那一小撮享乐者一扫而光的愤怒及正义的风暴并无多大意义，仿佛被卑鄙的嫉妒心所玷污。后来他想到交易所，在那里他可以打击腐蚀人的金钱，打击使雇佣者呻吟的资本主义社会，不过那岂不是太狭窄，太特殊了！他想到法院，特别是重罪法庭，他多么想惩罚我们人类的法庭呀！……不过，他筹划最久的还是凯旋门。他觉得这个建筑物令人厌恶，因为它延续战争和人民之间的仇恨，延续战胜者的虚假的光荣，而这光荣使人们付出多大代价，又充满多么浓重的血腥气！应该毁灭这座为了纪念可怕的屠杀而修建的，使无数人白白丧失生命的庞然大物……

① 弗雷维勒：《左拉：暴风雨的播种者》，社会出版社，巴黎，1952年，第154页。

然而他最后还是决定去炸大教堂：

> 让教堂和它的散布谎言和奴役的天主一同倒塌吧！让它将信徒们压在废墟下吧！但愿这个灾难像古代的地质变化一样在人类心灵中回响、革新并改变人类！……许多死人、许多血，为的是永远不再流血！①

显而易见，左拉正是借纪尧姆的想法来倾吐自己对资本主义社会的种种弊端特别是教权主义的憎恶，表明他当时已经接受了空想社会主义的信仰。正因为如此，他才始终受到资产阶级批评界的蔑视和抨击，永远被法兰西学士院拒之门外。1889年的巴黎世界博览会不把他的小说列入图书目录，官方的图书馆和学校都拒绝收藏他的作品。由此可见，即使没有德雷福斯事件，他也将必然成为这个社会的统治者打击的目标。

从另一方面来说，《三名城》也是左拉创作道路上的一个重要的转折点，其中对超自然的神奇现象的描写，已经开始背离他所倡导的自然主义的创作理论，也改变了从《小酒店》到《萌芽》的那种注重描绘和反映现实的写法。这种变化在左拉最后写作的小说《四福音书》(*Les Quatre Évangiles*)中尤为明显，正如朗松在《自然主义流派的领袖：埃米尔·左拉》中指出的那样：

> 《三名城》中混合着思考和抒情的对于卢尔德、罗马和巴黎的描绘，表明他的才华的变化；这种变化在《四福音书》里一目了然：左拉自然地以一种救世主的口吻赞美将要建立未来社会的基本美

① 米歇尔·布托尔：《实验小说家埃米尔·左拉及蓝色火焰》，桂裕芳译，载谭立德编选：《法国作家、批评家论左拉》，安徽文艺出版社，1994年，第316—317页。

德:《繁殖》、《劳动》、《真理》、《正义》。这位自然主义的奠基者就这样在去世前不久果断地摆脱了它。他最著名的弟子莫泊桑、于斯曼后来也这样做了。这三个人的背离是发人深省的。[①]

《四福音书》是左拉在德雷福斯事件的斗争过程中写作的,已经完成的前三部是《繁殖》(*La Fécondité*,1899)、《劳动》(*Le Travail*,1901)和《真理》(*La Vérité*,1903),第四部《正义》(*La Justice*)只有一些草稿,因左拉突然去世而未能完成。左拉去世时书桌上放着一本手稿,最后一页上写着一句话:"通过真理的道路,重建一个比较高级、比较幸福的人类社会。"这是左拉毕生为之奋斗的梦想,也是他晚年对社会进步的信仰。

左拉在《卢贡-马卡尔家族》里如实地描写了法国第二帝国时期的社会现实,在《三名城》里揭露了教会的黑幕,而《四福音书》则是他对理想社会的描绘。密特朗(Mitterant,Henri)认为《四福音书》的取名别具匠心:《繁殖》构成家庭,《劳动》构成城市,《真理》构成国家,《正义》构成人类。这一顺序表明在德雷福斯事件之后,左拉的视野逐渐从法国扩大到整个人类,实际上接近了社会主义和国际主义。

《四福音书》中最为成功的是《劳动》,因为左拉写过《小酒店》和《萌芽》,对工人的生活比较熟悉。小说描绘了钢铁厂里的恶劣环境,火花四溅、空气污浊,噪音震耳欲聋,工人在高温中流尽汗水、从事极其繁重的劳动。左拉在小说里为工人阶级仗义执言,揭露和抨击了资产阶级的贪婪和残忍,形象地体现了傅立叶的空想社会主义理想。所以小说在1901年出版之后,法国工人协会特地举行盛大宴会表示庆贺。

① 朗松:《法国文学史》(保尔·杜夫洛增订),巴黎,阿歇特出版社,1951年,第1087页。

三 德雷福斯事件

德雷福斯事件是在19世纪90年代初，在法国的社会矛盾日益尖锐的形势下发生的。起因是犹太籍上尉阿尔弗雷德·德雷福斯(Dreyfus, Alfred)被诬陷为向德国出卖情报的叛徒,被军事法庭判处终身监禁,囚禁于法属圭亚那的魔鬼岛。本来这只是一个冤案,但是由于保皇党人和教权主义者等反动势力的猖獗,激起了民族主义的反犹浪潮。1897年，案情真相逐渐暴露，真正的罪犯其实是另一个祖籍匈牙利的军官埃斯特拉齐,但是当局拒绝改正错误,让他逍遥法外,拒绝为德雷福斯平反。左拉不顾个人安危,挺身而出主持正义,于1897年12月5日在《费加罗报》上发表了名为《审讯笔录》的文章,谴责了报纸上的反犹主义的喧嚣,显然是在抨击《犹太法国》一文的作者爱德华·德律蒙：

现在来谈反犹太主义。

它是有罪的。我已经说过这场使我们倒退一千年的野蛮运动，与我对博爱的需要、对宽容和解放的热情是截然相反的。回到宗教战争中去,重新开始宗教迫害,让种族之间互相灭绝,这在我们解放的时代里是如此荒谬,这样一种企图使我觉得尤为愚蠢。它只能产生于信徒混乱发昏的头脑，出于长期不为人知而渴望不惜一切地扮演一个角色、哪怕是可憎角色的作家的极大的虚荣心……

我应该承认邪恶已经非常严重。毒害存在于人民之中,即使人民尚未全部中毒。我们应当把巴拿马运河公司丑闻[①]在我们之间产生的危险毒性归之于反犹太主义。整个可悲的德雷福斯事件就是它的杰作:只有它使民众恐慌不安……我们已经达到了如此疯狂的地步,难道人们不明白其中必然隐藏着使我们大家发狂的毒素吗?

① 1879年法国成立巴拿马运河公司,公司贿赂政府要员,然后发行大量股票,聚集了十五亿法郎的资金。1888年公司破产,使几十万股票持有者蒙受重大损失。

这种毒素就是多年来每天早晨向人民灌输的对犹太人的疯狂仇恨。他们是一帮专门下毒的人……被他们毒害的民众慌乱不安，全部舆论都被引入了歧途，今天追击犹太人的由渺小卑微者组成的亲爱的民众——如果某个正直的人用神圣的正义之火激励他们的话，明天他们将会进行一场拯救德雷福斯上尉的革命。①

从这篇文章中可以清楚地看到当时法国国内的形势，左拉的态度和所要冒的风险，后来事态的发展也完全符合他的预见。1898年1月13日，他在《黎明报》(*L'Aurore*)上发表了致总统的公开信《我控诉》(*J'accuse*)，痛斥军方和军事法庭陷害无辜、包庇罪犯的不法行径，最后表明了自己光明磊落的态度：

至于这些我控诉的人，我不认识他们，从来没有见过他们，我对他们无怨无恨。他们对于我只是一些实体，一些有害社会的头脑。我在这里所做的行为只是一种为了加速真理和正义的爆发的革命手段。

我只有一种激情，就是以受尽磨难和有权获得幸福的人类的名义渴望光明。②

德雷福斯事件固然是左拉发泄怒火的一个绝好机会，但也使他成了反动势力集中攻击的目标。他加入斗争后立即把对方的火力吸引到了自己身上，同时也使法国为此分裂成为德雷福斯派和反德雷福斯派两大阵营，连报纸也分为两派：拥护左拉的有《黎明报》、《激进报》、《人

① 马克·贝尔纳：《左拉》，瑟伊出版社，巴黎，1977年，第137—138页。

② 阿兰·帕瑞斯：《埃米尔·左拉——从〈我控诉〉到先贤祠》，吕西安·苏尼出版社，2008年，第83页。

权报》、《工人党报》和《新时代报》等；反对左拉的有《自由言论报》、《巴黎回声报》、《法国人民报》、《高卢人报》和《十字架报》等。事件的影响震动了欧洲乃至世界，列宁曾谴责"法国总参谋部不惜采取各种错误的、不正直的、甚至是罪恶的（卑鄙的）手段来加罪于德雷福斯。"[①]

当时反德雷福斯派的力量十分强大，他们组成的"法兰西祖国团"有十万余人。除了法朗士之外，法兰西学士院的几乎所有院士、法兰西研究院的大部分成员，囊括了包括布尔热、洛蒂（Loti，Pièrre）、凡尔纳（Verne，Jules）等在内的绝大多数著名小说家，都站在军队一边反对左拉和德雷福斯。在梅塘集团中，只有阿莱克西站在左拉一边。于斯曼在1898年1月发表了《大教堂》（*La Cathédrale*），反映了他身上根深蒂固的反犹意识。塞亚尔甚至在1898年2月12日的《大事报》上、2月25日又在《高卢人报》上连续发表文章，祈求左拉回头是岸。

德雷福斯派组成的人权团属于少数，左拉到处受到辱骂和打击，先后两次被法庭判处监禁和罚款。1898年2月12日，饶勒斯在公审法庭上为左拉作证时宣称：

> 他们所以迫害左拉，就因为左拉坚持理性地、科学地来解释奇迹；他们所以迫害他，就因为他在《萌芽》这部作品中开始讲到一种新人类的兴起，讲到穷困的无产阶级从痛苦的深渊中萌芽，已在向着太阳生长；他们所以迫害他，就是因为他刚刚揭露了参谋本部荒谬绝伦的失职，这种失职就是祖国蒙受灾难的前奏……

半个世纪以后，阿拉贡引用了饶勒斯的这段话，接着说道：

> 饶勒斯说得对：他们迫害左拉所用的伎俩，就是借口给共和国

① 《是不是新的德雷福斯案件》，《列宁全集》，人民出版社，1989年，第25卷，第153页。

总统菲里克斯·富尔先生写了一封信;而事实是,他们迫害他,正因为他以自己全部巨大作品的威势击中了他们,他的这些作品本身,就是对这一帮人所提出的控诉。他们迫害作家左拉,而在作家身上,他们也就迫害了现实主义。他们迫害他,也就是迫害一个作家判断和宣告真理的权利,切切实实报道事实的权利。[①]

但是一贯反对左拉的布吕纳介却冷嘲热讽:

一个小说家,哪怕是著名的小说家干预军队的一个司法问题,在我看来就像一个宪兵上校干预浪漫主义的起源问题那样不合时宜。[②]

巴雷斯竟然联系左拉的父亲来影射左拉的正义行动。人所共知,左拉的父亲是意大利工程师,后来定居法国。左拉是在巴黎出生的,3岁时举家迁居法国南方的埃克斯,18岁时重返巴黎上中学。他在1861年4月7日申请法国国籍,并于当年10月31日获得批准。巴雷斯却就此挑拨法国人把他当作外国人:

他的父亲和他的一系列祖先是威尼斯人,埃米尔·左拉自然而然地是作为移居国外的威尼斯人来思考的。[③]

① 阿拉贡:《左拉的现实意义》,林秀清、盛澄华译,载《阿拉贡文艺论文选集》,盛澄华等译,人民文学出版社,1958年,第390—391页。

② 阿兰·帕瑞斯:《埃米尔·左拉——从〈我控诉〉到先贤祠》,吕西安·苏尼出版社,2008年,第195页。

③ 同上,第193页。

1898年2月21日,左拉在法庭上不顾人群的恶意喧哗,以自己的生命和名誉担保德雷福斯是无辜的,并且发誓说,如果德雷福斯不是无辜的,就让他的全部作品灰飞烟灭。左拉从此成为了打击的目标,经常受到侮辱和威胁。骚动的人群在法庭周围高喊"打倒左拉!处死左拉!"他们吼叫着围住他的马车,要把他扔到塞纳河里去,他的家门口甚至被人放过一颗炸弹。

左拉为了逃避迫害而流亡英国,于1898年7月19日到达伦敦,化名帕斯卡尔先生住进乔治·克雷孟梭[①](Clémenceau,Georges)为他安排的格罗夫诺尔(Grosvenor)旅馆,直到1899年6月底才回到法国。当时反对重审德雷福斯案件的菲利克斯·福尔(Faure, Félix)总统去世,接任的埃米尔·卢贝(Loubet,Emile)急于摆脱这个死胡同,德雷福斯案件即将重审,德雷福斯也将从被关押的魔鬼岛返回法国。然而坚持正义的饶勒斯等人却都被排除在重审法庭之外,左拉更是被视为"亲犹分子"而遭到反动势力的仇视。唯一能揭露真相和为德雷福斯辩护的拉布里律师,也在前往法庭的途中遭到枪击而受重伤。最后德雷福斯家人在军方压力下同意放弃上诉,左拉对此深感失望和愤怒。

左拉为德雷福斯冤案的昭雪奋斗到最后一息,却由于过早去世而未能看到德雷福斯事件的平反,但正如米歇尔·维诺克在《法国知识分子的世纪》中指出的那样:"左拉和一批文艺界和大学的知名人士在德雷福斯事件上保卫了社会的公正。……标志着法国的知识分子世纪的开始。"[②]

四 朗松的评论

居斯塔夫·朗松(Lanson,Gustave,1854—1924)是法国文学史家,权

① 乔治·克雷孟梭(1841—1929),法国政治家,激进党领袖,曾两度担任总理职务。

② 彭建华:《现代中国的法国文学接受——革新的时代、人、期刊、出版社》,中国书籍出版社,2008年,第133页。

威的文学批评家。他毕业于巴黎高等师范学校，在1902年成为该校校长。他最重要的著作《法国文学史》初版于1894年，后来多次修订重版。在《自然主义流派的领袖：埃米尔·左拉》这一节里，朗松认为左拉把小说实验等同于科学实验是错误的，左拉的作品里没有科学意识，甚至不如凡尔纳那样的科幻小说家。他认为左拉首先是个浪漫派作家，有着狂热的想象力，能够使一切毫无生气的事物都充满活力，因此左拉的体裁应该被称为"史诗现实主义"，这一评价正好表明了左拉反映现实的雄浑风格。朗松强调这正是左拉文笔的特色：

> 正是这种浪漫主义，这种诗意的力量造成了左拉作品的价值：他的小说中有五六部是一些使人强烈地感受到想象力的壮丽幻觉。特别是他虽然无法使一个个人充满活力，却有着使民众、人群活动起来的天赋：他在描绘街道的熙攘，赛马的集会，一次罢工，一次骚乱等模糊和过度的现象方面是无与伦比的。《萌芽》中描写矿工们集体生活和精神的各个部分，都以史诗般的广阔令人震惊。[①]

朗松特别赞扬了《小酒店》和《萌芽》的成就，称之为工人的史诗，并且特别肯定了左拉晚年在思想和风格上的演变：

> 从1885年(《萌芽》)开始，社会主义在他的思想里不断地超过他初期的自然主义；他扮演了一个主角的德雷福斯事件，最终使他成为一个战士。从那时起他不再无情地描绘现状(就像他在《卢贡-马卡尔家族》里所做的那样)，而是想象未来的幸福。《三名城》中混合着思考和抒情的对于卢尔德、罗马和巴黎的描绘，表明他的才华的变化；这种变化在《四福音书》里一目了然：左拉自然地以一种救

① 朗松：《法国文学史》，巴黎，阿歇特出版社，1951年，第1086页。

世主的口吻赞美将要建立未来社会的基本美德:《繁殖》、《劳动》、《真理》、《正义》。①

然而朗松对自然主义基本上是否定的。他在1895年发表的论文《文学与科学》中,详尽地回顾了历史上的科学发展对文学的影响,认为自然主义是科学的文学中最过分也是最低级的形式。他分析了文学与科学既有的关系,认为科学都是明确归类的,所以文学不是科学,断言浪漫主义已经结束,自然主义也已经完结。

朗松认为将科学方法应用于文学只会削弱文学,消除文学的最佳功能。他指出:

> 连最大的人物也都犯的一个具有普遍性的错误,就是在文学中运用所谓科学的观察,也就是说,排除一切个人意识,取材限于身外,自己只当一个文件的收集者,起一个记录仪的作用。这就把个人的创造减少到了最低限度……仿佛是要跟医学科学院的论文媲美似的……
>
> 他们说:真实!真实!……像左拉先生那样,学习他笔下的人物所从事的某行技术,亲临人物生活的地点,或者看那些地方的照片,登上机器或深入矿井,然后再写工匠或矿工,这不是表现真实的手段吗?……
>
> 要回答这个问题,首先就要证明文学的目的就是真实。然后要证明用刚才讲的那种方法,文学可以当真达到真实。可是这两条都是不可能证实的②。

① 朗松:《法国文学史》,巴黎,阿歇特出版社,1951年,第1087页。

②《朗松文论选》,徐继曾译,百花文艺出版社,2009年,第97—98页。

左拉的《实验小说论》主张小说家既是观察者又是实验者,人物在具体的情节中行动就是实验。朗松对此反驳说:

自然主义的这位理论家却没有想到他这是在纯粹的理想主义的大海里游泳;他连真实与理想都不加区分了。他把实验这个概念当作是真正在做实验。克洛德·贝尔纳的实验之所以有价值是在于他真正做了实验,这个实验有时就推翻了他的假设。左拉先生的实验是在他脑子里做的,它永远也不会跟他的假设背道而驰。正如布吕纳介先生指出的那样,由于在这个世界上没有哪个地方有一个真正的古波,有一个活生生的勒内,没有让他们当真经历他罗列的那些生理方面的变化,克洛德·贝尔纳的这位门徒也就只是一个儒勒·凡尔纳而已。[①]

朗松的批评是历史主义的批评,与布吕纳介相比,他的观点总的来说是比较客观的。不过朗松和其他许多评论家对"实验小说"的看法似乎过于狭隘,把左拉的小说写作等同于真正的科学实验了。实际上,即使是贝尔纳所说的"实验"也是广义的,即指人类思想发展的一个新阶段:

人类思想的发展相继经历了感情、理性和实验几个不同阶段。开始,感情支配着理智,创造了信仰的真理,即神学。尔后,理智或哲学成为主宰,创立了经院哲学。最后,实验即对自然现象的研究告诉人们,在感情和理性中是归纳不出外部世界的真理的。它们只不过是我们必不可少的向导,然而要获得这些真理,必须深入事物的客观现实,真理便隐藏在表面现象的后面。这样,随着事物的自

① 《朗松文论选》,徐继曾译,百花文艺出版社,2009年,第101页。

然进展，出现了概括一切的实验方法。实验方法依次依靠感情、理智、实验这个永恒的三脚架的三个部分。①

由此可见，从朗松到弗雷维勒，许多批评家把贝尔纳所说的实验，乃至把左拉的写作都理解成实验室里的操作，显然是有失偏颇的。

① 左拉：《实验小说论》，吕永真译，载柳鸣九主编：《法国自然主义作品选》，天津人民出版社，1987年，第760页。

第二章 20世纪法国的左拉研究

第一节 20世纪上半叶

一 从葬礼到先贤祠

左拉在1902年9月28日不幸逝世之后，报纸上的论战仍在继续进行。《黎明报》在克雷孟梭的推动下呼吁“让左拉进先贤祠！”而一些报纸仍在发泄仇恨，《自由言论报》心怀叵测地宣布：“自然主义的一则社会新闻：左拉被煤气毒死了。”《法国人民报》更是幸灾乐祸：“上帝惩罚左拉，是大天使圣米歇尔杀死了他。”正如弗雷维勒指出的那样：

> 大部分著名作家死后都要经受一段短暂的冷遇，这种身后的黯淡，直到后代确定他们及其作品在历史上的地位之前，似乎是为一种过早获得的光荣而付出的代价。而左拉，尽管批评界的权威们诋毁他，勾结起来对他保持沉默，他却没有经历过这种暂时的遗忘。他是永生的。[①]

1902年10月5日，左拉的葬礼在巴黎蒙马特尔公墓举行。盖德、饶勒斯等社会主义者和许多民众前来送行，法朗士发表了动人的演说，他回

① 弗雷维勒：《左拉：暴风雨的播种者》，社会出版社，巴黎，1952年，第145页。

顾了左拉在德雷福斯事件中的斗争和遭受的磨难，对左拉及其作品予以高度的评价：

> 他的小说就是社会论著，他怀着强烈的仇恨，控诉一个浅薄无聊的社会，卑鄙而有害的贵族阶级，抨击时代的弊端：金钱的权力。作为民主主义者，他从不迎合民众，而是尽力向他们证明因无知而遭受的种种奴役，酒精的种种危害：使他们变成白痴，无法抵御一切压迫、贫困和屈辱。他到处抨击他所碰到的社会弊端。这就是他的仇恨……
>
> 我们不要抱怨他经受了磨难和痛苦。我们要羡慕他。愚昧、无知和恶意从未像这样堆积起多得吓人的凌辱，但耸立其上的他的光荣却达到了无法企及的高度。我们要羡慕他：他以浩瀚的著作和崇高的行为为他的祖国和世界争了光。[①]

葬礼上通常是不鼓掌的。但是在法朗士讲话之后响起了雷鸣般的掌声。一支由矿工组成的乐队演奏着巴黎公社时期的革命歌曲《樱桃时节》[②]，"一群人蜂拥而至，他们手持鲜红的花束，高喊道：'萌芽！萌芽！萌芽！'愚昧、盲目、凶残、野蛮的人群，总是被资产阶级和知识分子藐视的凯列班[③]们蓦然间神奇地清醒过来，把当时批评家们从来不会清楚地说出的话喊了出来，他们高呼左拉的代表作的书名，围绕着这部小说，组成了《卢贡-马卡尔家族》，这是一部对整个19世纪后半期起着决定性影

① 法朗士：《在左拉葬礼上所致的悼词》，载法朗士：《社会生活三十年》，第1卷，埃米尔-保尔兄弟出版社，巴黎，1949年，第117，120页。

② 巴黎公社诗人让-巴蒂斯特·克雷芒（1836—1903）创作的歌曲。

③ 莎士比亚戏剧《暴风雨》中的妖怪，这里指民众。

响的巨著。”[①]

但是关于左拉的争论并未平息。著名的学院派批评家埃米尔·法盖(Faguet, Emile, 1847—1916)就在1902年发表了《埃米尔·左拉》,对左拉予以基本否定的评价:

> 这种以艺术自由为口实,对露骨的言语和粗俗的描绘怀有的某种浪漫主义的低级趣味,在左拉的作品里变成一种对猥亵的迷恋,对冷静地描绘猥亵的真正的迷恋……以致我们怀疑,他利用比其他出版社更受购书读者欢迎的出版社,目的在于追求销路……
>
> 浪漫主义就这样被歪曲和贬值了,它被一个无法理解浪漫主义的高尚而只倾向和热衷于攫取其庸俗一面的人歪曲和贬值了。或者不如说,被一个只能理解表层的东西,而完全没有能力深入了解本质的人歪曲和贬值了。
>
> 因此,他遭到法国一切数得上有教养的、高尚的或简单地说有学问的人的断然排斥。[②]

当然作为一个评论家,法盖不能无视左拉的才华,不过他对左拉的赞誉也是夹杂在批评之中的:

> 如果左拉引起正直的人们和那些在17世纪会被称为“正派人”如此强烈的不满,那么为什么他在民众中却获得如此的少有成功

① 拉努:《埃米尔·左拉和〈卢贡-马卡尔家族〉》,载谭立德编选:《法国作家、批评家论左拉》,安徽文艺出版社,1994年,第285页。

② 法盖:《埃米尔·左拉》,谭立德译,载谭立德编选:《法国作家、批评家论左拉》,安徽文艺出版社,1994年,第139页。

呢？我们不能否认这一点。首先是由于他的不足，其次是由于他的长处；因为，他有他的优点。

首先是由于他的不足，暴力和才能的缺乏在半瓶醋学问的人或一点也没有学问的人身上具有一种不可比拟的魅力。只有少数人喜爱真实。而夸张却能使大多数人高兴。左拉的书乃是持续不断的夸张。

左拉作品中展露的色情也是这些书之所以取得成功的原因之一。

需要承认，左拉的成功应归功于他的一些非常实在的才能。他写得并不太好；他以一种极其富有表达力而又滞重、累赘的文笔写作，既不精巧，也不细腻。……但是，左拉善于写作，善于描绘某些东西，他写得有力，清晰。在他总是过于冗长的小说中，有些犹疑和“拖拉”，但开始和结尾处却非常出色。

毋庸置疑，此人属于某种野蛮的诗人，是一名粗野庸俗而又敏锐的雨果，一位笨拙而又坚强的造物主。[①]

法盖认为左拉晚年已经江郎才尽，甚至认为左拉死得正是时候，因为他作为艺术家的道路已经走完了，否则以后只会越写越糟。

在左拉去世的1902年，他的小说分外畅销：《娜娜》印数高达十九万三千册，《崩溃》达到二十万七千册，《小酒店》十四万五千册，《萌芽》十一万册，还上演了第一部根据《小酒店》改编的影片《酒精中毒的受害者》。左拉作品的销量不断增加，后来的袖珍本更是不可胜数，不过1923年有一份销售量的精确统计：《崩溃》二十六万五千册，《娜娜》二十五万六千册，《土地》二十三万三千册，《小酒店》二十万三千册，《萌芽》十七

① 法盖：《埃米尔·左拉》，谭立德译，载谭立德编选：《法国作家、批评家论左拉》，安徽文艺出版社，1994年，第140，141，142页。

万一千册,由此可见左拉作品的传播之广。

值得一提的是,法国批评家亨利·马西斯(Massis,Henri,1886—1970),一贯追随右翼势力的代表人物夏尔·莫拉斯[①](Maurras,Charles),创办《世界杂志》发表政治评论,但"颇为莫名其妙的是,马西斯开始推出的一本文学研究论著是《左拉如何写小说——他未发表的私人笔记》(*Comment Émile Zola composait ses romans,d'après ses notes personnelles et inédites*,1906)[②],由此也可见左拉在当时的巨大影响。

左拉去世后,人权团中央委员会决定为左拉塑像,并于1907年10月完工。但是由于巴黎市议会的阻挠以及第一次世界大战的原因,左拉的塑像直到1924年6月15日才在巴黎竖立起来。

1908年6月4日,左拉遗骸安放先贤祠的仪式在巴黎举行,使左拉成为继伏尔泰、卢梭和雨果之后第四位进入先贤祠的作家。法里埃(Fallières,Armand)总统和克雷孟梭议长等出席。就在仪式将要结束的时候,一个名叫格雷戈里的记者向德雷福斯开了两枪,他在被捕后表示"不能忍受强加给法国军队的屈辱"[③],与此同时,民族主义者在先贤祠周围吼叫着进行示威。

二 巴比塞的评论

亨利·巴比塞(Barbusse,Henri,1873—1935)是法国20世纪初期重要的进步作家和社会活动家。他从小爱好文学,先后获得了文学学士和哲

① 夏尔·莫拉斯(1868—1952),法国作家和政治家,他反对共和,是右翼组织"法兰西行动"的创立者。他在第二次世界大战期间支持维希政府,1945年被判处终身监禁,1952年被特赦。

② 雷纳·韦勒克:《近代文学批评史》,杨自伍译,上海译文出版社,2006年,第25页。

③ 阿兰·帕瑞斯:《埃米尔·左拉——从〈我控诉〉到先贤祠》,吕西安·苏尼出版社,2008年,《导言》第7页。

学硕士学位。他担任过法国社会党主办的《人道报》的编辑，发表了《地狱》(*L'Enfer*,1908)等一些描绘人生孤苦无依的作品，流露出对现实的不满和强烈的人道主义激情。

第一次世界大战爆发的时候，巴比塞已经41岁，但是他主动作为一个战地记者到前线去实地观察。他在战壕里染上了肺病和痢疾，像普通的步兵那样在泥泞和血泊中挣扎。他依靠在战火中保存下来的一本又脏又破的笔记，仅用六个月就写出了成名作《火线—— 一个步兵班的日记》(*Le Feu*,1916)。《火线》通过一群士兵的革命化的过程，深刻地揭露了帝国主义战争的罪恶本质，得出了必须消灭人剥削人的制度才能根除战争的结论。这是一篇战争的史诗，也是法国反战文学诞生的标志，对欧洲文学产生了巨大的影响。

1919年，巴比塞与罗曼·罗兰一起创办了国际进步艺术家的反战团体光明社，反对帝国主义对苏维埃俄罗斯干涉，为保卫欧洲的和平贡献了自己的力量。同年他发表的小说《光明》受到了列宁的高度评价，认为它"非常有力地，天才地，真实地描写了一个完全无知的、完全受各种观念和偏见支配的普通居民，普通群众，恰恰因受战争的影响而转变为一个革命者"[①]。

1923年，在白色恐怖加剧、法共全体政治局委员被捕的严重关头，巴比塞毅然加入了法国共产党，并从1926年4月起担任《人道报》的文学主编，成为法共在文化方面的马克思主义权威。1932年8月，他与罗曼·罗兰一起主持了在阿姆斯特丹举行的世界反战同盟大会，1935年在访问苏联并参加共产国际第七次代表大会时病逝。苏联政府为他举行了隆重的葬礼，共产国际执行委员会总书记季米特洛夫给予他高度的评价，认为"巴比塞完全懂得艺术创作应该服务于为摆脱资本的桎梏而斗争的

---

① 《列宁全集》，人民出版社，第29卷，第465页。

劳动人类,而真正的艺术家决不能置身于这个伟大的解放斗争之外。"①

《左拉》(1932)是巴比塞关于左拉的评论集。从左拉的青年时代到晚年的社会主义倾向,从左拉的两个妻子到和朋友们的关系,巴比塞详尽地叙述了左拉的生平、创作和艺术特色。他认为左拉不是一个高雅的人,但是粗俗却高贵,具有顽强的毅力和胆略。左拉不是一个学问渊博的人,但是善于吸取一切符合自己行进方向的思想。左拉没有演说的技巧,但是善于写作。左拉深孚众望,受到的打击却比同时代的任何人都多。他认为自然主义文学流派的每个成员都是自由射手,全靠左拉的创造力才在十多年里产生了强烈的影响。

巴比塞也指出了左拉的错误:

他的评论是遵照正确的途径进行的,几乎总是公正的,有根有据的。

他不公正的地方主要表现在对待维克多·雨果的态度上。当雨果还在世的时候,左拉就指责他的语言太冗长,表达上过分崇尚词藻,批评他的人道主义思想模糊不清;但是,雨果有时所热中的对未来的壮丽憧憬,完全像后来左拉自己所描写的一样。②

巴比塞对左拉的小说在总体上给予了高度的评价:

要在这样短的期限内,收集和掌握确实的材料,这样频繁地按时实现他的构思,这有时确实是真正的丰功伟绩。在很多情况下,左拉常以使专家们都吃惊的神速,谙熟了材料的技术方面,虽然不

① 雅克·杜克洛、让-弗莱维尔:《亨利·巴比塞》,社会出版社,巴黎,1946年,第23页。

② 巴比塞:《长篇小说》,王中琪译,载《法国作家论文学》,王中琪等译,三联书店,1984年,第11页。

能说，在任何时候，他对每一个复杂的问题，都能完全掌握。在他的厚厚的二十卷组成的一套巨著中，由于它们写得有些匆忙，有些地方显得累赘，或者只是枯燥地罗列事实。但是应该把这些责备放到次要的地位。左拉的笔调是粗犷的，观点是明确而完备的。他的整个创作贯穿着严格的确实性。[①]

巴比塞总结了左拉风格的特色：

左拉的风格是简洁、明快、完美、严整和通俗易懂。而主要的特点是富于动态的描写。可以说是一种气势磅礴的风格。他指挥着千军万马的词语，使无数的字行在长篇小说的广阔天地里驰骋，他把大量的人群、事物、思想引进小说。左拉像一个神话里的歌手给诗行押韵那样，一块又一块地垒砌着建筑的砖石。他使艺术的这种无比的能量、感染力和匀称性，达到巨大的艺术效果，他的某些热情奔放的描写，在读者的记忆中留下了极其感人的深刻印象，好像它是亲身的经历似的。[②]

巴比塞反对把左拉看成彻头彻尾的自然主义者，认为左拉继承了法国现实主义的优秀传统，在社会活动中起到了巨大的进步作用，是一位新型的社会现实主义作家，这种远见卓识在当时无疑是极为难能可贵的。卢那察尔斯基专门发表了题为《亨利·巴比塞论埃米尔·左拉》的文章，认为他对左拉的评价是完全正确的。

---

① 巴比塞：《长篇小说》，王中琪译，载《法国作家论文学》，王中琪等译，三联书店，1984年，第13页。

② 同上，第17页。

三 阿拉贡的评论

路易·阿拉贡(Aragon,Louis,1897—1982)早期是法国超现实主义运动的主将之一,但是他向往革命,阅读马克思、恩格斯和列宁的著作,发表鼓吹无产阶级革命的文章,并在1927年1月先于其他超现实主义者加入了法国共产党。他在30年代多次访问苏联,1934年参加了苏联作家协会第一次代表大会,1935年就发表了名为《为了社会主义现实主义》的小册子,从此奉行社会主义现实主义的创作原则,成为法共进步作家的典范。阿拉贡还领导法国的"革命作家和艺术家联合会",与马尔罗等创立国际保卫文化作家协会,是巴比塞去世以后法共在文化方面的代言人。第二次世界大战期间,阿拉贡创作了一系列充满爱国主义激情的诗歌,在抵抗运动中产生了很大的影响。

德雷福斯死于1935年7月11日,死时默默无闻,只有家人陪伴,似乎德雷福斯事件已经被人们完全遗忘。但是左拉却仍然受到非议。1939年,就连曾经是德雷福斯派的总理达拉第(Daladier,Edouard)也禁止摄于1937年的影片《埃米尔·左拉传》上演。1946年9月29日,针对当时这种忽视左拉的巨大贡献的现状,在梅塘举行的纪念左拉逝世四十五周年的集会上,阿拉贡发表了名为《左拉的现实意义》的演讲。

这次纪念左拉的集会是在法国刚刚解放后举行的,因此阿拉贡很自然地把纪念左拉与反抗德寇的侵略联系起来。他在演讲中回顾了左拉在德雷福斯事件中的斗争历程,给予左拉以极高的评价,尖锐地指出直到1946年对左拉的围攻仍在继续,而这帮围攻左拉的人是与德国法西斯勾结在一起的:

> 当年围攻埃米尔·左拉的、由愚昧和嫉恨结成的巨大阴谋,至今一点也没被解除武装;同时,左拉的名字,在他死后将近半个世

纪的今天，依然像一个在世的人的名字一样，古怪地成为愤怒、歧视、侮辱和诅咒的对象，这些就都不足为奇了。在我们国家里，有这样一个疯子的集团，他们嘴里喷着唾沫，用一些高贵的字眼做幌子……就是这一帮人，当德寇侵入我们国境的时候，利用篡夺来的像光荣、传统和祖国之类的字眼，当上了外敌抢掠和屠杀的卑鄙的帮凶；就是这一帮人，以民族主义作标榜，但毕竟隐藏不了他们在这个名义后面所保卫的利益，这些利益没有国境界线，而只有银行存折的界线；就是这一帮人，他们当年的叫嚣和威胁并没有使左拉闭口；就是这一帮人，今天一听到这位伟大作家的名字，就已足够使他们心惊肉跳了……

别以为我夸张，别以为左拉在1946年已经在法国恢复了他应有的地位。这不但不是事实，而且还差得很远。[①]

阿拉贡特别指出了左翼对左拉小说的批评是反动派对左拉的叫嚣是截然不同的，他在评论拉法格的观点时强调作家的政治思想与作品是一个不可分割的整体：

最后，我们不应该把左翼对左拉小说的批评和反动派对这位伟大作家的叫嚣与侮辱混为一谈……早在1891年，法国社会主义最杰出的思想家之一，保尔·拉法格已经就《金钱》这部小说带头作了批判，这种批判是历史交给我们的任务。但拉法格的文章是写在左拉作品的内在逻辑尚未成熟以前的好几年，他当时还没有机会发现我们今天所见到的左拉的全貌，因此当他把自然主义者作为一些闭门造车的作家来看待时，他曾说："谁能想象但丁会写出《神

① 阿拉贡：《左拉的现实意义》，林秀清、盛澄华译，载《阿拉贡文艺论文选集》，盛澄华等译，人民文学出版社，1958年，第54、58页。

曲》,如果他是一个孤陋寡闻、安分守己的人,把自己关在家里,对大众的生活漠不关心,对参加到时代的战斗里去毫无热情。”拉法格这句话无意中给我们今天对左拉的礼赞奠下了一块基石。

正因为我今天是根据保尔·拉法格在1891年所不知道的方面来赞扬左拉,大家势必会提醒我,说我所赞扬的是《我控诉》的作者,而不是《娜娜》和《人兽》的作者。人家会对我说,左拉首先是,主要是一个伟大的小说家……我应该把他当作作家来谈。说这些话的人还没有了解我的意思。我认为,把作家的部分和把政治的部分划分开来是不可能的。两者是一个整体,是一个人。我就是为这个人伸张正义。捍卫在德雷福斯事件中的左拉,就是捍卫他的作品所经历的途径,就是捍卫他的思想的整个发展过程。[①]

四 罗斯丹的评论

让·罗斯丹(Rostand, Jean, 1894—1977),法国作家和生物学家,曾任左拉之友文学协会主席。1959年当选为法兰西学士院院士。1949年10月2日,他在纪念左拉的梅塘集会上发表了题为《左拉—— 一个诚实可靠的人》的演讲,着重从生物学的角度评论了左拉与科学的密切关系,颂扬了左拉的科学精神和实事求是的精神。

他在他的著作中融入了可以称为生物意识或者甚至是朦胧的遗传学意识的东西。在关于始终具有创造性的强大的生命力、不断更新的人类家族世系、每个家庭所代表的人类缩影、把每个人引向奇特命运的形形色色的遗传性组合等方面,他都写下了不少令人难忘的篇幅……

① 阿拉贡:《左拉的现实意义》,林秀清、盛澄华译,载《阿拉贡文艺论文选集》,盛澄华等译,人民文学出版社,1958年,第64页。

左拉热爱并懂得科学;他热诚地相信科学。因此,当他的著作出版时,它们打动了那些学习精确学科的青年人的心,并迷住了他们。①

与布吕纳介一样,罗斯丹看到的是左拉善于幻想的一面,不过他与布吕纳介不同,是从善意的角度对左拉的赞赏:

左拉从未否认过表达、个性和文笔的作用。他从未说过艺术作品应简化成单纯的调查,单纯的搜集事实。他虽不接受"幻想家"的称号——这是人们给那些道破真理而使别人难堪或以事实指控别人的人所起的雅号——,却强烈要求得到诗人的称号。再说,这是某位马拉美赋予他的称号,也是我那位懂行的父亲所赋予他的称号。②

罗斯丹高度赞扬了左拉热爱真理的精神:

左拉信仰真理,就像别人信仰自由或人道一样,因此,他首先是一位真理大师,如果我们敢于用这个词的话。

他不但为真理而热爱真理,他还像一位学者所能爱的那样热爱真理本身。单凭这一点,凭这人间少有的高尚灵魂,他就有权说自己是个"科学家"……

如此热衷于真理,势必导致左拉采取大胆的姿态,使用大胆的语言。某些假装正经的小人对此大为恼火……

① 让·罗斯丹:《左拉—— 一个诚实可靠的人》,郑其行译,载谭立德编选:《法国作家、批评家论左拉》,安徽文艺出版社,1994年,第179—180页。

②同上,第183页。

我明确地说，我不喜欢色情。但我拒不承认当今那些炮制流行的淫秽书刊的下流作者是左拉的继承人。不，在这些淫书的炮制者和左拉这位可歌可泣、大胆揭开遮羞帷幕的暴露性文学家之间丝毫没有任何共同之处。总之，他并不比生活本身淫秽。我们切莫把开明的真诚与别有用心地利用罪恶来发迹混为一谈，切莫把大胆的创新与腐朽的陈词滥调和无耻地迎合低级趣味混淆在一起！①

五 其他评论

在20世纪，随着时代和社会的变迁，德雷福斯事件已经成为历史，法国评论界对左拉的态度也逐渐变得温和，对于左拉的正面评价也多了起来。

安德烈·纪德（Gide，André）一向以惊世骇俗的思想和文笔著称，他在1908年发起创立了杂志《新法兰西评论》(*La Nouvelle Revue française*)，对后来法国的文学生活产生了很大的影响，在评论界占有举足轻重的地位。他对左拉的评论大多见于他的《日记》，例如他特别喜欢《家常事》：

我刚刚怀着钦佩的心情重读了《家常事》。哦！我当然完全承认左拉的缺点；不过，正如巴尔扎克或那么多其他人的缺点一样，它们是和他的优点分不开的；他的描绘粗犷、有力，排除了细腻和微妙。我喜欢的正是《家常事》的夸张本身，以及在卑鄙下流行为中的坚韧不拔……我把目前左拉威信的丧失看成是一种残忍的不公正，它不会给今天的文学批评家带来多大的光彩。没有比左拉更有

① 让·罗斯丹：《左拉—— 一个诚实可靠的人》，郑其行译，载谭立德编选：《法国作家、批评家论左拉》，安徽文艺出版社，1994年，第185—186页。

个性，更有代表性的法国小说家了。[①]

让·科克托(Cocteau, Jean, 1889—1963)是法国文学史上最著名的杂家，一生创作了大量的诗集、剧本和小说，另外还有几十部影片和大量画作，可谓硕果累累、无所不通，因而于1955年当选为法兰西学士院院士。他对左拉的评价也颇为独特，认为左拉是一位抒情诗人：

从某种意义上来说，许多艺术家都是一些无名的人。我认为左拉是一位伟大的诗人，一位不为人所知的伟大的抒情诗人。人们一劳永逸地把他置于一个现实主义的等级之中，贴上了一张讨厌的标记。

应该重新阅读他的作品。人们会发现矿区的白马、血流在埃比纳尔的图像上的孩子、浑身发烧的酒鬼，埋在雪下停住不动的火车头，在隧道里倒空口袋的少女，作品中的无数段落都属于诗人的这种奇妙的狂想，可以与《交际花盛衰记》和《悲惨世界》中的绝妙篇章相媲美。[②]

尽管有不少好评，但是在20世纪上半叶，左拉的小说在教学大纲中仍然受到排斥，关于左拉以及自然主义的争论也从未停止，例如1946年的龚古尔文学奖得主让-雅克·戈蒂埃(Gautier, Jean-Jacques)认为“左拉的地位微不足道，或者说几乎没有什么地位可言。”[③]萨特(Sartre, Jean-Paul, 1905—1980)是属于左翼集团的进步作家，与阿拉贡提到的那

① 马尔克·贝尔纳：《左拉》，瑟伊出版社，巴黎，1977年，第83—84页。

② 马尔克·贝尔纳：《左拉》，瑟伊出版社，巴黎，1977年，第180页。

③ 谭立德编选：《法国作家、批评家论左拉》，安徽文艺出版社，1994年，“前言”第1页。

些围攻左拉者不可同日而语,然而作为存在主义文学流派的领袖,他对传统的现实主义文学持有异议，认为存在主义的创作方法与左拉的自然主义理论是完全对立的：

如果有人攻击我们写的小说,说里面描绘的人物都是卑鄙的、懦弱的,有时甚至是肆无忌惮的作恶者,那是因为这些人物都是卑鄙的、懦弱的、恶的。因为假如像左拉一样,我们把这些人物的行为写成是由于遗传,或者是环境的影响,或者是精神因素或者是生理因素决定的,人们就会放心了;他们会说:“你看,我们就是这样的,谁也无能为力。”但是存在主义者在为一个懦夫画像时,他写的这人是对自己的懦弱行为负责的。他并不是因为有一个懦弱的心,或者懦弱的肺,或者懦弱的大脑,而变得懦弱的;他并不是通过自己的生理机体而变成这样的;他所以如此,是因为他通过自己的行动成为一个懦夫的。[①]

萨特在《存在主义是一种人道主义》中流露出来的对左拉和自然主义的不满,实际上是把自然主义等同于丑恶的文学：

最近有人告诉我，说有一位太太只要在神经紧张的时刻嘴里滑出一句下流话，就为自己开脱说:“我敢说我成了个存在主义者了。”所以,看来丑恶和存在主义被视为同一回事了。这就是为什么有些人说我们是“自然主义者”的缘故,但是果真如此的话,他们这样对我们大惊小怪又为着何来，因为目前人们对所谓真正的自然主义好像并不怎样害怕或者引以为耻。有些人完全吃得下一本左

① 萨特:《存在主义是一种人道主义》,周熙良译,上海译文出版社,1988年,第19—20页。

拉的小说，例如《土地》，然而一读到一本存在主义小说就感到恶心。[①]

由此可见在1946年的法国，左拉和自然主义文学依然名声不佳，尚未获得应有的地位，难怪阿拉贡要在梅塘演说中感到愤怒了。

第二节　20世纪下半叶

如果说在20世纪上半叶，文艺批评受到意识形态的影响比较深刻，因而对左拉的评价还带有政治因素的话，那么到了20世纪下半叶，即使有不同意见也大多属于学术范畴了。因此从居易·罗贝尔(Robert，Guy)在1950年发表关于《土地》的论文开始，包括通信在内的左拉全部作品先后被整理出版。

特别是在1952年，即左拉去世50周年的时候，《萌芽》被列为该年度12部19世纪最佳小说之一，左拉的作品首次被列入教师资格的考试科目。曾在1939年被禁演的影片《埃米尔·左拉传》也举行了首映式，在这一年还出版了让·弗雷维勒的《左拉：暴风雨的播种者》(*Zola：semeur d'orage*)和阿尔芒·拉努的《您好，左拉先生》(*Bonjour monsieur Zola*)等研究左拉的专著，作者多为法共或接近法共的评论家。左拉之友文学协会也推出了杂志《自然主义手册》，刊登法国和国外关于左拉和自然主义的研究成果。

左拉小说的袖珍版在20世纪50年代销量惊人：例如到1953年为止，《泰莱丝·拉甘》售出728 968册，《人兽》售出668 127册；到1954年为止，《娜娜》售出574 092册，《梦》售出607 713册；到1955年为止，《小酒店》售

① 萨特：《存在主义是一种人道主义》，周熙良译，上海译文出版社，1988年，第4—5页。

出805 140册等等。在整个20世纪50年代,左拉小说的袖珍本的总销量达到了9 195 932册,由此可见他的作品拥有极为广泛的读者。

1968年左右,左拉的作品又一次受到中学生的欢迎,《左拉全集》也先后在洛桑和巴黎等地出版。与此同时,也有一些学者开始从哲学、精神分析学、结构主义和神秘主义等各种角度来评析左拉的作品。

一 弗雷维勒的评论

让·弗雷维勒(Fréville,Jean,1895—1971)是法国马克思主义批评家,他在1932年12月参与发起成立了法共的外围组织“革命作家和艺术家联合会”,并且在1936年最早编辑出版了法文版的《马克思选集》。他在专著《左拉:暴风雨的播种者》中运用马克思主义的观点,全面论述了左拉的成长过程及其所处的时代。

弗雷维勒指出巴尔扎克和左拉这两位作家之间的区别在于时代的不同:在巴尔扎克笔下的纽沁根银行时代,资本主义尚未进入股份有限公司,而在左拉创作的时候,工业的发展,铁路的建成,城市的兴建,商品的流通都要求投入大量资本,于是进入了金融巨头的世界。所以弗雷维勒赞赏左拉将宏观思维和实地调查相结合的创作方法,甚至认为左拉不是一个真正的自然主义作家:

> 与大部分自然主义作家相反,违反了自然主义的理论本身,左拉依据的不是细枝末节或片段插曲,他并不限于排除了重要思想的平铺直叙的描写。他是作为哲学家和社会学家来构思他的小说的……
>
> 在开始写一部作品之前,“出于确信的需要”,左拉投身于调查和收集资料的大量工作。谁查阅过他的保存在国家图书馆里的笔记,就会了解他对收集材料的关注。他能够在几个星期里获得关于

各种大相径庭的环境的如此广泛和如此确切的知识，把各个截然不同的社会阶层的语言溶入他的风格之中这种才干，这种吸收的能力，将是一件令人惊异的事情。①

弗雷维勒详尽地列举了左拉为写作所作的调查研究，如实地考察矿井、战场、妓院等各种场所，阅读大量有关的参考书籍和资料。他认为左拉脱离了自己的美学原则，在自然主义作家全部堕落的情况下仍然没有堕落，因而得以成为一位史诗诗人。

弗雷维勒指出了左拉倡导的自然主义理论的局限性：

小说的写作与实验室里的研究是截然不同的。左拉在艺术创作与科学试验之间确立了一种抽象的平行关系。他把虚构的人物组合等同于化学合成，把想象出来的个人气质与机械的反应、把人的情感与一系列实验之后在曲颈瓶底里留下结晶沉淀物当成一回事了。他忘记了作家的"实验"并不服从于严格的必然性，而是取决于他的具体愿望、他的创造能力、他的爱好、他当时的情绪、他想取悦于读者的需要……②

但弗雷维勒同时指出，左拉直到1878年才读到塞亚尔借给他的贝尔纳的《实验医学研究导论》，从中找到了一种反对形而上学、修辞学派、唯心主义的武器，于是立刻把文学和科学紧紧地连结在一起，他认为不应过高地估计实验小说理论的重要性，因为生物学决定一切的理论所造成的后果更要严重得多，所以他对实证主义的影响进行了更为

① 弗雷维勒：《左拉：暴风雨的播种者》，社会出版社，巴黎，1952年，第59页。

② 同上，第47页。

猛烈的抨击：

吸取了实证主义意识形态的自然主义，对运动着的世界必然是无知或者曲解。像实证主义意识形态一样，它把资本主义社会里各种客观的矛盾和趋势掩盖在一种伪科学的外表之下。它以生物学为基础，倾向于宿命论和悲观主义，因为把自己限于个人的范围，就是置身于死亡的前景之中。

按照自然主义的公式，文学就只能求救于一种低级和贫乏的决定论了。①

弗雷维勒还看到了左拉在晚年的思想变化，认为左拉在写《三名城》的时候完全抛弃了以往的美学观点，表明了一种和社会进步结合起来的乐观主义，而且正确地指出左拉后来的变化不应该像人们通常所认为的那样仅仅归因于德雷福斯事件，因为在这个事件爆发之前，他已经在构思《四福音书》，开始走上救世主义的道路了。

归根结底，弗雷维勒高度评价了左拉的成就和地位。"左拉永生"一节，着重评价了左拉在世界上的影响：

在19世纪法国所有的小说家当中，左拉最为热情地面向未来。他的社会现实主义，在一个极端个人主义的时代里是如此新颖，使得他与他的同代人相反，他们把笔下的人物与社会隔离开来，为想象出来的冲突带来一些审美方面的解决办法。在他们当中，只有左拉感受到工人阶级是上升的力量，是未来世界的主角，他穿过千百年来不公正的隔膜，专心致志地倾听着它的萌芽，激动而又自信……

所以在无产阶级革命的时代，后代在向他致敬，他是不屈不挠

① 弗雷维勒：《左拉：暴风雨的播种者》，社会出版社，巴黎，1952年，第51页。

的、以他的作品和行动与法国历史联系在一起的斗士，他是把硫磺和灰烬像雨点般地向资产阶级社会倾泻的、暴风雨的播种者，他是劳动的歌颂者，他的浩瀚的创作既是一首爱的颂歌，也是一篇控诉状，而他的一生则是他所写的全部作品之外的又一篇杰作。[①]

二 拉努的评论

阿尔芒·拉努(Lanoux，Armand，1913—1983)生于巴黎一个贫困家庭，靠着上补习课在十六岁时获得了小学毕业文凭，从事过银行职员、装饰工、绘画、小学教师和记者等各种职业。他从1943年开始从事创作，早期作品多是侦探小说，后来改写具有现实主义甚至民众主义[②](Le Populisme)风格的故事，小说《疯人殿》(*La Nef des fous*,1948)获民众主义小说奖，《当大海退潮的时候》(*Quand la mer se retire*，1963)获得龚古尔奖，并于1969年担任龚古尔文学奖评委会委员。

拉努是左拉研究专家，曾主持编纂七星丛书版的《卢贡-马卡尔家族》。他在一篇研究《卢贡-马卡尔家族》的文章中，指出左拉在这些系列小说中打破了关于"性"的禁忌，首先把"性"作为一种社会力量来描写：

> 《卢贡-马卡尔家族》将会是一部描写性欲的史诗，当时，作为社会上的禁忌，"性"尚不为人知……还从来没有被当作社会力量。《泰莱丝·拉甘》的作者已经显示出他是这一派的领袖。[③]

① 弗雷维勒：《左拉：暴风雨的播种者》，社会出版社，巴黎，1952年，第159—160页。

② 1929年成立的文学团体，其宗旨是主张脱离一切社会的和政治的观点，以平民百姓作为小说人物，以现实主义手法描绘他们日常生活的情景。

③ 阿尔芒·拉努：《埃米尔·左拉和〈鲁贡-玛卡尔家族〉》，施科译，载谭立德编选：《法国作家、批评家论左拉》，安徽文艺出版社，1994年，第248页。

在他的专著《您好，左拉先生》里，拉努详尽地评述了左拉的生平和作品，最后提出了独特的见解：

> 左拉的"分量"与19世纪非常伟大的小说家同样重要，他是如此自觉地与他们竞争：巴尔扎克，雨果，乔治·桑，陀思妥耶夫斯基，托尔斯泰，狄更斯。
>
> 然而批评界看得最不清楚的独特之处，却是抒情性和建筑学的一种极具个性的混合。左拉是一位伟大的抒情诗人，受到一个伟大的建筑师的协助。他自我否认的各种浪漫主义倾向，在这个工程师的儿子身上找到了一位效率惊人的建筑师。这在《萌芽》里看得很清楚。
>
> 左拉的诗意，从魏尔兰和马拉美到科克托，其他人早就证明过了，不过承认这一点的主要是诗人……至于建筑学，它是漫长而艰巨的……不仅在《萌芽》中，而且在《三名城》和《卢贡-马卡尔家族》里都极为出色，直到未完成的《四福音书》为止，在小说本身的高潮与低潮交替的节奏之后，最后一卷都是与第一卷相呼应的。[①]

三 密特朗的评论

亨利·密特朗(1923—　)是法国当代研究左拉的专家，也是符号学批评家。他在巴黎第三大学担任文学系教授，20世纪90年代曾去美国任教，现为巴黎新索邦大学和美国哥伦比亚大学名誉教授。他编纂和注释了《卢贡-马卡尔家族》的七星丛书版(五卷，1960—1967)和《左拉全集》(*Oeuvres complètes d'Emile Zola*，十五卷，1966—1969)。他关于左拉的著作有《左拉》(*Zola*，1969)、《小说的话语》(*Le Discours du roman*，1980)、《左拉和自然主义》(*Zola et le naturalisme*，1986)、《调查札记：法

① 阿尔芒·拉努：《您好，左拉先生》，阿歇特出版社，巴黎，1952年，第613—614页。

国未出版的一种人种志》(*Carnets d'enquêtes:une éthnographie inédite de la France*,1987)、《注视与符号》(*Le regard et le signe*,1987)和《埃米尔·左拉的激情：对真理的狂热》(*Passion Emile Zola:les délires de la vérité*,2002)等。其中《调查札记》是左拉为写作《卢贡-马卡尔家族》而到各地进行调查的手稿,是研究左拉的珍贵资料。

在《小说的话语》里,密特朗运用结构主义和符号学分析的方法,分析了《萌芽》的主人公朗蒂埃与其他人物的关系,评述了人物的功能、情节的冲突和话语的作用，以此证明叙述学和社会批评在小说研究中的作用。在《左拉和自然主义》里,密特朗着重论述了理论上的自然主义和小说中的现实主义,评析了主题与想象、神话与意识形态的关系。他把理论上的自然主义等同于左拉的自然主义，概述了自然主义一词的来龙去脉：

> 从1866年起，左拉围绕自然主义这个词及其概念构成了观念体系,并且通过一切文学学说和流派的空间来有力地推动它们,所以他是一个革新者。然而他也是一个继承者,因为这个词已经有着漫长和复杂的历史，他为了使它们融为一体而恢复了它们的全部意义和价值:科学的、哲学的、艺术的和文学的。左拉的自然主义的力量,与《卢贡-马卡尔家族》作者的好斗和战略战术意识一样,在于坚持这种混合,即把迄今为止唯物主义哲学、自然科学、“写生”画和分析小说的各种分隔开来的道路暂时集中在一种一体化的文学理论上。[①]

密特朗还从“个性”的角度分析了自然主义与现实主义的区别,从“真实”和“实验小说”等角度论述了自然主义定义的演变。

① 亨利·密特朗:《左拉和自然主义》,法国大学出版社,1986年,第25页。

亨利·密特朗对左拉未完成的作品进行了分析,认为左拉精心安排了《四福音书》的顺序:《繁殖》构成家庭,《劳动》构成城市,《真理》构成国家,《正义》构成人类。《正义》未能完稿,甚至没有任何情节方面的构思,只有几个主要人物的名字,但密特朗认为值得探讨它们的意义,因为这些文字

> 对于《四福音书》的作者采取的方式作出了某种解释:他如何从政治和意识形态方面吸取德雷福斯事件的教训、进入20世纪、从此以后把他的视野扩大到法国的国界之外,对社会做出了激进的选择,表明了对于社会主义和国际主义的双重关注,并且由此接近了让·饶勒斯的立场。[①]

密特朗始终在维护左拉的声誉,在2009年出版了论文集《左拉其人》(*Zola tel qu'en lui-même*)。他认为左拉首先是一个讲故事的人,一位画家,一位诗人。该书全面地评析了左拉的生平和作品,目的是把左拉从"自然主义"中解放出来,也就是使人们消除对左拉的误解,真正认识到他作为伟大作家的天才。左拉不是像人们通常认为的那样是个刻板的实证主义者,而是使自然主义向梦想、色情和革命开放的自然主义者,因此他虽然并非超现实主义的先驱,但是他的作品却包含着布勒东在超现实主义宣言里赋予小说的一切内容。

四 布托尔的评论

米歇尔·布托尔(Butor, Michel, 1926—)是法国新小说派的代表

① 亨利·密特朗:《左拉与国际主义,最后一个梦想?》,载奥古斯特·德扎雷:《没有国界的左拉:斯特拉斯堡国际讨论会,1994年4月》,斯特拉斯堡大学出版社,1996年,第12页。

作家之一,提出过具有结构主义意向的小说革新理论,也写过不少艺术评论。1967年,他把发表的评论《实验小说家埃米尔·左拉及蓝色火焰》题献给左拉研究专家亨利·密特朗,充分表明了他对左拉研究的重视。在这篇论文中,布托尔运用结构主义的方法评析了左拉的实验小说理论,详尽地论述了《卢贡-马卡尔家族》系列小说中遗传的过程和各种类型,以及酒精和蓝色火焰的象征意义。

布托尔一开始就为左拉的实验小说理论辩护,他首先引用了左拉关于巴尔扎克笔下的于洛男爵的评论,然后指出:

> 这段话清楚地说明了左拉的小说理论受到了歪曲。人们以为左拉仅仅是利用现代科学的发现来描述人物的行为,因而得出结论说,如果小说家左拉不慎地以不牢靠的科学论点为依据的话,那么,一旦这些论点被驳倒,小说中的描述也随即失效。因此,这些人认为,左拉采用十分冒险的遗传学理论作为卢贡-马卡尔家族的基石,这个举动不免失之天真和轻率,因为,这个遗传理论的破产使左拉的作品也随之破产,剩下的只是一些优美的“片断”,纵然它们深刻隽永。
>
> 据说左拉盲目轻信貌似科学的论点,事实却恰恰相反,左拉曾一再提醒人们不要盲目接受理论。[①]

布托尔特别详尽地分析了《卢贡-马卡尔家族》的四种遗传类型,以及性格与个体的关系,并且着重从被人忽略的家庭关系入手,评述了左拉作品中人物的特色:

① 布托尔:《实验小说家埃米尔·左拉及蓝色火焰》,桂裕芳译,载谭立德编选:《法国作家、批评家论左拉》,安徽文艺出版社,1994年,第288页。

《卢贡-马卡尔家族》中的家庭关系完全是用来进行小说实验的,它本身几乎从未受到研究。有一点应引起注意,即雅克和艾蒂安·朗蒂埃是兄弟,甚至是孪生兄弟,因为他们从根本上来说是一个人。我们在这一方的行动中看到了那一方的行动,又在他们两人的行动中看到了他们的母亲绮尔维丝、外祖父安托万、曾外祖母阿戴拉伊德的行动,而且在这个交叉点上,我们还看到银行家阿里斯蒂德或者部长欧仁的行动,但我们从未见他们在一起,他们和绮尔维丝之间没有任何交谈。一般来说,左拉很少谈论他的人物的童年,他向我们显示人物时,他们已经定型,已经具有相似性了。①

布托尔的评论提出了一些与众不同的独特观点,认为左拉作品中的许多意象都具有丰富的内涵,例如血液在遗传中的作用:

固定不变的性格在家族中一代一代往下传,从个体传到个体,这是旧王朝的一个基本事实,是高贵这一观念的渊源。遗传性存在于血液中,而所有成员身上都流着同一血液。从伤口涌出的红色液体无非平易地代表着浸润英雄始祖的全体后代的性格流罢了。

左拉在生理学上的想象力之丰富,实属惊人,就此可以写一部专著,如同罗朗·巴特论述米什莱一样。液体,可以称作社会的"体液"特别起着头等重要的作用。②

布托尔甚至将卢贡-马卡尔家族的兴衰与拿破仑第三的政变联系起来,大大深化了左拉的写作动机和背景:

① 布托尔:《实验小说家埃米尔·左拉及蓝色火焰》,桂裕芳译,载谭立德编选:《法国作家、批评家论左拉》,安徽文艺出版社,1994年,第299—300页。

② 同上,第300—301页。

贵族将血液绝对化，其实，血液的永久性十分短暂，有利的遗传特异性在几代以后便在统治世系中消失，这时，此系以外出现的任何杰出人物，不论其天才多么非凡，在掌权者眼中他只能是一个危险人物，也就是说卑劣至极的人物。失去王位的国王变成了魔鬼，而取代他登上王位的人往往平庸不堪。

卢贡-马卡尔家族的全部历史是在篡权这个背景上展开的。左拉和所有19世纪作家一样，认为拿破仑无疑是天才，因此，他的夺权是可以理解的、甚至可以原谅的。然而，虚假的继承人拿破仑第三则不然，在他身上，原始特异性固然易于辨别，但其表现方式则截然不同。12月2日的政变是绝对篡权，它必然导致千百万个体的非人化。①

对于左拉在《三名城》中体现出来的反教权主义的思想，布托尔的论述特别深刻：

左拉憎恶圣心教堂的虔诚朝拜，用他的话说，这种虔诚发展下去会将教堂的旌旗变成屠杀的肉案子。天主教在他眼中是血腥的宗教……天上王国的许诺使失去地上王权的人们在精神上得到补偿，同样，变体②对失去血缘特权的人进行补偿，他们借酒浇愁，丧失反叛性，而变体使酒变成了耶稣的血。所以，从下面来的爆炸和雷击应该在圣体降福时发生。

左拉认为，教会是为血统服务的。在旧王朝时代，僧侣不过是

① 布托尔：《实验小说家埃米尔·左拉及蓝色火焰》，桂裕芳译，载谭立德编选：《法国作家、批评家论左拉》，安徽文艺出版社，1994年，第307—308页。

② 基督教圣餐中的面包和葡萄酒变为耶稣的身体和血。

第二等级,他们受制于独身法规,被禁止成立家室或延续家系。大皇族中的小支系往往是教会的王公。在教会家族内部,血缘关系被效法它的精神关系所替代,因此,神职人员被称为神父,这是对他们不能当父亲,至少不能当合法父亲的一种补偿。①

五 其他评论

除了上述几位有代表性的评论家之外,还有许多关于左拉的专著(参阅本书第三篇《主要文献目录》),例如关于《萌芽》的研究就有亨利·马雷尔(Marel,Henri)的《〈萌芽〉与法国工人运动》(*Germinal et le mouvement ouvrier en France*,1972)、安德烈-马尔克·维亚尔(Vial,André-Marc)的《〈萌芽〉与左拉的"社会主义"》(*Germinal et le "Socialisme" de Zola*,1975)和博勒·勒热纳(Lejeune,Paule)的《〈萌芽〉,一篇反人民的小说》(*Germinal:un roman antipeuple*,1978)等,至于论文更是不计其数。

对于左拉及其作品的研究,学者们大多从道德批评或马克思主义阶级分析的角度出发,但也有一些学者采用符号学、神话学等新批评的理论或方法,从神话、象征和隐喻的角度研究左拉的作品,例如罗杰·里波尔(Ripoll,Roger)的《左拉作品中的现实与神话》(*Réalité et mythe chez Zola*,1981)、克洛德·塞梭(Seassau,Claude)的《埃米尔·左拉:象征的现实主义》(*Emile Zola:le réalisme symbolique*,1989)等。应该指出的是,当代的评论基本上都是肯定左拉的成就,对他的作品予以积极的评价。

特别值得提到的评论家还有以下几位。

马尔克·贝尔纳(Bernard,Marc,1900—1981)在尼姆度过了悲惨的

① 布托尔:《实验小说家埃米尔·左拉及蓝色火焰》,桂裕芳译,载谭立德编选:《法国作家、批评家论左拉》,安徽文艺出版社,1994年,第317页。

童年，他的母亲是洗衣女工，死于肺结核。他先后当过酒商的听差、袜厂的学徒和铁路工人，后来参加了工会。到巴黎后他加入了法共，1929年成为《世界》杂志编辑部秘书，从此开始了创作生涯，并且参加了普拉伊(Poulaille，Henry，1896—1980)领导的无产阶级作家小组。贝尔纳一共发表了十六部小说，代表作是获得龚古尔奖的自传体小说《赤子之心》(*Pareils à des enfants*，1942)，写他的母亲被丈夫抛弃以后，不得不卖身到城堡里去当厨师，母子俩在贫困中相依为命，直到儿子当上了听差为止。在无产阶级作家小组的所有成员中，只有贝尔纳在战后不改初衷，始终满怀兴趣地关注民众的生活。此外他还撰写了专著《左拉》(*Zola*，1952)，对左拉的创作观念进行了评论：

> 左拉第一个在工人当中选择一部小说的人物，这使他的读者大为惊讶。无产阶级随着机械化的进步而日益壮大，却依然没有面貌和声音；一些工业城市拔地而起，手工业在工场和工厂组成的匿名大军中消亡，但是作家们却注视着别的地方；几乎只有私生活、关于金钱的争论、野心、罪行才能吸引他们的注意力。
>
> 左拉第一个观察发生的一切。他属于他的时代，往往达到了天真的地步，然而他又比任何人都更加超越时代：他看得比时代更远。[①]

贝尔纳不仅看到了左拉小说以工人为主人公的特点，而且揭示了当代文学创作的一个根本问题，即作家们只想用关于金钱色情和暴力犯罪等离奇情节来吸引读者，这一观点至今仍有着重要的现实意义。

克洛德·鲁瓦(Roy，Claude，1915— 1997)是诗人、批评家和小说家，

① 马尔克·贝尔纳：《左拉》，瑟伊出版社，巴黎，1977年，第50页。

他在大学期间攻读法律，1943年抵抗运动期间加入法共。他起初创作诗歌，后来发表了小说《黑夜是穷人的外套》(*La Nuit est le manteau des Pauvres*, 1948)，甚至写过《镜子里的中国》(*La Chine dans un miroir*, 1953)和《中国诗歌的瑰宝》(*Trésor de la poésie chinoise*, 1967)等四部关于中国的著作。匈牙利事件后脱离法共，于1957年被开除出党。

1960年，他发表了《议论中的人》，其中包括关于左拉的评论：

> 左拉与其他作家之间的区别在于左拉不仅能够是一位伟大的社会画家，一位始终富有人情味的抒情诗人，而且是一个典范人物……他理应受到我们的崇拜和热烈的仰慕，因为他曾经是一位创作史诗般小说的世界冠军；他理应得到我们的偏爱，因为他曾经是一位受到不应受的侮辱的“记录保持者”。
>
> 作为艺术家，左拉并非那么天真，那么迟钝，以至会相信能轻易看清真实、阐述真实。他首先明白自然主义并不是自然的，而现实主义并不必然是现实的，真实不是自然而然地像真的……左拉的错误仅仅如同我们许多当代人所犯的错误一样，天真地以为可以要求人文科学具有自然科学那样的精确性和严格性。[①]

伊夫·谢弗勒尔(Chevrel, Yves)，巴黎索邦大学文学系教授，法国比较文学学会双会长之一，专门从事自然主义研究。他在1982年发表的《左拉和自然主义》，全面地论述了左拉与欧洲文学之间的关系，列举了欧洲其他国家流传下来的或者已被遗忘的自然主义流派和作家，并且得出了结论：

① 克洛德·鲁瓦：《左拉》，舒园译，载谭立德编选：《法国作家、批评家论左拉》，安徽文艺出版社，1994年，第238—239页。

左拉为普及自然主义竭尽全力，事实上，他可以被认为体现了一种轨迹，这轨迹汇集了整个时代的各种倾向，至少汇集了整个思潮和整个文学实践的各种倾向。从这一术语的专门意义来说，左拉不止是某种程度上我们学习的榜样，或甚至是我们追随的先驱者，他是一个楷模。[①]

然而迄今为止，反对左拉的声音仍未完全平息，直到当代还有批判左拉和自然主义的著作出版，例如让·卡恩普菲(Kaempfer，Jean)的《埃米尔·左拉：一种邪恶的自然主义》(*Emile Zola：d'un naturalisme pervers*，1989)、雷翁·布卢瓦(Bloy，Léon)、皮埃尔·克洛德(Glaudes，Pièrre)的《自然主义的葬礼》(*Les funérailles du naturalisme*，Paris，2001)和朱莉亚·莫恩斯(Moens，Julie)的《伪君子左拉：左拉和巴黎公社》(*Zola l'imposteur：Zola et la Commune de Paris*，2004)等。

① 谢弗勒尔：《左拉和自然主义》，谭立德译，载谭立德编选：《法国作家、批评家论左拉》，安徽文艺出版社，1994年，第428页。

第三章

欧洲的左拉研究

自然主义在世界上的传播参差不齐,它首先出现在德国和意大利,在19世纪90年代进入英国,而在美国则一直延续到两次世界大战之间。如果以作品来分界的话,"基本上可以说自然主义文学始于1867年左拉的《泰莱丝·拉甘》,止于斯坦贝克的《愤怒的葡萄》。"①

确切地说,自然主义不仅仅是产生于法国的文艺思潮,更不是左拉突发的奇思异想,而是在自然科学迅速发展的时代在文学上的必然反映,正如谢弗勒尔所说的那样:

> 在其他地方,我们还发现一些与左拉的某些观点相近的人士:如西班牙的帕尔多·巴桑和克拉林、葡萄牙的埃萨·德·克罗兹、意大利的维尔加、挪威的易卜生、瑞典的斯特林堡,甚至还有俄国的托尔斯泰……有时,事情以另外一些名义出现而得以顺利进行:意大利的真实主义、荷兰的"80年代派"、斯堪的纳维亚作家们的"突破的年代"、波兰的实证主义。左拉还远远不是上述作家的先驱者,何况,其中有些人是他的前辈,列举的那些文学运动也远远不是德国和法国的文学运动的移印。②

① (英)利里安·R.弗斯特等:《自然主义》,任庆平译,昆仑出版社,1989年,第29页。

②《伊夫·谢弗勒尔:左拉和自然主义》(1982),谭立德译,载谭立德编选:《法国作家、批评家论左拉》,安徽文艺出版社,1994年,第426—427页。

外因是通过内因而起作用的。正因为如此,各国对左拉和自然主义的接受才会有所差别，甚至同一个国家在不同时期对左拉的接受也会不同,这正是左拉学术史的一个重要特点。

第一节　西　　欧

一 德国

德法两国是近邻,在文化上有着天然的联系,德国文学大多受到法国文学的影响。法国自然主义文学兴起的时候,正值德国在1871年统一后迅速崛起的时期。德国的资本主义发展虽然落后于英法,但是依靠普法战争的赔款和先进技术后来居上,因而工业繁荣,无产阶级队伍日益壮大，为自然主义文学特别是左拉的作品在德国的接受创造了有利的社会基础。德国作家从19世纪70年代就开始了解左拉及其作品,把左拉当作偶像。

1878年，德国作家米夏埃尔·格奥尔格·康拉德(Conrad,Michael Georg,1864—1927）在巴黎担任记者时结识了左拉,1882年回到德国后,当年就发表散文集《露泰西娅夫人/新巴黎研究》(1882),鼓吹左拉及其自然主义小说,力图把左拉的观点运用于德国的社会现实。

康拉德充分肯定了左拉及其实验小说理论，实际上他是把自然主义等同于现实主义的：

> 现实主义或自然主义小说是一种在形象和方法上与我们时代的科学特征一致的、唯一重要的、在思想上占统治地位的小说。它与糊涂观念毫无干系,是建筑在观察和科学的基础之上的,在艺术上它目前没有更多的要求,只要求为事实真相找到最确切、简洁生

动的表达方式，而不是唯心主义的吹牛撒谎，这也就是左拉艺术地称之为实验小说的小说。但是只有真正的艺术家才能创作它，而不是——像我们的唯心主义牛皮大王胡编乱造的——照相师能创作出来的……

在批评中左拉像每一个有创造性的思想家一样，除了自己之外不承认别的上帝，在小说中除了无神的、被科学理解的自然外不承认其他表白。他的小说，正如他自己所说，是一份记录，一份普遍的人类文献，除了签名之外在任何地方都看不见它的作者。[①]

同年康拉德在慕尼黑成立了以他为首的自然主义团体“社会”（Die Gesellschaft），从而使慕尼黑成为德国自然主义的第一个中心，他于1885年创办的周刊《社会》（*Die Gesellschaft*）成为慕尼黑派的机关刊物。

由海因里希·哈特（Hart，Heinrich，1855—1906）和尤利乌斯·哈特（Hart，Julius，1859—1930）兄弟主编的刊物《批判的战斗》（*Kritische Waffengānge*，1882—1884），被称为德国自然主义第一个纲领性文件。1883年，哈特兄弟在柏林发起成立了自然主义团体——哈特兄弟派（Kreis umdie Brüder Hart），从而使柏林成为德国自然主义的另一个中心。由于参加这一派的人员多，影响也大，所以通常都把出版《批判的战斗》的1882年作为德国自然主义产生的标志。

左拉对德国的自然主义文学有着无可置疑的巨大影响，他的小说在被译成德文之前，一些懂法文的德国人已经读过原著了。《小酒店》在1880年被译成德文，而从1881年到1882年，左拉出版的小说中就有11部被译成德文，所以德国读者对左拉是很熟悉的。在法国自然主义的影响下，德国的青年作家掀起了一场自然主义运动，引起了长达十年的激烈

① 康拉德：《左拉与都德》，宁瑛译，载柳鸣九主编：《自然主义》，中国社会科学出版社，1988年，第534—535页。

争论。权威的批评家们大多指责左拉的作品伤风败俗、不堪入目,使左拉一开始受到很多人的反对和批评,但后来逐渐得到承认,并产生越来越大的影响。

慕尼黑派的卡尔·布莱布特罗伊(Bleibtreu,Karl,1859—1928)读了左拉的《萌芽》之后,在《社会》杂志上发表《柏林通信》(*Berliner Briefe*,1885),称左拉属于历来最伟大的诗人,把左拉的《萌芽》奉为"自然主义文学的艺术圣经"。他发表的《文学之革命》(*Die Revolutiion der Literatur*,1886)主张把左拉和易卜生(Ibsen,Henrik)等外国作家作为新文学的榜样,被誉为德国自然主义的战斗宣言。

在左拉的影响下,哈特兄弟派的威廉·博尔舍(Bolsche,Wilhelm)撰写了《诗的自然科学基础》(*Die naturewissenschaftlichen Grundlagen der Poesie*,1887),这是德国早期自然主义的纲领性文件。他在这篇论著中宣称:

> 自然科学构成了我们整个当代思维的基础。我们日益减少从形而上学的角度观察世界和人,自然现象本身使我们渐渐明了,全部宇宙的事件都具有无可动摇的规律。……不言而喻,自然科学研究的最主要对象就是人。发达的科学已成功地确定了一大堆有关人的精神和肉体存在本质的事实材料。[①]

德国一向有善于思考和重视理论的传统,它起初介绍左拉及其自然主义理论,后来有了进一步的发展,不过它的理论并不统一,即使在拥护左拉的作家中也有意见分歧。哈特兄弟派的阿尔诺·霍尔茨(Holz,Arno,1863—1929)被称为先锋派的自然主义理论家,1887年他在巴黎

① 博尔舍:《自然科学与诗歌》,蒋芒译,载刘小枫选编:《德语诗学文选》,华东师范大学出版社,2006年,第37页。

看到了左拉的作品，1890年他创办《自由剧场》杂志，提出了被称为“彻底的自然主义”的理论，要求作家原封不动地描写所发生的一切。但是他不同意左拉的实验小说理论，认为文学艺术与科学是不能融合的。慕尼黑派的布莱布特罗伊不赞成霍尔茨的“彻底的自然主义”理论，因而逐渐失去了作为自然主义批评家的声望。

霍尔茨和约翰内斯·施拉夫（Schlaf, Johannes, 1862—1941）合作的短篇小说集《哈姆雷特爸爸》（*Papa Hamlet*, 1889）描写一个演员落魄后贫困潦倒，最后掐死了多病的孩子，自己也酗酒而死，既批判了社会现实，也体现了“彻底的自然主义”的创作观念。他们合作的剧本《泽利克一家》（*Die Familie Selicke*, 1889）写一个贫困家庭在圣诞夜的悲惨遭遇：父亲是酒鬼，妻子病重，女儿死去，同样堪称是“彻底的自然主义”的典范。

康拉德和博尔舍完全赞同左拉的实验小说，但哈特兄弟的《赞同和反对左拉》（*Fur und gegen Zola*, 1882）和霍尔茨的《作为理论家的左拉》（*Zola als Theoretiker*, 1890），都认为不能把自然科学的方法应用于文学艺术。霍尔茨的论著《艺术、其本质和规律》（*Die Kunst, ihr Wesen und ihre Gesetze*, 2 Bände, 1891—1893）更是不同于只追求真实而忽略形式和风格的法国自然主义，而是关心创作技巧、作品的形式和语言，是德国自然主义的纲领性文献。

德国的自然主义是从诗歌开始的，它也是唯一尝试创作自然主义诗歌的国家。1885年，哈特兄弟派的威廉·阿伦特（Arent, Wilhelm, 1864—1921）在柏林主编出版了德国自然主义的第一部重要诗集——自然主义诗选《现代诗人的性格》（*Moderne Dichtercharaktere*, 1884）。德国于1887年成立了名为“突破”的诗人协会，霍尔茨是其中影响最大的诗人，他的《时代之书：一个现代人的歌》（*Das Buch der Zeit: Lieder eines Modernen*, 1886）是自然主义的经典诗集，他的《诗歌之革命》

(1899)更是力图在诗歌领域发动一场自然主义革命。

德国的自然主义在戏剧创作方面深受挪威作家易卜生的影响。1889年，柏林建立了自由舞台协会，创立了自由舞台剧院，当年9月上演易卜生的《群鬼》(*Les Revenants*,1881)获得巨大成功。《群鬼》暴露了中产阶级社会背后的真相，分析了梅毒的遗传，在德国被认为是对现代戏剧的突破。最有代表性、受易卜生影响最大的剧作家是格哈特·豪普特曼(Hauptmann,Gerhart,1862—1946)。他早期写过一些小说，其中《道口工蒂尔》(*Bahnwärter Thiel*,1888)，写蒂尔在妻子去世后再娶，因后母只爱亲生子而引发家庭矛盾，最后杀死妻子和孩子的悲惨故事，堪称自然主义的杰作。1889年10月20日，自由舞台剧院上演了豪普特曼的代表作《日出之前》，写一个农民暴富后全家酗酒和道德沦丧的故事，唯一不沾酒的小女儿海伦娜迫于全家坏名声的压力，也不得不在日出之前自尽，这个剧名同时也意味着德国工人阶级正处于黎明之前的黑暗之中。豪普特曼因而成为德国自然主义戏剧的代表人物，奠定了他作为德国自然主义领袖的地位。他的剧作《职工们》(*Die Weber*,1892)是德国文学史上第一部表现工人群众斗争的作品，超越了自然主义的范畴，表明豪普特曼与左拉一样，在创作实践中逐渐成为一位杰出的现实主义作家，并且在1912年获得了诺贝尔文学奖。

德国自然主义小说的主要样式是“柏林小说”(Der Berlinner Roman)，描绘柏林的风俗人情和下层人民的苦难生活，它的奠基人和代表作家马克斯·克莱策(Kretzer,Max,1854—1941)被称为德国的左拉。他的第一部小说是发表在《市民报》上的《时代的市民——柏林风俗画》(*Burger ihrer Zeit*: *Berliner Sittenbilder*)，揭露资产阶级对金钱的追逐，出版单行本时改名为《奇特的异想天开的人》(1881)。使他成名的是三大城市社会小说：《两个同志》(1880)、《被欺骗的人》(1881)和《穷途潦倒的人》(1883)，他的代表作是《廷佩师傅》(*Meister Timpe*,1888)。克莱策的小说充满了对劳苦大众的深切同情,有着强烈的社会批判因素。

保尔·林岛的《西去列车》(1886) 和康拉德的《伊萨河在倾听》(1887),显然都是对左拉的《卢贡-马卡尔家族》的模仿。值得提到的还有自然主义小说家赫尔曼·苏德曼,他发表了德国自然主义最重要的叙事作品《忧愁夫人》(*Frau Sorge*,1887),通过主人公的坎坷遭遇反映了当时德国社会和家庭的矛盾。他的长篇小说《猫桥》(*Der Katzensiteg*,1889)描写了德国人民反抗拿破仑侵略的斗争。

梅林(Mehring,Franz,1846—1919)是德国早期的马克思主义文艺批评家,他在《今天的自然主义》(*Der heutige Naturalismus*,1893)一文中,肯定了自然主义暴露现实的勇气,也尖锐地指出了它可能会走向堕落的前景。他认为今天的自然主义是:

> 越来越猛烈强大的工人运动在艺术上的反照,这点是不会被误解的。问题并不在于自然主义把孩子和洗澡水都一起泼掉了,这点甚至在某种程度上是不可避免的……今天的自然主义有勇气和出于对真实的热爱,去描述正在衰亡之物的本来面目,这就是它的一个贡献。这个贡献也不会因其病态和夸张而减色,这种病态和夸张是每一种反叛在它开始时期都必然会有的。但是它到这一步只不过才走了一半的路程,如果它就此停止不前,那它当然要导致艺术和文学的不可遏止的堕落。[①]

1902年10月8日,梅林在左拉去世后九天就发表了纪念文章:

> 左拉的猝然去世,从最初的一瞬就引起一种令人悲痛的感情,

① 梅林:《今天的自然主义》,载《梅林论文学》,张玉书等译,人民文学出版社,1982年,第255,257—258页。

看到一个在劳动和斗争中那样充实的生命竟死于一个悲惨的意外事故，使人惶乱无主，但敌人趁这个大勇者尸骨未寒之际对他迸发出的切齿之恨确是一种真正的慰藉，这说明死者业已完成了一项光荣的事业……

事实上在左拉身上，美学家和诗人是完全融合为一的。他的长篇小说，与其说是诗人在怡然自得地进行艺术创作时凭空臆造出来的纯艺术品，毋宁说是革新的警告和唤醒人们的呼号。[①]

著名的小说家亨利希·曼(Mann，Heinrich，1871—1950)被称为“德国的左拉”，他在《垃圾教授》(*Professeur Unrat*，1905)里刻画了一个娜娜的姐妹。他在《左拉论》(1915)里强调了左拉描绘生活的特色，指出左拉小说的特点是对人民雅歌式的赞美，肯定了左拉对土地的深情描绘。在回顾了《土地》的内容之后，他得出了这部小说给人的教训：

这就是人类永恒的面貌，你看过以后再跟我说还有什么可希望的。哪种反抗、哪种革命可以使你摆脱这种对土地的贪婪，你对土地的贪婪！农民晚上聚在一起，围在同一支蜡烛四周，在历书中阅读他们自己的历史，他们过去受苦受难长期奋斗的历史。他们听到的一切都说明最终会发生的革命是有道理的，然而深切感到他们的苦难无法治愈，一切在他们看来又毫无价值[②]。

托马斯·曼(Mann，Thomas，1875—1955)认为“狄更斯、萨克雷、托尔斯泰、陀思妥耶夫斯基、巴尔扎克、左拉、普鲁斯特等人伟大的社会小

① 梅林：《梅林论文学》，张玉书等译，人民文学出版社，1982年，第283，285页。

② 亨利希·曼：《左拉论》，马振骋译，载朱雯等编选：《文学中的自然主义》，上海文艺出版社，1992年，第494页。

说创造，正是19世纪具有纪念碑意义的艺术。”[①]他对左拉更有着特别的评价：

> 我始终把埃弥尔·左拉视为19世纪最引人注目、最典范的代表之一。从前，已经是几十年之前了，我曾把他与理查·瓦格纳相比，使我的德国同胞感到莫名其妙的恐惧；我在《卢贡–马卡尔家族》和《尼伯龙根指环》之间确定了一种联系。这种联系难道不存在吗？思想、意图，甚至方式的相似，今天看来都一目了然。把它们联系在一起的……
>
> 首先是一种类似于象征的，并且与神话紧密连接的自然主义。因为在左拉的史诗中，尽管有着为描绘真实的全部极端的力量和一种曾经引起公愤的粗俗，但是我们怎么能无视把它的世界提升到超自然高度的象征主义和神话倾向呢？[②]

德国的自然主义在1890年达到鼎盛，批评家赫·巴尔在《超越自然主义》(*Die uberwindung des Naturalismus*, 1891)里宣告了它的衰落。

二 英 国

与德国相比，英国的自然主义文学远未形成运动或团体，这是由于英国的现实主义文学具有悠久传统的缘故。现实主义文学历来被英国人视为严肃文学，从不涉及暴力和色情，最多只能像斯威夫特(Swift, Jonathan, 1667—1745)的《格列佛游记》(*Gueliver's Travel*, 1726)或者狄更斯(Dickens, Charles, 1812—1870)的《匹克威克外传》(*Pickwick Pa-*

---

① 托马斯·曼：《论小说艺术》，伯杰译，载刘小枫选编：《德语诗学文选》，华东师范大学出版社，2006年，第196页。

② 马尔克·贝尔纳：《左拉》，瑟伊出版社，巴黎，1977年，第180页。

pers,1836—1837)那样开一些无伤大雅的玩笑,因此英国虽然有一些自然主义作家,也始终没有脱离现实主义的传统。

19世纪80年代，左拉的作品被译成英语之后并未引起英国读者的热烈反响，英国众议院在1888年还提出过认为左拉的作品败坏道德的动议。

在受到左拉影响的英国作家中,较为重要的有以下几位。

乔治·莫尔(Moore,George,1852—1933)是维多利亚时期重要的小说家,20岁时赴巴黎学习绘画,迷上了左拉的小说,成为左拉自然主义理论的崇拜者和出色的实践者。1879年4月,他经马奈介绍认识了左拉,回到英国后与左拉保持通信，著有《工作中的左拉》(*Zola at work*,1881)，并模仿左拉创作了第一部小说《现代恋人》(*Modern Lover*,1883),另一部小说《艺人之妻》(*A Mummer's Wife*,1885)写一个女人酗酒堕落的故事,由阿莱克西译成法文在巴黎夏庞蒂埃出版社出版。

乔治·吉辛(Gissing,George,1857—1903)也是维多利亚时期重要的小说家,他一生贫困,以"贫民窟文学"揭露英国社会的腐败现象,突出环境和遗传的影响,作品表现出自然主义的特征。他的代表作有描写落魄文人的《新寒士街》(*The Emancipated*,1890)等。

阿诺德·班奈特(1867—1932)善于描绘家乡斯塔福德郡五个盛产陶瓷的小城镇里中产阶级的日常生活,因而被誉为"五镇小说家"。他于1889年到伦敦工作,因征文获奖开始创作,第一部小说《北方来的人》(1898)描绘了一个孤身的年轻人在伦敦的事业,带有自传的性质。他最有自然主义特色的小说是《赖斯曼阶梯》(1923),生动地刻画了贪心不足的吝啬鬼厄尔福沃德可悲而又可鄙的命运。

班奈特对法国自然主义小说家的作品有着特别深刻的印象:"我这时期一直在读法国小说,包括屠格涅夫的法文译本。屠格涅夫、龚古尔兄弟和莫泊桑是我的神明。我接受了他们的教规。他们使我对英国小说从总体上讲持轻视态度,直到现在也没有完全消失。"[①]值得注意的是他把屠格涅夫列为自然主义作家,却没有提到自然主义的领袖左拉,既显示出他对现实主义与自然主义没有严格的区别,也似乎表明他对左拉的小说还有所保留。

随着左拉及其作品影响的扩大,英国民众的态度也发生了变化。1893年7月20日,左拉夫妇来到英国,在市政厅受到列队欢迎和市长接见,号角齐鸣。他出席会议,发表演说,受到隆重的接待。特别是在左拉受到审讯和被迫流亡的时候,英国成了他唯一可去的地方。

欧内斯特·艾尔弗雷德·维泽特利(Vizetelly ,Ernest Alfred,1853—1922)是英国作家和翻译家。从1891年到1902年,他几乎翻译了左拉的《卢贡-马卡尔家族》、《三名城》和《四福音书》等全部作品。他在英国报纸上发表过与左拉的谈话,在美国市场上维护过左拉的著作权。在德雷福斯事件中,左拉流亡到英国后,维泽特利负担了他的生活。维泽特利还先后出版了《左拉在英国》(*With Zola in England*,1899)和《小说家兼改革家埃米尔·左拉:生平与著作》(*Emile Zola,novelist and reformer:an account of his life & work*,1904)。

英国批评家高斯在1890年概括了左拉对于自然主义所做的贡献:

> 多亏了左拉,而且唯有左拉,自然主义各种散乱的倾向才得以集中。在某种类似独一无二的体系的东西中,他应该有可能把福楼拜、都德、陀思妥耶夫斯基和托尔斯泰、奥威尔士和亨利·詹姆斯走过的路程联系起来。是他发现了所有这些天才的一个共同的主宰,发现了一个恰如其分的方法把他们与其余的人区别开来,并使之互相连接。正是通过他的努力,实验小说才能够悄悄形成一个确切

① 文美惠:《阿诺德·班奈特和他的"五镇小说"》,载柳鸣九主编:《自然主义》,中国社会科学出版社,1988年,第380页。

的模式而并没有任意地朝多种方向发展。[①]

三 意大利

意大利的历史进程晚于英法,19世纪后半期才确立资本主义制度,现实主义文学才开始繁荣。意大利的自然主义文学名为真实主义,出现于19世纪70年代初,到20世纪初结束,持续了三十年之久。它在时间上与英、法自然主义文学处于同一个发展过程,实际上是批判现实主义和自然主义相结合的产物。意大利的真实主义虽然受到国外自然主义的影响,但在欧洲各国中却与法国自然主义最为接近。

意大利早在1879年就由埃玛纽埃尔·洛科(Rocco,Emmanuele)翻译了左拉的《小酒店》,并且为此举行了讨论会,桑科蒂斯(Sanctis,Francesco De)为此出版了专著《左拉的〈小酒店〉讨论会,1879年6月15日》(*Zola e L'assommoir, Conferenza tenuta al Circolo filologico di Napoli il 15 giugno* 1879)。

在左拉及其自然主义理论的影响下,意大利文艺批评家路易吉·卡普安纳(Capuana,Luigi,1839—1915)和真实主义的代表作家乔万尼·维尔加(Verga,Giovanni,1840—1922)共同奠定了真实主义的理论基础。卡普安纳把自己的小说《姬雅琴塔》(1879年6月)题献给左拉,并且一再表示自己对左拉的赞同和推崇:

> 如果希望做到并且能够做到使小说尽可能成为小说,就不要让小说服务于这样或那样的理想,替这种或那种思想效劳;为使小说创作具有同自然界的造物一样的多样性和丰富性,应当采用无作者个人色彩的方法,让小说像生物体一样不断地发育成长。这

① 高斯:《小说中的现实主义局限》,转引自伊夫·谢弗勒尔:《左拉和自然主义》,载谭立德编选:《法国作家、批评家论左拉》,安徽文艺出版社,1994年,第428页。

> 种方法运用得越好，小说就变得越有民族特点，甚至越有地方特点……
>
> 诗！谈论左拉时使用这个词似乎不恰当。但是，一种崇高的感情，近于高傲，透过那些完美无瑕的、真实的、本色的描述和详尽的、无情的、几乎是科学般准确的分析，散发在字里行间，这种感情构成他的作品中的生命的气息，是纯朴而深沉的诗。①

意大利记者、评论家维托里奥·皮卡(1864—1930)在《幻想报》上发表了关于《左拉的〈家常事〉》评论。左拉非常感动，特地给他写信，在表示感谢的同时也发泄了对法国新闻界的不满：

> 这篇论文写得很有见识和非常认真。在意大利，你们至少是在动笔之前读过作品的。在法国，十行字的专栏文章就可以毁掉最精心创作的作品。②

1894年10月30日，左拉夫妇赴意大利，在罗马受到翁贝托国王的亲切接见，到处都受到隆重热烈的欢迎。一个世纪之后，意大利对左拉的兴趣有增无减，从20世纪90年代至今，几乎每年都有关于左拉的专著问世。

四 西班牙

19世纪60和70年代，西班牙正处于没落的浪漫主义与批判现实主义交替的时期，当时左拉对浪漫主义的批判正好为西班牙现实主义的

---

① 卡普安纳：《当代文学研究》，吴正仪译，载柳鸣九主编：《自然主义》，中国社会科学出版社，1988年，第546、547页。

②《左拉文学书简》，吴岳添译，安徽文艺出版社，1995年，第344页。

发展开辟了道路。西班牙《当代》杂志驻巴黎记者查尔斯·比戈特在1876年发表了关于《欧仁·卢贡大人》的评论，首先将他称为“生理学派”的左拉介绍到西班牙。

左拉的理论著作《实验小说论》和《自然主义小说家》直到1892和1893年才译成西班牙文，因此西班牙的自然主义与法国的自然主义有所区别。第一个评论自然主义是马努埃尔·德拉·莱比利亚(1846—1881)，他于1879年5月在《西班牙杂志》上发表了《艺术上的自然主义》，认为自然主义的美学观点是不能反对的，但是过于夸张、武断，言过其实。1881至1882年，马德里的“阿特纳奥”组织了关于自然主义问题的辩论。

反对自然主义最为坚决的是佩德罗·安东尼奥·德·阿拉尔孔(Alarcon, Pedro Antonio de, 1833—1891)、拉蒙·德·坎波亚莫尔(1817—1901)和马塞利诺·梅嫩德斯·佩拉约(1856—1912)等。胡安·巴莱拉(Valera, Juan, 1824—1905)的《有关写小说的新艺术札记》(1886—1887)也认为自由意志比遗传因素和强调环境影响的决定论更为优越。

佩雷斯·加尔多斯(Galdos, Pérez, 1843—1920)是西班牙批判现实主义文学的奠基人，一生创作了大约一百部作品。他于1867年去巴黎，发现了巴尔扎克的《欧也妮·葛朗台》(*Eugénie Grandet*)，从此深入研究巴尔扎克的创作，他的第一部小说《金泉》(1870)就是西班牙批判现实主义的先驱之作。他也读过左拉的全部作品，把自然主义当作一个有助于摆脱浪漫主义的彻底的现实主义流派。他在80年代初就追随自然主义浪潮，发表小说《被剥夺遗产的女人》(1881)，试图走出自然主义的新路。

佩雷斯在19世纪80年代的小说都带有自然主义的色彩，因而被一大批追随自然主义的青年奉为领袖。然而即使在醉心于左拉的时候，他也谨慎地与自然主义保持着相当的距离。正如克拉林(Clarin)所说的那样:"加尔多斯没有盲从左拉夸大其词的理论,更没有盲从他的方法,而是全面地研究了那个人们未求甚解便横加诽谤曲解的自然主义,决心接受它的创作宗旨和大部分手法,以利于西班牙文学的发展。"[①]

左拉的小说中最早被译成西班牙文的是《磨坊之役》。继《小酒店》和《娜娜》在1880年、《泰莱丝·拉甘》在1881年出版之后,左拉的小说开始在西班牙大量出版,《萌芽》的西班牙文几乎与原著同时出版的。自然主义传入西班牙,引起了许多争论和用自然主义方法创作的小说。例如何塞·奥尔特加·穆尼利亚(Ortega,José,1856—1922)的《卢西奥·特雷列斯》(1879)和《直达快车》(1880),加尔多斯的《曼索朋友》(1882)、《森特诺博士》(1884)、《痛苦》(1884)、《布林加斯的女人》(1884)、《禁脔》(1885)等。

《禁脔》的主人公何塞的独白充分表明了作品的自然主义特色:

> 我不是英雄,我是自己时代和种族的产儿,与我生活于其中的环境不可避免地和谐一致。我身上有源自出身和环境的各种素质,带着我的家族以及我所呼吸的空气的全部特征。我从母亲那里继承了正直的品格和法的观念,从父亲那里继承了薄弱的意志以及我叔父称为"衩裙迷"的习性。[②]

埃米莉亚·帕尔多·巴桑(Bazaán,Emilia Pardo,1851—1921)曾在法国与左拉相识,被称为西班牙的"女左拉",是西班牙自然主义的真正代表。巴桑虽然是天主教徒,但坚持自然主义的主张,她的论文集《震撼人

---

① 许铎:《佩雷斯·加尔多斯的自然主义倾向》,载柳鸣九主编:《自然主义》,中国社会科学出版社,1988年,第367页。

② 同上,第371页。

心的问题》(*La cuestión palpitante*, 1883)是研究左拉及其自然主义的文章汇编,捍卫了自然主义,同时也指出了当时现实主义与自然主义不分的混乱状况。她的自然主义小说有反映工人艰苦生活的《烟草女工"拉特里布纳"》(1882),最有自然主义特色的则是《乌略阿府邸》(1885)及其续集《大自然母亲》(1887),《日照病》(1889)、《墙角石》(1891)等,它们深受左拉的影响,从生理学的角度展现了一个封闭的社会。1908年,巴桑被国王阿方索十三世授予伯爵称号。

克拉林(1852—1901)原名莱奥波尔多·阿拉斯,克拉林是笔名,意思是"号角",他对左拉的创作美学极感兴趣,积极参加"阿特纳奥"组织的辩论。在1881年5月9日的《公正报》上,他撰文极力赞扬加尔多斯的《被剥夺遗产的女人》,他和帕拉西奥·巴尔德斯(Palacio Valdés, Armando, 1853—1938)合作的论文集《1881年的文学》(1882)被视为"西班牙的自然主义宣言"。克拉林是自然主义的坚定捍卫者,对阿拉尔孔等保守派作家进行了不遗余力的抨击。但他有着自己的独特见解,认为左拉陷入了过分夸大的泥坑。他为《震撼人心的问题》作序,不是赞美自然主义,而是驳斥对自然主义的种种诽谤。

除了巴桑和克拉林之外,还有一些作家拥护自然主义,例如维森特·布拉斯科·伊巴涅斯(Blasco Ibanes, Vicente, 1867—1928)在1885年因参与谋反逃亡巴黎,钻研左拉和巴尔扎克的作品。1924年他再次流亡法国,直至去世。

围绕《震撼人心的问题》展开的辩论在1884年达到顶峰。自然主义冲击天主教神学和传统观念,起着某种思想解放的作用,所以遭到保守势力的围剿,被视为亵渎神明的异端。与此同时,西班牙出版了大量的自然主义小说,主要有阿曼多·帕拉西奥·巴尔德斯的《一个病人的情话》(1884)、《泡沫》(1890),引起舆论风波的爱德华多·洛佩斯·巴戈(1855?—1931)的《妓女》、佩雷达的《拉蒙塔尔维斯》(1888),路易斯·

科洛马(1851—1914)的《鸡毛蒜皮》(1890—1891)等。这些自然主义小说描写了各种败坏伦理道德的行为,有力地揭露了当时的社会现实。克拉林的《庭长夫人》(1884—1885)出版后备受攻击,被认为是西班牙19世纪最优秀的自然主义小说。

从1886年开始,这些作家也受到俄国文学特别是托尔斯泰(Tolstoì, Lev)的影响,自然主义创作进入低谷,巴桑在1891年就说过法国的自然主义已经完结了。

第二节 俄苏和东欧

左拉和他的自然主义文学理论同样传播到了俄国和东欧，瞿秋白认为左拉在俄国的成名比在法国还早，莫泊桑也早就指出左拉在国外比在法国更负盛名,尤其是在俄罗斯。弗雷维勒则从作品的印数肯定了左拉在苏联的地位:

> 他永生在苏联,在法国经典作家中,他位于罗曼·罗兰、巴尔扎克、巴比塞、阿纳托尔·法朗士、福楼拜和斯丹达尔之前的第三位。从1917年到1951年末,他用十四种语言出版的作品,印数达到将近三百万册。超过他的只有雨果(六百万册)和莫泊桑(将近五百万册)。①

从19世纪80年代到20世纪20年代，东欧也有不少作家受到自然主义影响,例如波兰的阿多尔夫·迪加辛斯基(1839—1902)、弗瓦迪斯瓦夫·奥尔坎(1876—1930)、布诺罗·舒尔兹(1892—1942)、维托尔德·贡布罗维奇(1905—1969)、尤利乌斯·卡登·邦得罗夫斯基(1885—1944)

① 弗雷维勒:《左拉:暴风雨的播种者》,社会出版社,巴黎,1952年,第146页。

和卓菲亚·科萨克·什丘茨卡(1890—1968),捷克的卡雷尔·马捷伊·恰佩克-霍特 (1860—1927), 罗马尼亚的依昂·卢卡·卡拉迦列(1852—1912)和巴尔布·什特凡内斯库·德拉弗兰恰(1858—1918)等。他们或是描写社会的黑暗现实,或是强调人的动物性,有些则抨击十月革命,把工人写成暴徒。但无论如何,这些作品无疑都带有自然主义的色彩。

然而由于国情不同, 俄苏和东欧没有形成像法国和德国那样的自然主义文学流派。由于同样的原因,除了长期侨居苏联的卢卡契之外,东欧也未能产生自然主义的理论家。

一 俄苏作家与左拉

早在1872年,左拉就在福楼拜的星期天聚餐会上结识了屠格涅夫,并且经后者的介绍开始在俄国发表文章:

> 屠格涅夫将左拉推荐给俄文杂志《欧洲信使报》社长斯塔西尤利维奇,整个俄罗斯对这位敢想敢说粗暴行径的作家十分倾心,而法国的胆小怕事的读者对他却不敢恭维。译成俄文的左拉作品在俄国引起很大反响,这使左拉心花怒放。[①]

然而俄国并非没有出现明确的自然主义流派, 瞿秋白对左拉在俄国的接受有着详尽的论述:

> 19世纪70年代的俄国读者非常之欢迎左拉, 至少也是很注意他的作品的;他在俄国的"成名"比在法国要早几年,他的最初几部小说大半都是俄国翻译预先从他的原稿译出来就付印的, 甚至于

① 亨利·特洛亚:《正义作家左拉》,胡尧步译,世界知识出版社, 1999年,第111—112页。

有几部比法文的先出版……

这是什么原因呢？最初，俄国读者读到左拉最早几部作品——《鲁共·马卡尔——第二帝国时代的一个家族的自然史和社会史》的头几卷的时候，立刻就对于他的“科学的小说论”发生很大的兴味。当时的批评论文差不多都是提起左拉的理论。那时候，俄国的文学界里，一种激进的平民的“有倾向的”小说正经过着长期的危机，同时，资产阶级的所谓社会小说也在这一个时期里形成起来。“自然主义的理论”在当时恰好是最适当的当前问题，因为它对于俄国阶级斗争所引起的资产阶级的文学和平民的文学里的一些问题，指出了一种解决的道路。因此，对于他的《巴黎来信》大家都非常之注意。……

然而《巴黎来信》出现之后，俄国的读者一天天的发见左拉的“科学主义”客观上是反动的方法论和理论。左拉的文艺学说，仿佛最近的中国思想界之中的“某一班人”事实上是藉口“科学”、“客观”、“真实”等等，来否认革命倾向的必要，来讥笑“主观的”改革主义的“急色儿”。当时俄国的革命青年自然就对于左拉表示不满意，他们越是对左拉认识得清切，也就越发觉得左拉不是自己营垒之中的人，左拉的超然旁观的态度，使得俄国革命青年对于他逐渐的冷淡下来。①

不过自然主义的影响始终是存在的，只是当时对自然主义与现实主义的界限比较模糊，契诃夫(1860—1904)就由于作品基调忧郁而被茅盾等一些人视为自然主义作家，茅盾认为这与19世纪70年代前后俄国文学的变化有关：

① 瞿秋白：《关于左拉》，载鲁迅编：《海上述林》上卷，四川人民出版社，1983年，第192，193，194页。

> 俄国文学的中心是功利主义的社会改革。也可以说是“西欧文学”决荡着一切的时代。以后却转到了“斯拉夫主义”方面，陀思妥耶夫斯基（F.Dostoevsdy）开了端，继之者有托尔斯泰(L.Tolstoy)……在暂时沉寂的俄国文坛上，契可夫(A.F.Tchekhov)出来了……从他的描写手腕，他的对于人生的态度，他的对于艺术的见解：从这三方面看来，契可夫是俄国文学家中最近似的自然主义者。我们不妨说他是俄国的自然主义者。[①]

1886年，托尔斯泰创作了剧本《黑暗的势力》，淋漓尽致地描绘了农民的贪婪、通奸、杀婴等行为，被认为是自然主义戏剧中的重要作品。它在俄国被禁演，由于左拉的努力而在巴黎上演，是大受观众欢迎的剧作。

在德雷福斯事件中，俄国作家支持左拉。托尔斯泰说：“在他的行为中，有崇高和美好的思想，那就是向沙文主义、反犹太主义斗争。”契诃夫满怀激情地说：“左拉又崇高的灵魂……我对他的冲劲感到兴奋。”他还说：“大多数有教养的人是站在左拉一边的，并相信德雷福斯是无辜的。自从左拉写了抗议信后，他的形象陡然上升了三阿尔申，好像春风又吹到这里，感谢上帝，每个法国人已感到正义还存在这个世界上，如果控告无辜者，还有人出来为他辩护……我与左拉素昧平生，但要反对法庭上审判他的人，那些出身高贵的将军和证人们。”[②]契诃夫还表示：“站在左拉一边的，是整个欧洲的知识界；反对他的，只是一切可恶的与令人生疑的东西。”[③]

---

① 茅盾：《西洋文学通论》，复旦大学出版社，2004年，第130—131页。

② 亨利·特洛亚：《正义作家左拉》，胡尧步译，世界知识出版社，1999年，第270页。

③ 雅洪托娃等：《法国文学简史》，郭家申译，辽宁教育出版社，1986年，第428页。

但是1902年的诺贝尔文学奖却授予了意大利的历史学家蒙森，而托尔斯泰竟以"可怕的自然主义描写"、"对文化的敌视"和"理论上的无政府主义"等理由被拒之门外，这也是当时批评界敌视自然主义的一个例证。

俄国确实有些作家被视为具有自然主义的风格，例如彼得·波波雷金（1836—1921）的作品反映俄罗斯资本主义的进程，常常被指责为盲目模仿左拉，还被新的马克思主义批评家扣上"资本主义崇拜"的帽子。苏维埃批评家把自然主义贬为"反艺术"，对他描写的资本主义过程毫无兴趣。

亚历山大·库普林（1870—1938）是俄国现实主义衰落时期的最后一位代表，有时被称为"俄罗斯的莫泊桑"。他的小说《摩洛赫》（1896）是最早描写俄罗斯工业化的作品之一，中篇小说《亚玛街》（1912）中对妓院的近于自然主义的描写受到激烈抨击。

恩格斯对左拉的评价在俄罗斯应该是人所共知的，然而据克鲁普斯卡娅介绍说："列宁就非常欣赏左拉，认为他是德雷福斯勇敢的维护者，而且很喜爱他的小说《萌芽》。"[①]或许正因为如此，苏联文学界对自然主义普遍持批评态度，但是对左拉却另眼相看。

早在十月革命以前，《真理报》就高度评价了左拉的作品：

> 他将我们带进当时世界的各个角落：宫殿和茅屋，交易所和银行，"体面"但腐朽的资产阶级家庭和妓女的房间，巴黎的街道和矿井的底层。他将我们引向罗马教皇祭坛的供桌，引向在那里设计人类解放蓝图的自由思想的阁楼间。他描绘出：一边是荣华富贵，另一边则是在精神和肉体上摧残人的贫困和退化。他勇往直前，无论遇到什么障碍，决不中途止步：他深入到人们最隐秘的情感和思想

① 雅洪托娃等：《法国文学简史》，郭家申译，辽宁教育出版社，1986年，第429页。

之中，并且表明人不是神，人是能够在征服大自然中取得最伟大的功绩和胜利的生命之体，只不过是被当时社会抛入泥泞的沼泽之中了……

我们每一个人，在左拉的引导下，目睹了当时社会的复杂情况之后不仅丰富了经验，而且获得了一个坚强牢固的信念，那就是：这样长此生活下去是不行的。[①]

雅洪托娃等在1958年编写的教科书式的《法国文学简史》中，也对自然主义和左拉作出了不同的评价：

"自然主义"的理论是同资产阶级文化的没落密切相关的。自然主义的理论是19世纪文学的现实主义原则的片面发展。它强调必须摒弃虚幻的理想，要求面向事实。但是在自然主义的框框里，事实是没有自身的社会意义的。事实只是无数单独的事件，它表现出一种盲目的必然性。自然主义概括事实的方法是从自然科学因袭而来的，因此，人不是社会的人，而是受生物学甚至病理学规律支配的人……

然而，法国文学中有许多杰出的代表人物都和自然主义有联系，其中包括左拉。但是，艺术家左拉的力量和意义，表现于他能够在关键时刻克服自己狭隘的错误理论原则而表现为一个现实主义者。用拉法格的话来说，左拉的血管里流着巴尔扎克的血液。[②]

① 《十月革命前〈真理报〉论艺术与文学》，转引自雅洪托娃等：《法国文学简史》，郭家申译，辽宁教育出版社，1986年，第433页。

② 雅洪托娃等：《法国文学简史》，郭家申译，辽宁教育出版社，1986年，第426—427页。

二 卢那察尔斯基的评论

阿纳托利·瓦西里耶维奇·卢那察尔斯基(1875—1933)是苏联政治家和文艺评论家,苏联科学院院士。他曾为斯维尔德洛夫共产主义大学讲授西欧文学,讲义后来以《西欧文学史纲要》为名出版,其中的第十二章包括《论左拉》一文。

卢那察尔斯基对左拉是充分肯定的,他认为人们对左拉的责难毫无道理,甚至认为在某些方面巴尔扎克还不如左拉:

> 左拉不同于巴尔扎克的是做什么都有凭有据。如果他要描写一家大商店,他就很详细地把它调查清楚。他研究有关这家商店的开办情况、店董和顾客情况的材料。巴尔扎克善于根据蛛丝马迹,由自己的想象创造出巨大的画面;可是,左拉却列出总账,收集大量的材料,调查新闻界和交易所等等。左拉感到自豪的是,他比巴尔扎克更注重调查研究;他是比巴尔扎克更严谨的学者……
>
> 左拉著作的科学性有一个特别吸引人的地方:他是一位社会学者,甚至连巴尔扎克也不如他,这一点也许连他本人都完全没有意识到。在巴尔扎克的作品中,世界尽被那些单个的人物遮住了,而左拉却看到群众——商店、交易所、市场、乡村和人群(人群在他的小说中起着巨大的作用)。在左拉的作品中虽然也冒出单个的人物和单个人的声音,但是他们仍然淹没在群众之中,群众几乎在他的全部小说中无例外地占据统治地位。左拉是第一个这样写的作家。[①]

卢那察尔斯基的《亨利·巴比塞论埃米尔·左拉》应该写于20世纪30

① 卢那察尔斯基:《论左拉》,陆人豪译,载智量编选:《外国文学名家论名家》,华东师范大学出版社,1985年,第69—70、71—72页。

年代初期，即从巴比塞的《左拉》在1932年出版之后，到卢那察尔斯基本人于1933年去世之前。他在这篇文章中充分肯定了巴比塞对左拉的评价，也谈到了左拉在苏联所受到的好评，指出左拉在苏联拥有的读者也许比任何其他法国作家的读者都多。虽然苏联的马克思主义评论界还没有完全弄清左拉的社会意义和艺术意义，以及他对于苏联文化和文学发展的价值，甚至某些青年文艺学家还要把左拉搞臭，但是左拉在苏联不能说不受到重视：

有些人并未忽视左拉思想的明显的小资产阶级本质，同时又看到法国小资产阶级知识分子所能够具有的良好倾向在他身上的表现，他们当作他的优点来强调的是：对科学性的追求，隐晦然而坚定的唯物主义，矢忠于现实，在描写社会现象时涉及的范围广大，民主倾向的进步性，向往正义（虽然是模糊的）观念、甚至向往社会主义（虽然是空想的）的总的趋势。

既然对左拉的态度是这样，他就被描画成为一个明确反对资本主义的、越来越习惯于这条路线的作家，一个无疑在引导读者背离现代社会制度、走向近似无产阶级理想的那么一种未来理想的作家。一句话，他是我们的盟友、同路人。他的思想还不明朗，还有大量小市民性的矿渣损害了他的创作的金属，但这一切都由他那巨大的才能、异常的勤勉、在收集材料时的极其诚实的态度和记述材料时的极其鲜明的文笔补偿过来了。①

卢那察尔斯基指出左拉已经成为社会主义者：

① 卢那察尔斯基：《亨利·巴比塞论埃米尔·左拉》，蒋路译，载朱雯等编选：《文学中的自然主义》，上海文艺出版社，1992年，第461—462页。

在这些事件之后，左拉打算写《四福音书》。第四部他没有完成……他在书中力求立足于社会主义观点。当然，这些作品并没有使我们十分满意。在他的空想中有许多小市民意识(他的最好的空想也没有超出饶勒斯设想的社会主义)。但是，左拉成为社会主义者这个事实对于我们就非常重要。[①]

资产阶级批评界从未停止攻击左拉，但左拉的小说却始终畅销，卢那察尔斯基揭示了这一矛盾：

但是，资产阶级读他的小说简直入了迷。左拉的那些黄颜色的袖珍本数百万册的大量销售，终于使他成了富翁。资产阶级津津乐道左拉在小说中展示的东西——生活中那些最不堪入目的臭不可闻的方面。资产阶级有时候谴责左拉，说他"拿淫秽小说做生意"，然而仍然购买和阅读左拉的作品，并把它们译成所有的语言。

卢那察尔斯基给予左拉以高度的评价，然而也未能避免马克思主义批评家惯有的思维，即用无产阶级的标准来要求左拉，他借用巴比塞的话来指出：

但是巴比塞也看清了左拉的弱点：左拉的"科学小说"的概念含有不问政治的意思。他决没有把气质理解为政治信念。左拉觉得政治是一个党派成见或集团利益的问题。这又在很大程度上损害了左拉的勤恳、诚实、才气磅礴的工作所取得的认识方面的成果。他诚实而鲜明地描写了资产阶级骗子和强盗，以及沉重的劳动和

① 卢那察尔斯基：《论左拉》，陆人豪译，载智量编选：《外国文学名家论名家》，华东师范大学出版社，1985年，第75页。

难堪的贫困的惨状。可是结论呢？左拉不仅没有为读者、也没有为自己做出结论……

然而他完全不了解这个案件的实质是什么：他觉得他在为正义战斗。他没有看出(像巴比塞清楚地看出的那样)这是资产阶级内部两个阶层之间的倾轧：一方是半封建的阶层，另一方是纯资产阶层。当左拉公开打击教权主义(《罗马》和《卢尔德》)、当他阐发他那唯物主义的和空想的《四福音书》的时候，他仍然无论如何不能达到对社会动力的正确理解，——达到对社会发展进程的革命无产阶级的观点。[①]

三 卢卡契的评论

久尔吉·卢卡契(Györgye Lukacs，1885—1971)，是匈牙利、也是东欧影响最大的马克思主义文艺理论家。他青年时代在布达佩斯和柏林大学学习。早期的文艺论著《灵魂与形式》(1910)和《小说的理论》(1920)引起欧洲各国的注意，至今仍被西方视为经典著作。

卢卡契于1918年参加匈牙利共产党，1919年苏维埃共和国时期任教育人民委员和红军第五师政委。革命失败后在20年代侨居维也纳和柏林，1929年迁居莫斯科，在马克思恩格斯研究所工作。1933年至1945年，在莫斯科任《外国文学》和《新声》杂志编委。他的论文集《作家的责任》(1944，莫斯科；1945，布达佩斯)收入了他的有关意识形态领域的论文，《现实主义问题》(1948)则收集了他在30年代研究美学问题的论文。

卢卡契涉及自然主义的评论主要有三篇：《叙述与描写——为讨论自然主义和形式主义而作》(1936)、《现实主义辩》(1938)和《左拉诞生百年纪念》(1940)。

① 卢那察尔斯基：《亨利·巴比塞论埃米尔·左拉》，蒋路译，载朱雯等编选：《文学中的自然主义》，上海文艺出版社，1992年，第464页。

在《叙述与描写》中，卢卡契把现实主义小说与自然主义小说进行对比，主要是就小说中的赛马、剧场等场景，对巴尔扎克、托尔斯泰等现实主义作家的叙述与左拉和福楼拜的描写进行比较，指出了自然主义弱化叙述和强化描写的特色。卢卡契认为叙述的情景与小说的情节密切相关，人物都参与其中；而描写则完全是资料式的，人物只是旁观者。而过于真实地反映现实，就在客观上起到了为资本主义辩护的作用：

> 福楼拜和左拉以他们的主观思想和创作意图而论，当然不是资本主义的辩护士。但是，他们都是时代的儿子，而且正是这样，便在世界观上深为那个时代的见解所影响；特别是左拉，资产阶级社会学的错误偏见决定性地影响了他的作品。所以，在左拉的作品中，生活几乎是毫无层次地发展着，只要他认为这在社会意义上是正常的。[①]

卢卡契指出："叙述要分清主次，描写则抹煞差别"，也就是叙述要在细节等方面突出本质的东西，而描写则是不分主次地把人降低到物的水平。他认为追求用专业术语描写的真实性，对于小说来说是十分危险的倾向，因为这样的描写必然是肤浅的：

> 为了这个目的而以观察为基础的描写必然是肤浅的。在自然主义作家中间，左拉肯定是以最严谨的态度从事写作的，而且试图尽可能认真地研究他的题材。但是，他所写的人物的命运，有许多恰巧在关键上是肤浅和虚伪的。我们只谈谈拉法格所举的几个例子。左拉把建筑工人古波的酗酒归罪于失业，而拉法格却指出，左

① 卢卡契：《叙述与描写——为讨论自然主义和形式主义而作》，刘半九译，载《卢卡契文学论文集》，第1卷，中国社会科学出版社，1980年，第51页。

拉在《金钱》中把甘德曼和萨加尔之间的对立肤浅地归之于犹太教和基督教的对立。实际上,左拉试图反映的斗争正发生在旧式资本主义和新型的投资银行之间。

描写的方法是非人的。如上所述,这个方法表现在把人变成静物画这一点上,这不过是非人性在艺术上的标志。其实,非人性还表现在这个流派的重要代表的世界观和艺术观上。左拉的女儿曾经在自传中谈到她的父亲对于《萌芽》所表示的如下意见:"左拉接受了勒梅特尔的定义,一篇表现人身上的动物性的悲观的史诗……"

我们知道,左拉之所以强调动物性,乃是对于他所不理解的资本主义兽性的抗议。但是,这种缺乏理解力的抗议在文学形象身上却变成非人性、动物性的一种定影了。[①]

在《现实主义辩》中,卢卡契完全否定了自然主义:

因此像摄影机和录音机那样忠实记录下来的自然主义的生活表面,是僵死的,没有内部运动的,停滞的。因此,外表上纷繁的自然主义的戏剧和小说,相互雷同,甚至相互混淆。说到这里,人们不会不联系到当代最伟大的艺术悲剧之一:为什么格哈特·豪普特曼开始那样光华四射,而后来却没有成为一名伟大的现实主义作家呢?这里篇幅有限,我们只想指出一点:对这位《职工们》和《獭皮》的作者来说,自然主义是一种障碍,而不是一种动力。他在克服自然主义时,没能越过他世界观的基础。[②]

① 卢卡契:《叙述与描写——为讨论自然主义和形式主义而作》,刘半九译,载《卢卡契文学论文集》,第1卷,中国社会科学出版社,1980年,第69—70页。

② 卢卡契:《现实主义辩》,卢永华译,叶廷芳校,载《卢卡契文学论文集》,第2卷,中国社会科学出版社,1981年,第14页。

不过总的来说，卢卡契否定自然主义理论，对左拉却仍予以较高的评价，因为不仅列宁赞赏左拉，而且左拉的《萌芽》等小说始终畅销不衰，多次被搬上银幕，深受工人阶级和广大民众的欢迎。因此在《左拉诞生百年纪念》一文中，卢卡契虽然指出"左拉是从来不谈现实主义，而总是谈自然主义的"，但也承认：

> 左拉本人却从来没有卑躬屈膝地成为资产阶级社会秩序的辩解者。相反，他先在文学的领域里，后来又公开地在政治的领域里，对法国资本主义的反动发展进行了英勇的战斗。在他的一生中，他越来越接近社会主义……
>
> 他对社会批判的自觉的尖锐从来都没有钝化过，相反，这种批判还要比天主教的保皇主义者巴尔扎克的批判有力得多和进步得多。[①]

① 卢卡契：《左拉诞生百年纪念》，黄星圻译，载《卢卡契文学论文集》，第2卷，中国社会科学出版社，1981年，第417页。

第四章 其他国家的左拉研究

除了德国、英国、意大利、西班牙之外，左拉与自然主义文学也影响到了西欧的其他国家，例如比利时小说家卡米叶·勒莫尼埃(Lemonnier, Camille, 1844—1913)，被认为是比利时最有特色的自然主义作家，也是比利时自然主义派的领袖，他的《肉食者》(1886)和《资产者的末日》(1892)等作品反映了工人反对资本家的斗争。即使是自然主义色彩较浓的小说《一个男人》(*Un Mâle*, 1881)和《癔病患者》(1885)，也有诗意盎然的景色描写或对资产阶级的伪善腐败的揭露。1881年，他把《一个男人》寄给左拉，左拉在10月26日给他写信，对他的小说表示赞赏："今天，我可以热情而友好地向您伸出手去，因为我认识了您的作品，并喜爱它的魅力。其中有些篇章极为动人，我尤其喜欢如此真实、纯朴、生动的对话。"①

在荷兰的"80年代派"作家中，罗德维克·冯·德赛尔(1864—1952)是属于荷兰第二代的优秀自然主义作家。但是这些作家或是孤掌难鸣，或是处于小国之中影响不大，因而无人注意。尤其是葡萄牙人J.L.平托，早在1885年就发表了专著《自然主义美学》，但至今几乎不为人知。其他还有希腊等国的情况也是如此。由此可见，关于左拉与自然主义文学，还有许多领域有待学者们去挖掘和研究。

① 《左拉文学书简》，吴岳添译，安徽文艺出版社，1995年，第342页。

除了欧洲和东方的日本及中国之外，受到左拉影响最多的是美国和拉美。

第一节 美　国

美国的南北战争在1865年宣告结束,表明工业资本主义战胜了传统的农业经济,工业的发展使美国社会发生了剧烈的变化,贫富悬殊、兼并土地等残酷现实为自然主义文学提供了题材，因此美国的自然主义文学主要是本国的内在因素促成的。美国的自然主义出现晚于法国，与现实主义没有明确的区别,所以也经常被称为“新现实主义”。由于没有严格的理论束缚,美国的自然主义并未形成运动或团体,而是由一代代具有自然主义倾向的作家构成的，因此持续时间也比欧洲国家长得多,从20世纪初开始达二三十年之久。

左拉的作品早就被翻译到美国,例如舍伍德(Sherwood,Mary Neal)在1880年就翻译了《穆雷教士的过失》。美国人一开始对左拉并无好感,但是在德雷福斯事件中,当法国在精心丑化左拉的时候,他在美国却被当成英雄。马克·吐温(Twain,Mark,1835—1910)指出:“这种军事和宗教法庭是由懦夫、伪善者和马屁精组成的,这种人每年可以产生百万个,今后还会这样。但是像圣女贞德和左拉这样的人物,五个世纪才能产生一个。”①

在第一代自然主义作家中,最早受到左拉影响的是弗兰克·诺里斯(Norris,Frank,1870—1902)。他于1887年前往巴黎,和英国作家乔治·莫尔一样,本来是去学习绘画的,结果迷上了左拉的作品。诺里斯回到美国后在加利福尼亚大学读书,因家庭变故而陷于贫困,更加向往左拉

① 亨利·特洛亚:《正义作家左拉》,胡尧步译,世界知识出版社,1999年,第270页。

的小说,被同学们称为“小左拉”。 由于受左拉的影响,他的小说一直具有自然主义的特色。长篇小说《麦克梯格》(*McTeague*,1899)是将主人公作为生理研究对象,被认为是堪与左拉的《小酒店》相媲美的自然主义作品。其他小说还有《范多弗与兽性》(*Vandover and the Brute*,1914)和《章鱼》(*The Octopus*,1901)等。《章鱼》保留了自然主义的创作方法,但开始涉及较为重大的社会题材。所以他被称为“美国自然主义之父”和“现实主义自然主义者”。

赫姆林·加兰(Garland,Hamlin,1860—1940)的作品充满了西部乡土色彩,带有明显的自然主义成分。他的短篇小说集《大路》(1891)是最早带有自然主义风格的作品。他还在论文集《破碎与偶像》(1894)里明确提出了“写真实”的观点。

美国自然主义小说的特色是带有前期浪漫主义的痕迹, 后来逐步与批判现实主义融合, 例如斯蒂芬·克莱恩(Crane,Stephen,1871—1900) 虽然否认自己受过左拉的影响, 但他的小说《街头女郎玛吉》(*Maggie,a Girl of the Street*,1893)和《红色英勇奖章》(*La Conquête du courage*,1895)仍然使他被人们视为自然主义文学流派的先驱人物。杰克·伦敦(London,Jack,1876—1916)也从未说过自己是自然主义作家,然而他的《狼的故事》(*The Story of the Wolf*,1900)、《荒野的呼唤》(*The Call of the Wild*,1903)、《海狼》(*The Sea Wolf*,1904)等早期作品,以极限的生存环境来显示人的强悍的野性,包含着明显的自然主义成分。

美国小说家、评论家亨利·詹姆斯(James,Henry,1843—1916)虽然生于美国,但多次游历欧洲,在 1876 年三十三岁时定居伦敦,最后在 1915 年加入英国国籍。詹姆斯创作了一百卷以上的作品,写出了《小说的艺术》(*The Art of Fiction*,1884)等重要的文艺论著,对后来的西方小说创作产生了重要的影响。他在 1875 年到过巴黎, 结识了福楼拜、左拉、都德和莫泊桑,他对这些作家的评论,最初发表于 1914 年出版的

《有关小说家的短评》(*Notes on Novelists with Some Other Notes by Henry James*),后来以《小说的艺术》为名于1948年结集出版。在《埃米尔·左拉》一文中,他评述了左拉的创作方法和卓越成就,赞扬了左拉的小说,例如对《小酒店》:

> 在他所有的人物之中,那位被人立即"感觉到的"人物伊尔维丝,是一个瘸腿的洗衣女工,她放荡而又贪婪,没有意志,没有任何道德原则,无论什么风吹草动都能影响她的生活,使她成为任凭每个谣传摆布的目标。她的大错接连不断,最终陷入了苦难、酗酒和绝望之中。但小说里展现出来的她的生涯,却自始至终具史诗般的雄浑气魄。她的创造者在描述她时的强烈感情,以及围绕着她的悲惨而又污秽的生活,是现代小说所能具有的伟大成就之一。现代小说中没有比它结构更完整,情调更丰富、充实而又持久的了。[①]

又如对《崩溃》:

> 就《崩溃》而言,作为一幅无与伦比的、富于人性的战争画卷,可与托尔斯泰更具有普世性但结构却不那么精练的史诗[②]相提并论……作者对他的体系和他的最为高超的才能的应用,作为他用这些能力所进行的创造,他在这部小说里取得的成就又怎么能够被超越呢?那场漫长、复杂、可怖、悲惨的战争,涉及和主宰着一切,它的骑兵中队的每一次交战,它的轰隆声和血液的每一次脉动,都通过对两个最卑微的军事单位的描绘而被我们直接看到和接触

① 亨利·詹姆斯:《埃米尔·左拉》,王义国译,载亨利·詹姆斯:《小说的艺术》,纽约,牛津大学出版社,1948年,第174页。

② 指托尔斯泰的《战争与和平》。

到，从而化为深刻的恐怖和怜悯——这本书是一部只能让我们张口结舌的小说。①

但詹姆斯也指出了左拉最后一部小说《真理》的缺陷，并由此点明了《卢贡-马卡尔家族》的弱点：

有关《真理》，我还会有别的话要说。实际上，作为一种道德上的定论和大厦之巅，《真理》是可能出现的最奇怪的表现之一。它以一种机械的、重要的专门技能被创作出来，却又使得我们询问，何以作者因为有了平淡无味的观察和感觉，竟至于使用了这么多时间和珍贵的材料，而且何以能够一直处理这么多材料，却并未带来某种更大的主观后果。换句话说，我们确实是揉着眼睛看到，像《卢贡-马卡尔家族》这样的一种伟大的智力冒险，在沙漠里深深的沙子中走到了尽头。这本书确实难读，因为它最终表明，他几乎完全成了那种危险的牺牲品，那种危险曾经在很长时间里使他愈来愈举步维艰，那是完全自信而又洋洋得意的匠人所处的危险。②

自然主义与现实主义在美国常常混为一谈，最有代表性的例子是西奥多·德莱塞(Dreiser, Theodore, 1871—1945)。他的父母是德国移民，兄弟姐妹共有十三人，由于生活贫困有三个哥哥夭折，一个姐姐沦为妓女。他在老师帮助下读过一年大学，失学后当过记者，1900年创作第一部小说《嘉莉妹妹》(*Sister Carrie*)，一生出版了十四部作品，代表作是

① 亨利·詹姆斯：《埃米尔·左拉》，王义国译，载亨利·詹姆斯：《小说的艺术》，纽约，牛津大学出版社，1948年，第179—180页。

② 亨利·詹姆斯：《埃米尔·左拉》，王义国译，载亨利·詹姆斯：《小说的艺术》，纽约，牛津大学出版社，1948年，第158页。

《美国悲剧》(*An American Tragedy*,1925)。他的创作早期受到自然主义的影响,后来走上了批判现实主义的道路,但是美国评论界常把他奉为自然主义小说的宗师,称他为"美国的左拉"。

《嘉莉妹妹》写农村姑娘嘉莉到芝加哥谋生的经过,她先与销货员杜洛埃同居,后来被酒店经理赫斯勾引,逃奔纽约。赫斯因穷困潦倒而自杀,嘉莉却成了著名演员,但是无论在什么地方,她都只能受到环境的支配,内心只有寂寞和空虚。小说描写了工人的艰苦劳动和罢工斗争,揭露了老板对工人的奴役,但是过分强调人的生理本能,体现了"适者生存"的学说。人物缺乏应有的理性,甚至动物性多于人性,以至于连人性中美好的一面也抹杀殆尽。小说中似乎人人都好逸恶劳、唯利是图,从来不受良心和道德的谴责,显示出自然主义的倾向。正如张玲指出的那样:

> 德莱塞并未以唯物史观对他大量揭露的社会现象进行解释,而是过于简单地以生物法则——生存竞争说明一切。……德莱塞的社会仿佛试图告诉读者:人像动物一样为生存而相互竞争,一些人吃人,一些人被人吃,这看来未免残酷无情,却是天经地义,如果情况相反,倒反而显得荒谬。[①]

不过和左拉一样,德莱塞主要是揭露了美国社会的阴暗面,而且并不涉及色情描写。所以他的作品表明自然主义与现实主义之间并非势不两立,而是有着许多类似之处和极为密切的关系。

厄普顿·辛克莱(Sinclair,Upton,1878—1968)认为左拉的作品是世界文学中的丰碑。他于1902年参加社会党,调查劳工情况,由此写成的

① 张玲:《德莱塞,现实主义砧木上的自然主义接穗》,载柳鸣九主编:《自然主义》,中国社会科学出版社,1988年,第453—454页。

长篇小说《屠场》(*The Jungle*,1906)成为20世纪美国文艺界“揭发黑幕运动”的第一部代表作。

小说的主人公是从立陶宛来到美国的移民约吉斯和奥娜，他们在芝加哥的屠宰场里找到了工作,但是劳动条件极为恶劣。约吉斯的父亲死于肺结核,妻子被工头奸污,他因打了工头被捕入狱,出狱后妻子死去,他到处流浪,行乞和偷窃,最后当了勤杂工,并且接受了社会主义信仰。从恶臭弥漫的劳动环境到工人被盐酸腐蚀的手指,小说详尽地描述了工人的辛劳、疾病和死亡,工头的卑鄙,虽然带有自然主义的色彩,但是它所揭露的肉食不卫生的状况引起了公众的震惊，迫使美国政府后来不得不通过了一项关于食品卫生的法案。

詹姆斯·法雷尔(Farrell,James T.)的《斯塔兹·郎尼根》三部曲(*Studs Lonigan*,1931—1935)被认为是美国自然主义的最后表现,他在20年代成为德莱塞的忠实追随者,被称为“左翼自然主义小说家”。

美国在1937年还上演过《左拉传》,由诺曼·雷恩等编剧,威廉·狄特尔导演,主要演员有保罗·茂尼和约瑟夫·希尔德克劳特等。

海明威(Hemingway,Ernest Miller,1899—1961)从1924至1927年作为记者在巴黎生活,后来发表了《永别了,武器》(*A Farewell to Arms*,1929);亨利·米勒(Miller,Henry,1891—1980)也在1930年来到巴黎,1934年在巴黎出版了小说《北回归线》(*Tropic of Cancer*),以一个美国流浪青年的视角描绘巴黎的社会生活,其中有露骨的性描写。从多斯·帕索斯(Pasos,John Dos,1896—1970)的《三个士兵》(*Three Soldiers*,1921)、《曼哈顿中转站》(*Manshattan Transfer*,1923)和《北纬42度》(*The 42nd Parallel*,1930),到斯坦贝克(Steinbeck,John,1902—1968)的《愤怒的葡萄》(*The Grapes of Wrath*),这些小说尽管技巧不同,但显然都受到左拉的启发。《愤怒的葡萄》更被认为是整个自然主义文学运动的最后一部作品。由此可见左拉对美国自然主义文学有着深远的影响。

第二节 拉　美

19 世纪末，欧洲的批判现实主义和自然主义文学几乎同时传入拉丁美洲，多数拉美作家对它们兼收并蓄、不加区别，将巴尔扎克与左拉相提并论，而另以“城市小说”、“革命小说”和“大地小说”等作为划分小说类型的名称。正因为如此，拉美没有出现自然主义理论家，也没有多少理论著作，但是有不少作家崇拜左拉。与此同时，巴西的席尔维奥·罗梅洛早在 1882 年就发表了《自然主义评介——兼评左拉》的评论，这些早期评论无疑也推动了自然主义小说的创作，因而拉美的自然主义小说创作呈现出极为繁荣的局面。

拉美的自然主义小说可以分为以下一些类型。

一 反对种族歧视

巴西作家马努埃尔·安东尼奥·阿尔瓦雷兹·德·阿泽维多(Azevedo, Manuel Antônio Álvares de, 1831—1852)深受左拉的影响，是拉美自然主义倡导者之一，他在小说《莫拉托》(1881)里揭露了种族主义者害死爱着白人小姐的黑白混血儿的罪行。这方面的小说还有厄瓜多尔小说家豪尔赫·伊卡萨(Icaza, Jorge, 1906—1978)的《瓦西蓬戈》(1934)描写了印第安人的苦难和反抗。秘鲁作家西罗·阿莱格里亚(Alegría, Ciro, 1909—1967)的《金蛇》(1935)反映了印第安人的悲惨生活，《广漠的世界》(1940)描写了印第安部落与白人庄园主的斗争。

二 反对独裁

这方面的小说主要有：阿根廷作家卢西奥·维·洛佩斯的《大村庄》(López, Lucio Vicente, 1884)，描绘了布宜诺斯艾利斯的习俗；坎巴塞雷斯(Cambaceres,Eugenio,1843—1888)的《迷途》(1885),描写了野蛮的潘帕斯大草原;秘鲁女作家克罗琳达·玛托·德·图尔内(Turner,Clorinda Matto de,1854—1909)的《没有窝的鸟》(1889),谴责了殖民者对印第安人的野蛮奴役;委内瑞拉作家布·丰博纳(Fombona,Rifino Blanco,1874—1944)讽刺独裁者的《金人》等。

三 城市小说

城市小说是自然主义的产物,代表作是墨西哥作家费德里科·甘博亚(Gamboa,Federico,1864—1939),他被称为拉美的左拉。他的小说《圣女桑塔》(1903)写墨西哥城的黑暗腐败,一个农村姑娘由于遗传的原因而在城里沦为妓女,被视为拉美的《娜娜》。这些小说始终把社会因素放在决定人的命运的首要地位,因为遗传和变态只有在一定的社会环境中、例如在妓院多于教堂、妓女多于修女的墨西哥城才能产生影响。这方面的小说还有秘鲁作家梅塞德斯·卡贝略·德·卡博内拉(Carbonera,Mercedes Cabello de,1845—1907)的《布兰卡·索尔》,写秘鲁首都利马的一个豪门望族衰败的过程;巴西作家何塞·阿梅里科·德·阿尔梅达(Almeida,José Américo de,1887—1980)的《一位军士的回忆》,写一个流浪汉在里约热内卢的经历。

四 大地小说

大地小说主要描写充满了野蛮和罪恶的热带丛林,哥伦比亚的何塞·埃乌斯塔西奥·里维拉(Rivera,José Eustasio,1889—1928)就是用毕生精力描写热带丛林的作家,他的《旋涡》(1924)写青年诗人与情人私奔,情人被骗后他到热带丛林里去寻找,目睹了印第安人在橡胶园主残酷剥削下的悲惨生活,最后在找到亲人和复仇之后却未能逃出而死去了。这方面的小说还有委内瑞拉作家罗慕洛·加列戈斯(Gallegos,

Rómulo,1884—1969)的《堂娜芭芭拉》(1929)描写草原上彪悍残暴的女牧主;阿根廷作家吉拉尔德斯(Güiraldes,Ricardo,1886—1927)的《堂塞贡多·松布拉》(1926),描写潘帕斯大草原上牧民的生活。

五 革命小说

墨西哥作家马里亚诺·阿苏埃拉 (Azuela,Mariano,1873—1952)深受左拉等作家的影响，根据自己参加过农民运动的亲身经历，写出了《在底层的人们》(1916) 等以墨西哥 1910—1917 年革命为题材的革命小说,并且指出“革命小说受惠于法国自然主义文学,而就他本人来说,影响最深的要数巴尔扎克、左拉、福楼拜、龚古尔兄弟和都德。”[①]古巴作家阿莱霍·卡彭铁尔(Carpentier,Alejo,1904—1980)的《这个世界的王国》(1949),则反映了 18 世纪的海地黑奴起义和这个岛国的历史。

六 反映大众生活

智利小说家巴尔多梅罗·利略(Lillo,Baldomero,1867—1923)是第一个表现工农大众的拉美作家,他的短篇小说集《土地下》(1904)描写了煤矿工人和农民的悲惨生活。智利另一位小说家埃德华多·巴里奥斯(Barrios,Eduardo,1884—1963)的《相思男孩的疯狂》(1915)触及被视为大逆不道的早恋,揭露了智利社会的落后和虚伪。

第三节 日 本

自然主义文学在日本得到了最为充分的发展，日本的评论家和作家往往将批判现实主义与自然主义混为一谈，以至于日本的现实主义

① 陈众议:《拉丁美洲小说的自然主义倾向》,载柳鸣九主编:《自然主义》,中国社会科学出版社,1988年,第308页。

文学反而形成于浪漫主义文学之前。

1888年，尾崎咢堂发表《法国的小说》，最早把左拉及其自然主义文学介绍到日本。内田鲁庵和长谷川天溪也发表文章赞美左拉，森鸥外撰写《出自医学学说的小说论》，介绍了左拉的观察方法。左拉的作品起初通过英译本在日本传播，后来直接译自法文的《娜娜》引起了强烈的震动。当时如小杉天外的《〈流行歌〉序》(1902)和永井荷风的《〈地狱之花〉跋》(1902)等评论，都提出了自然主义的文学主张。

在左拉的自然主义文学理论的影响下，小杉天外模仿《娜娜》创作了日本最早的自然主义小说《初姿》(1901)，写一个女艺人迫于生活抛弃情人嫁给一个老头；《流行歌》(1902) 写女主人公因嫉妒丈夫的婚外情而自己红杏出墙，把女主人公的性格写成是遗传和环境造成的结果。

不过日本自然主义文学真正的开山之作出自岛崎藤村(1872—1943)，他是日本自然主义的倡导者，早期受过基督教的洗礼，接触西方文学，受到左拉、莫泊桑和福楼拜的影响。他的《破戒》(1906)被认为是自然主义的代表作，但是它同时也写出了社会的现实和阶级关系，有着强烈的批判现实主义精神。他的小说《旧东家》(1902)兼有自然主义和现实主义的风格，后来发表的《春》(1908)、《家》(1910)、《新生》(1919)等具有越来越浓的自然主义色彩。

田山花袋(1872—1930)推崇左拉，批评日本文学矫揉造作。他在文论《露骨的描写》中极力鼓吹：

> 一切必须露骨，一切必须真实，一切必须自然。这种思想以疾风扫落叶之势，完全蹂躏了盛极一时的浪漫主义，不是吗？不是血就是汗，难道这不就是新革新派的大声疾呼吗？假使不信，请看看易卜生、托尔斯泰，看看左拉、陀思妥耶夫斯基吧，他们的作品充满

了多么令人震惊的血和汗啊……

因此，我认为这种露骨的描写、大胆的描写——也就是说在技巧论者看来是拙劣的、支离破碎的东西，反而是我国文坛的进步，也是文坛的生命，所以我觉得把这看作是坏事的批评家未免太落后于时代了。[①]

这篇论文标志着日本自然主义文学的形成，他的《棉被》(1908)则是体现这一文论的第一篇小说，被视为自然主义文学的代表作。他的小说还有《生》(1908)、《妻》(1908)、《缘》(1910)等。他后期主要受易卜生和梅特林克(Maeterlinck，Maurice)等的影响，写了《乡村教师》(1909)和《一个士兵的被枪杀》(1917)等具有现实主义倾向的重要作品，由此表明了日本自然主义文学的复杂性。

日本的自然主义最强调理论，建立了自己的理论体系，主要的理论家是岛村抱月(1871—1918)。他在《被囚禁的文艺》(1906)、《文艺上的自然主义》(1907)中介绍了西欧的自然主义理论，分析了自然主义与现实主义的关系，同时指出了日本自然主义文学的复杂性，其实包含着各种不同的思潮和流派，但其基本主张与法国的自然主义是相通的，都强调自然与真实：

写实主义是以摹写现实为目的，理想主义是以摹写理想为目的，而自然主义则是独自摹写“真”的。所谓“真”这个词，是自然主义的生命，是座右铭……站在这个基础上，成为第一目标的就是真，除此以外别无其他。文艺的目的，就在于摹写真。我们以积极的态度憧憬一种东西，这种憧憬的目的就在于真。左拉的《小酒店》的

① 田山花袋：《露骨的描写》，唐月梅译，载柳鸣九主编：《自然主义》，中国社会科学出版社，1988年，第542、544页。

序文中对社会上的攻击进行辩解说:“我的作品应为我辩护。我的书就是真的书。”[①]

岛村抱月的文论引发了一大批论著，其中重要的评论有长谷川天溪的《幻灭的时代》和《排除逻辑的游戏》(1907)、片上天弦的《平凡丑恶事物的价值》(1907)和《无解决的文学》(1907)和岩野泡鸣(1873—1920)的《新自然主义》(1908)等,这些论著构建了日本自然主义的理论体系。

日本自然主义统治文坛的时间,从《破戒》算起只有四五年,到1912年就开始衰落和分化,但是自然主义在日本得到了充分的发展,导致日本产生了私小说这种独特体裁,即只描写脱离时代的个人琐事,由此暴露自己的心理活动。当时涌现了一大批自然主义作家,他们提出了着重写人的“自然性”即动物性等主张,使得自然主义文学后来继续存在,绵延不绝。

德田秋声(1871—1943)是与田山花袋齐名的作家,日本自然主义文学“集大成”者,同时也是著名的“私小说”作家。他的小说有《足迹》(1910)、《霉》(1911)、《糜烂》(1913) 等。重要的自然主义作品还有正宗白鸟(1879—1962)的《向何处去》(1909)和《微光》(1910),岩野泡鸣的《耽溺》(1909)、《放浪》(1910)、《断桥》(1911)、《发展》(1911)、《喝毒药的女人》(1914)和《迷人的邪魔》(1918)等。

但总的来说,由于当时日本的现实主义文学尚未成熟,因此在自然主义与现实主义之间几乎没有什么界限。

在20世纪末,出现了一些关于左拉研究的重要著作,例如清水正和(Masakazu Shimizu)的《左拉与世纪末》(东京,国书刊行会,1992)、尾崎和郎(Kazuo Ozaki)的《左拉》(东京,清水书院,1983)、河内清(Kiyoshi

① 岛村抱月:《文艺上的自然主义》,唐月梅译,载柳鸣九主编:《自然主义》,中国社会科学出版社,1988年,第539—540页。

Kawachi）的《左拉与日本自然主义文学》(千叶县松户市，梓出版社，1990)。

进入新世纪以来,更是出现了左拉研究的热潮,其中宫下志朗(Shiro Miyashita)和小仓孝诚(Kosei Ogura)是两位最重要的左拉研究专家。他们在2002年编选出版的十一卷《左拉选集》,是迄今为止日本最全的左拉全集。他们同年出版的《现在为何研究左拉:左拉入门》,全面地叙述了日本的左拉学术史,是一部重要的左拉研究专著。他们后来又出版了专著《左拉的可能性:表象·科学·身体》(东京,藤原书店,2005)。

第五章

中国的左拉研究

第一节　20世纪80年代以前

左拉及其自然主义在中国同样产生了很大的影响，而且从备受推崇到被彻底批判，在中国经历了在其他国家里从未有过的复杂过程。

一 “五四”前后与陈独秀

早在19世纪80年代，中国早期留法学者陈季同(1852—1907)就接触到了左拉等自然主义作家的作品。到“五四”前后，左拉及其自然主义理论通过西欧和日本这两个途径被介绍到中国，产生了很大的影响。

中国现代文学的著名作家大多曾留学日本，而当时日本流行的正是自然主义文学和“私小说”。最早完整地把左拉介绍到中国的文章，就是译自日本的《文学勇将阿密昭拉传》(彭建华，译《大陆》，1904年1月，第275页)和龚古尔兄弟的《基尔米里·译者识》(陈嘏译，《新青年》，1917年2月1日)。

陈独秀(1879—1942)早年接受近代西方思想文化，创办《新青年》杂志，是新文化运动的倡导者。他曾任北京大学文科学长，是中国共产党早期的主要领导人。陈独秀知识渊博，学贯中西，早年关注国内外的政治和文化，但直接论述西方文艺的文章，只有在《青年杂志》第一卷第三、四号上连载的《现代欧洲文艺史谭》(1915 年 11 月 15 日和 12 月 15 日)，以及在其他文章里的零星提及。《现代欧洲文艺史谭》虽然只有短短数页，却可以看出陈独秀对西方文艺的了如指掌和真知灼见。他不仅扼要地指出了欧洲文艺“由古典主义(Classicalism)一变而为理想主义(Romanticism)……由理想主义，再变而为写实主义(Realism)，更进而为自然主义(Naturalism)”的变迁过程，而且对左拉及其自然主义理论予以极高的评价，认为它是当时欧洲最先进的思潮：

> 自然主义，唱于十九世纪法兰西之文坛，而左喇(Emile Zola，法国巴黎人，生于一八四〇年，卒于一九〇二年)为之魁。氏之毕生事业，惟执笔耸立文坛，笃崇所信，以与理想派文学家勇战苦斗，称为自然主义之拿破仑。此派文艺家所信之真理，凡属自然现象，莫不有艺术之价值，梦想理想之人生，不若取夫世事人情，诚实描写之有以发挥真美也。故左氏之所造作，欲发挥宇宙人生之真精神真现象，于世间猥亵之心意，不德之行为，诚实胪列，举凡古来之传说，当世之讥评，一切无所顾忌，诚世界文豪中大胆有为之士也……
>
> 现代欧洲文艺，无论何派，悉受自然主义之感化，作者之先后辈出，亦远过前代……
>
> 西洋所谓大文豪，所谓代表作家，非独以其文章卓越时流，乃以其思想左右一世也。三大文豪之左喇，自然主义之魁杰也。①

过了一年多，他在《新青年》第二卷第六号(1917 年 2 月 1 日)上的

① 任建树主编:《陈独秀著作选编》(第一卷)，上海人民出版社，2009年，第182、183页。

《文学革命论》中，更以充满激情的文字为雨果、左拉等先进作家欢呼：

> 欧洲文化，受赐于政治科学者固多，受赐于文学者亦不少。予爱卢梭、巴士特之法兰西，予尤爱虞哥、左喇之法兰西……有自负为中国之虞哥、左喇……者呼？有不顾迂儒之毁誉，明目张胆以与十八妖魔宣战者呼？予愿拖四十二生的大炮，为之前驱！①

除了陈独秀之外，梁启超也在《欧游心影录》(1918)介绍了欧洲的"自然派"，分析了它产生的原因、它的优点和缺陷。

到"五四"运动后的1920年，自然主义成为一个热门话题。最早阐述自然主义文学的论文是胡愈之的《近代文学上的写实主义》(《东方杂志》，1920年1月10日)，论述了自然主义文学的特色和局限。最早介绍法国的自然主义文学的论文则有李劼人同年发表的《法兰西自然主义以后的小说及其作家》(《少年中国》第3卷第10期)，留学日本的谢六逸的《自然派的小说》(《小说月报》1920年11月)等。

在介绍自然主义理论的同时，左拉的作品也被译成中文，最早有钟鸣翻译朱那的《吾辈何以常饥耶》(1916)、《小乡村》(1917)，刘半农译曹拉的《卖花女侠》(1917)等。据彭建华的《现代中国的法国文学接受——革新的时代、人、期刊、出版社》(中国书籍出版社，2008)提供的资料，在1919年之前，左拉作品的同一译本再版已达十七次之多。

二 20世纪20年代与茅盾

我国20世纪20年代对左拉及其自然主义理论的译介，基本上是赞成者多、反对者少，但无论是赞成还是反对，都能立论公允，没有意识形态的色彩。对自然主义进行系统评述的是茅盾。

① 任建树主编：《陈独秀著作选编》(第一卷)，上海人民出版社，2009年，第291页。

茅盾(1896—1981)早在1920年1月1日,就在发表于《时事新报·学灯》的《我对于介绍西洋文学的意见》一文中,开列了希望能在一年之内译完十五位作家的三十七部作品,其中所选的法国小说,就是左拉的《崩溃》、《生之欢乐》、《磨坊之役》与莫泊桑的《一生》(*Une Vie*)、《皮埃尔和若望》(*Pierre et Jean*),由此可见他对自然主义小说的重视。

实际上,当时中国文坛对自然主义和写实主义并无严格的区分,莫泊桑和都德的小说先于左拉的作品被译成中文就是一个证明,当然也是由于他们精彩的短篇小说更容易普及。茅盾对哈代的看法也是一个例证:

> 和自然主义通声气,而且竟可说是英国自然主义文学的代表者,是哈代(Hardy,Thomas)。他是一个悲观的作家。遗传和环境支配人生,所以人在世间,毕竟无所谓自由。这样机械的人生观,在哈代的作品中到处可以见着。不过他也正确地指出:"然而哈代却又不是'丑恶描写者'。他写人生的阴暗面,可是没有赤裸裸的性欲描写。"①

其实哈代的小说继承了维多利亚时代现实主义的传统,所以当时许多以写实主义为题目的文章,其实是在论述自然主义,而以自然主义为题目的文章,往往是把现实主义和自然主义放在一起论述的。

1921年初,茅盾出任《小说月报》主编后发表改革宣言,表示要大力译述西洋名家小说,介绍世界文学界潮流,不久就展开了关于自然主义的讨论,介绍西欧和日本自然主义作家,翻译他们的论著和作品,例如谢六逸评述欧洲自然主义文学的论文《自然主义时代》(《小说月报》1920年11月第13卷第5,6,7号),岛村抱月的《文艺上的自然主义》

① 茅盾:《西洋文学通论》,复旦大学出版社,2004年,第127页。

(晓风译,《小说月报》第12卷第12号,1921年12月10日)等。茅盾特地撰写了《〈文艺上的自然主义〉附志》予以介绍。在为《小说月报》改革一周年所写的《一年来的感想与明年的计划》中,他非常明确地强调了自然主义对于改进中国文学的重要意义:

> 奉什么主义为天经地义,以什么主义为唯一的"文宗",这诚然有些无谓;但如果看见了国内文学界一般的缺点,适可以某种主义来补救校正,而暂时的多用些心力去研究那一种主义,则亦未可厚非。从来国人对于文学的观念,描写创作的方法,不用讳言,与现代的世界文学,相差甚远。以文学为游戏为消遣,这是国人历来相传的描写方法;这两者实是中国文学不能进步的主要原因。而要校正这两个毛病,自然主义文学的输进似乎是对症药。这不但对于读者方面可以改变他们的见解、他们的口味,便是作者方面,得了自然主义的洗炼,也有多少的助益。不论自然主义的文学有多少缺点,单就校正国人的两大病而言,实是利多害少。再说一句现成话,现代文艺都不免受过自然主义的洗礼,那么,就文学进化的通则而言,中国新文学的将来亦是免不得要经过这一步的。所以我觉得现在有注意自然主义文学的必要,现在再不注意,将来更没有时候![1]

在自然主义文学引起的争论中,茅盾多次发表文章驳斥对自然主义的攻击,为自然主义进行了有力的辩护,例如在《自然主义的论战——复周赞襄》(《小说月报》第13卷第5号,1922年5月10日)一文中,针对有人认为现在的青年都有深沉的悲哀,所以自然主义不应当只写悲哀而不给人希望的问题,茅盾反驳道:

① 茅盾:《一年来的感想与明年的计划》,载《茅盾全集》第18卷,人民文学出版社,1989年,第150页。

但是我们先要问："人间世是不是真有这些丑恶存在着？"既存在着，而不肯自己直说，是否等于自欺？再者，人间世既有这些丑恶存在着，那便是人性的缺点；缺点该不该改正？要改正缺点，是否先该睁开眼把这缺点认识个清楚？

……自然主义专一揭破丑相而不开个希望之门给青年，在理论上诚然难免有意外之恶果，——青年的悲观；但是在实际上，生当"世纪末"的已觉悟的青年，一双眼睛本是明亮的，人间的丑恶，他自己总会看见，就没有自然主义文学，难道他真能不知人间有丑恶么？既然他总能自己去看见丑恶的，而文学者还强要以掩丑而夸善的浪漫文学去给他，实在是哄小孩子了。须知最使人心痛苦的，不是丑恶的可怖，而是理想的失败……而况进一层说，人看过丑恶而不失望而不颓丧的，方是大勇者，方是真能奋斗的人……[①]

值得注意的是，茅盾对自然主义的看法，有着"人生观的自然主义"与"文学的自然主义"的区别，他在《自然主义的怀疑与解答——复周志伊》(《小说月报》第13卷第6号，1922年6月10日)中说：

自然派文学大都描写个人被环境压迫无力抵抗而至于悲惨结果，这诚然常能生出许多不良的影响，自然派最近在西方受人诟病，即在此点。我于此亦尝怀疑，几乎不敢自信……我自己目前的见解，以为我们要自然主义来，并不一定就是处处照他；从自然派文学所含的人生观而言，诚然不宜于中国青年人，但我们现在所注意的，并不是人生观的自然主义，而是文学的自然主义。我们要采

① 茅盾：《自然主义的论战——复周赞襄》，载《茅盾全集》第18卷，人民文学出版社，1989年，第192，193，194页。

取的，是自然派技术上的长处。[①]

经过长达一年多的讨论，茅盾在带有小结性的《自然主义与中国现代小说》(《小说月报》第13卷第7号，1922年7月10日)一文中指出必须“提倡文学上的自然主义”：

我们都知道自然主义者最大的目标是“真”；在他们看来，不真的就不会美，不算善。他们以为文学的作用，一方要表现全体人生的真的普遍性，一方也要表现各个人生的真的特殊性，……所以若求严格的“真”，必须事事实地观察。这事事必先实地观察，便是自然主义者共同信仰的主张。……自然主义者事事必先实地观察的精神，也是我们所当引为“南针”的……

自然主义是经过近代科学的洗礼的；他的描写法，题材，以及思想，都和近代科学有关系。左拉的巨著《卢贡·马卡尔》，就是写卢贡·马卡尔一家的遗传，是以进化论为目的……我们应该学自然派作家，把科学上发见的原理应用到小说里，并该研究社会问题，男女问题，进化论种种学说。[②]

由此可见，茅盾主张引进和学习自然主义，目的主要在于借鉴自然主义的创作方法，这一点他在《“左拉主义”危险性》(《时事新报·文学旬刊》，1922年9月21日)里说得十分清楚：

① 茅盾：《自然主义的怀疑与解答——复周志伊》，载《茅盾全集》第18卷，人民文学出版社，1989年，第206页。

② 茅盾：《自然主义与中国现代小说》，载《茅盾全集》第18卷，人民文学出版社，1989年，第235、236、238页。

> 自然主义的真精神是科学的描写法。见什么写什么，不想在丑恶的东西上面加套子，这是他们共通的精神。我觉得这一点不但毫无可厌，并且有恒久的价值；不论将来艺术界里要有多少新说出来，这一点终该被敬视的。虽则“将来之主义无穷”，虽则“光明之处与到光明之路都是很多”，然而这一点真精神至少也是文学者的ABC，走远路人的一双腿。[①]

赵少侯也在《左拉的自然主义》(《晨报副刊》，1926年10月4日)中为左拉辩护，他推崇左拉的艺术，认为左拉是像医生一样在医治人们的道德病，这是中国学者最早研究自然主义的论文。

左拉的小说理论也逐渐被译成中文。他的《实验小说论》首先由毕修勺在1927年翻译过来，在《新文化》第一卷2—4号连载，同年由上海美的书店出版。鲁迅翻译了日本片山孤村的《自然主义之理论及技巧》(《壁下译丛》，北新书局，1929年4月)，但由于他极少论及左拉及自然主义，因此他是否受其影响尚有争议，不过他对左拉抱有好感是毫无疑义的。他在《又论〈第三种人〉》中写道：“法国的文艺家，这样的仗义执言的举动是常有的：较远，则如左拉为德来孚斯打不平，法朗士当左拉改葬时候的讲演；较近，则有罗曼罗兰反对战争。”[②]此外张资平翻译的《实验小说论》也于1930年由上海新文化书局出版。

茅盾在20世纪30年代初继续赞同自然主义的创作方法，他在《西洋文学通论》(1930)中指出：“完全把近代的科学方法应用在文艺上的，是左拉(Emile Zola)。他是确立了‘自然主义’的人。”[③]他逐一介绍了《罗

① 茅盾：《“左拉主义”的危险性》，载《茅盾全集》第18卷，人民文学出版社，1989年，第286页。

② 鲁迅：《又论“第三种人”》，载《鲁迅全集》，人民文学出版社，2005年，第4卷，第546页。

③ 茅盾：《西洋文学通论》，复旦大学出版社，2004年，第112页。

贡-马惹尔》系列小说的每一卷的内容,分析了左拉小说的特点,即根据遗传理论来描写社会问题,并且宣称:

> 在19世纪后半的欧洲文坛上,没有第二部书更惹起广大的注意和嘈杂的批评如《罗贡马惹尔》了。即使是反对自然主义的批评家也不能不承认《罗贡马惹尔》这二十卷巨著是文学史上空前的"杰作",直到现在还没有可与并论的作品出世……
>
> 精神生活是没有的。每个人物所追求的是物质生活的满足和肉的狂欢。而且人物的心理生理方面都是病态的。疯狂和色情狂的描写,在自然主义以前的文艺中本来也是有的;但把疯狂等加以科学的即病理的观察,却是左拉开始的。这一端,后来也成为自然主义文学的基本色彩。①

茅盾还先后编译评述了《百货商店》(*Au Bonhews des dames*)和《娜娜》。"1931年《中国简报》(*China in Brief*)已将茅盾称为'中国自然主义文学领袖人物',称他的作品为'写中产阶级的左拉主义者文学'"②。他的自然主义倾向是毋庸置疑的,这从他的《子夜》等作品里也可以看得出来。

从20年代到30年代中期,左拉的不少作品已被翻译过来,例如查拉《一夜之爱》(毕树棠译,上海北新书局,1927),《左拉小说集》(宅桴、修勺译,上海出版合作社,1927),《洗澡》(徐霞村译,上海开明书店,1928),《南丹及奈侬女人》(东亚病夫译,上海真美善书店,1928)等。

---

① 茅盾:《西洋文学通论》,复旦大学出版社,2004年,第121页。

② 钱林森:《法国作家与中国》,福建教育出版社,1995年,第334页。

三 20世纪30年代与瞿秋白

从30年代开始，中国对左拉和自然主义的态度发生了根本的变化。1930年3月，中国左翼作家联盟在上海成立，建立“马克思主义文艺理论研究会”等组织，追随苏联的文艺路线，提倡无产阶级文学和文艺大众化，对包括法国文学在内的资产阶级文学持批判态度。随着恩格斯致哈克纳斯的信的发表，特别是苏联提出“社会主义现实主义”的创作方法，以及卢卡契对自然主义进行批判之后，对左拉以及自然主义也采取了彻底否定和批判的态度，而且通常都是以马克思和恩格斯肯定的现实主义为标准来批判自然主义的。在这种情况下，进步的知识分子都对自然主义退避三舍，改变了热情赞同自然主义的态度。

瞿秋白(1899—1935)是中国共产党的主要领导人之一，1931年参加了“左联”的领导工作，向中国读者介绍了马克思、恩格斯、列宁、斯大林及普列汉诺夫关于文学艺术的理论，翻译了苏联的许多著名文学作品。《左拉的〈金钱〉》最早就是在1935年由瞿秋白译成中文的，他同时还写了《拉法格和他的文艺批评》一文予以介绍。瞿秋白曾指出茅盾的《子夜》受到了左拉的《金钱》的影响，原因之一很可能就是因为茅盾根据他的意见对《子夜》进行了修改。瞿秋白还在《关于左拉》里，对自然主义提出了严厉批评：

> 左拉的文艺学说，仿佛最近的中国思想界之中的“某一班人”，事实上是藉口“科学”，“客观”，“真实”等等，来否认革命倾向的必要，来讥笑“主观的”改革主义的“急色儿”。当时俄国的革命青年自然就对于左拉表示不满意，他们越是对左拉认识得清切，也就越发觉得左拉不是自己营垒之中的人，左拉的超然旁观的态度，使得俄国革命青年对于他逐渐的冷淡下来……
>
> 固然，当时俄国青年对于左拉态度的转变，一部分是由于“左

倾的幼稚”，一部分是由于唯心论的革命情绪；然而，左拉理论的实质和他客观上的政治作用，的确包含着反动的成分。俄国革命青年的“直觉”反映着当时的群众阶级斗争的情绪，而抵抗这种反动成分的影响。①

瞿秋白以马克思主义批评家惯用的思维方式，用无产阶级的标准来要求左拉：

左拉是一个很好的例子。他在主观上自然不是反动派，当然并不愿意帮助反动。但是，他曾经做过一个很大的政治错误。他做着所谓生物学问题和遗传学说的俘虏，在他的小说《小酒店》里，描写了工人群众之中的酗酒和堕落；而且这正当巴黎公社失败之后不久的时候，守旧派就利用这部小说来反对共和主义，反对工人运动——说这种运动只会是醉鬼运动。当时激进派的革命界的舆论，非常之反对左拉，这种抗议当然是很有理由的。后来拉法格对于这个问题，也有严正的批评。固然，左拉在《萌芽》里的态度就不同了，他认识了工人群众已经成为政治上经济上的一种力量，这对于他是一个大进步；他从一般的同情于贫苦的群众，进到了承认二十世纪的将来将要有劳资之间的决定胜负的冲突。然而他的根本思想，却始终没有逃出“劳资合作的可能”和社会改良主义的乌托邦。他的“工业主义”，他的反对金融资产阶级的态度，是根据于单是工业技术的“才能”就可以联络“劳动”和“资本”而增加生产，打倒寄生虫的幻想的。②

① 瞿秋白：《关于左拉》，载鲁迅编：《海上述林》上卷，四川人民出版社，1983年，第194—195页。

② 同上，第206—207页。

然而20世纪20年代关于自然主义的争论,30年代左联对自然主义的批判,都并未影响对左拉作品的翻译。本来在左翼阵营之外赞同左拉和自然主义的知识分子就大有人在，而瞿秋白的去世以及左联在1936年的自动解散，特别是抗日战争时期广大读者对反映劳苦大众的作品的需要，使得左拉的作品在20世纪三四十年代出现了翻译的高潮。仅仅在1937年之前,《小酒店》就有四个译本,《娜娜》有两个译本。其他译作主要有《百货商店》(茅盾编译,新生命书局,上海,1931),《娜娜》(上下册,王了一译,商务印书馆,1934),《屠槌》(上下册,王了一译,上海商务印书馆,1934),《酒窟》(上下册,王了一译,上海商务印书馆,1937年再版),《金钱》(瞿秋白译,1935),《酒场》(沈起予译,上海中华书局,1936),《庐贡家族的家运》(林如稷译,上海商务印书馆,1936)等。

李劼人不仅介绍了自然主义，而且在自然主义的影响下创作了辛亥革命三部曲《死水微澜》、《暴风雨前》和《大波》。1937年6月7日,郭沫若在《中国文艺》第一卷第二期上撰文介绍李劼人的这三部小说,标题就是《中国左拉之待望》。

1940年5月21日,郁达夫在《星洲日报·晨星》上发表《左拉诞生百年纪念》,着重颂扬了左拉的战斗精神:

左拉的大小说,大家都知道,是描写法国第二帝制时代的社会各方面动态的那部罗贡·玛喀尔家的世系叙传小说集,但他在欧洲各国的妇孺口上所传说的,却并不是他的三十余册的著作,而是他为正义而斗争,替一犹太军官德雷非斯辩诬的那一件事情……

左拉是伟大的,但他的伟大和一般文学家的伟大却有点不同。伟大的,是他的思想,是他的理想,是他的一生的毅力。光凭这一种对未来光明的努力追求,和正义人道的拼死的主张上看来,我们就可以证实拉丁民族,是决不会灭亡的民族。

> 现在的欧战,虽则是似乎对英法有点不大顺利;但我相信最后胜利,必在主张正义人道的一方面。纳粹疯犬决不能征服全欧,同倭寇的决不能征服我中国一样。[①]

从郁达夫这几段简洁的评价中,不难看出左拉的作品广为人知,但由于当时反法西斯的严峻形势,所以人们传诵更多的是左拉为正义而斗争的不屈不挠的精神。郁达夫虽然认为左拉作为文学家不如雨果和托尔斯泰伟大,但是他写作此文正值世界反法西斯斗争最为艰难的时期,因此他不仅借此表达了对抗战必胜的信心,实际上也是在为被批判的左拉正名。

四 20世纪50年代后对自然主义的否定

在20世纪40年代,特别是1948年,左拉的作品基本上都已经被译成中文,有些还多次再版。其中主要有《梦》(马宗融、李劼人合译,作家书屋,重庆,1944),《萌芽》(倪明译,桂林,新光书店,1944;大连,读书出版社,1948);《娜娜》(焦菊隐译,上海文化出版社,1947,1948,1949),以及由毕修勺译、上海世界书局出版的《给妮侬的故事》、《给妮侬的新故事》、《蒲尔上尉》、《玛德兰·费拉》、《岱蕾斯·赖根》、《娜薏·米枯伦》和《磨坊之役》等。

在新中国成立之初的20世纪50年代初,还出现过一个翻译和再版左拉作品的热潮,例如上海文化出版社出版了毕修勺翻译的《劳动》、《崩溃》和《萌芽》,焦菊隐翻译的《娜娜》;国际文化出版社出版了李青崖翻译的《饕餮的巴黎》、冬林翻译的《金钱》;上海新文艺出版社出版了孟安翻译的《娜伊斯·米库兰》和《给妮侬的故事》;人民文学出版社出版了王了一翻译的《小酒店》等。

① 《郁达夫全集》第11卷,浙江大学出版社,2007年,第446—447页。

1949年以后，中国在文艺方面追随苏联，不但受到苏联文学理论的影响，而且有过之而无不及，对自然主义文学乃至左拉都采取了严厉批判的态度。在当时政治形势的要求下，这些译作通常都有导读性的译者序言或后记，以便引导读者批判性地阅读外国文学作品。在翻译左拉作品的同时，一些国外研究左拉的著作和论文也被译成中文，例如让·弗雷维勒的《左拉》(王道乾译，平明出版社，1955，新文艺出版社，1956)等。

但尽管如此，由于当时的政治气氛日益严峻，对左拉及其自然主义批判的态度也愈演愈烈，以致人们对左拉和自然主义唯恐避之不及。以王道乾先生翻译的《左拉》为例，作者让·弗雷维勒是法国马克思主义批评家，书中对实证主义等观点已经进行了批判，但是王道乾先生在翻译时仍然如履薄冰，往往不得不在词语的运用上加上更多的政治色彩，甚至在关于实验小说的段落后面特地加上一个注释："泰纳的实证主义，贝尔纳的实验医学研究，以及左拉的实验小说，在这里可以看出，完全是反动资产阶级唯心主义的货色，完全是谬误的，反科学的。"[1]1994年，谭立德女士在把这篇译著中的章节收入她主编的《法国作家、批评家论左拉》时，删去了这个由译者附加的注释。见微知著，由此可以看出我国评论界对左拉及其自然主义态度的演变。

特别是在1957年反右运动以后，一切外国文化都被视为毒草，就连法国批判现实主义作家斯丹达尔(Stendhal)的名著《红与黑》(*Rouge et Noir*)都成了批判的目标，自然主义当然更加被无限上纲，斥之为一切色情、暴力文学的根源。

身为文化部长的茅盾，对自然主义的态度也与从前大相径庭，他在《夜读偶记》中大谈古今中外的现实主义，但似乎是唯恐读者想起他在20年代对自然主义的推崇，所以几乎绝口不提自然主义，细看之下方能找到这么两句：

① 弗雷维勒：《左拉》，王道乾译，平明出版社，1955年，第55页。

不要无产阶级党性的拥护现实主义的作家们面前有个暗坑：自然主义。谨防跌进这个暗坑！

所以，几年前就提出来的反对形式主义同时也要反对自然主义的口号，基本上是正确的，在今天也仍然正确……

没有生活实践的话……结果就是或者走入自然主义的歧路，或者陷于公式化和概念化。右派分子说，马列主义太多了，所以产生公式化概念化。可是，事实和右派分子的谬论相反，正因为马列主义太少，仅得皮毛……就免不了要弄成公式化和概念化……①

荒谬的是，中国把批判的火力对准自然主义，其实却是无的放矢，因为中国并不存在、也不可能存在自然主义的文学流派，因此茅盾对自然主义态度的变化，无疑是屈服于政治形势的压力的结果。

在《文学自然主义研究》中，曾繁亭幽默地嘲弄了国内学界对自然主义的批判：

依然用以往那种僵化、静止的“写实”理念来阐释已经变化了的西方现代叙事文本……那人们就只会非常遗憾地看到一幅非常滑稽、悲惨的情景：因冥顽不灵而神色干瘦枯槁的中国现代文士们，穿着堂·吉诃德式的过时甲胄，大战包括自然主义文学在内的西方现代文学这部充满活力与动感的壮丽风车。②

20世纪60年代初是中国国民经济的困难时期，对外国文学的控制有所放松，得以出版了一些关于左拉的译著，例如苏联阿·普齐科夫的

① 茅盾：《夜读偶记》，百花文艺出版社，1958年，第36，91页。

② 曾繁亭：《文学自然主义研究》，中国社会科学出版社，2008年，第24页。

《左拉》(程逢如译,上海译文出版社,1960年),莫泊桑的《埃米尔·左拉研究》(若谷译,宋国枢校,《古典文艺理论译丛》,1964年第8期),郭麟阁、端济翻译的《自然主义的戏剧》(《古典文艺理论译丛》第7册,人民文学出版社,1964)等。但与此同时,文艺界却发起了对法国著名进步作家罗曼·罗兰及其作品《约翰·克里斯朵夫》(*Jean Christophe*)的批判运动,所以当时实际上已经不可能进行任何文学研究。1964年,中国社会科学院外国文学研究所刚刚成立,研究人员就被下放劳动,因而一切研究活动都告中断。

1966年文化大革命开始后,一切文化活动都被迫停止,翻译家傅雷等知识分子被迫害致死,法国文学的译介和研究从此中断了十年之久。

第二节 20世纪80年代至今

一 新时期的译介

改革开放带来了法国文学翻译和研究的春天,各地纷纷成立法国文学的研究机构,全国性的民间学术团体法国文学研究会也于1982年成立。左拉及其自然主义的翻译和介绍也迎来了前所未有的繁荣。

在这个新时期里大量出版和再版左拉的小说,主要有人民文学出版社出版的《金钱》(金满城译,1980)、《萌芽》(黎柯译,1982)、《娜娜》(郑永慧译,1985)、《娜伊斯·米库兰》(孟安译,1985)、《左拉中短篇小说选》(郝运、王振孙译,1986);上海译文出版社出版的《妇女乐园》(侍桁译,1980)、《给妮侬的故事》(孟安译,1985)、《卢贡大人》(成钰亭译,1985)、《小酒店》(马振骋译,1989)、《萌芽》(符锦勇译,1999)、《为了一夜的爱》(郝运、王振孙译,2006)等。

其他出版社出版的译作主要有:

《娜娜》(焦菊隐译,安徽人民出版社,1982),《梦》(金铿然、骆雪涓译，浙江人民出版社，1982），《家常事》（金满城译，黑龙江人民出版社，1984），《劳动》（毕修勺译，黄河文艺出版社，1985），《泰蕾兹·拉甘》（韩沪麟译，江西人民出版社，1986），《马赛的秘密》（*Les Mystères de Marseille*，管震湖译，北京出版社，1991），《左拉精选集》（柳鸣九编选，山东文艺出版社，1997，花城出版社，1998），《女士乐园》（曹德明译，花城出版社，1998），《娜娜》（罗国林译，中国书籍出版社，北京，2005），《左拉短篇小说选》（吴岳添选编，中国文联出版社，2009）等。

特别值得提到的是解放以后，毕修勺由于人所共知的原因而蒙冤二十五年，他毕生翻译的左拉小说也只能尘封在阁楼里。除了1985年由黄河文艺出版社出版的《劳动》之外，他翻译的《爱的一页》、《巴斯加医生》、《生的快乐》、《土地》、《卢尔特》、《家常琐事》、《巴黎》、《罗马》和《人兽》等九部小说，都是在他去世以后的第二年即1993年才由山东文艺出版社出版的。

关于左拉研究的译作主要有阿尔芒·拉努的《论左拉》（马中林译，黄河文艺出版社，1985），马尔克·贝尔纳的《左拉》（郭太初译，上海译文出版社，1992），《左拉文学书简》（吴岳添选译，安徽文艺出版社，1995），亨利·特洛亚（Troyat，Henri）的《正义作家左拉》（*Zola*，胡尧步译，世界知识出版社，1999）和德尼丝·勒布隆-左拉（Le Blond-Zola，Denise）的《我的父亲左拉》（*Émile Zola raconté par sa fille*，李焰明译，广西师范大学出版社，2002）等。

与此同时，还出版了一批将研究论文和翻译的论文汇编的著作，主要有柳鸣九主编的《法国自然主义作品选》（天津人民出版社，1987），《自然主义》（中国社会科学出版社，1988），《自然主义大师左拉》（上海文艺出版社，1989），朱雯、梅希泉、郑克鲁编选的《文学中的自然主义》（上海文艺出版社，1992），谭立德编选的《法国作家、批评家论左拉》（安徽文艺出版社，1994）等。

二 为左拉正名

从十年动乱结束到80年代初期，对自然主义的批判仍然余波未息，当时权威的《欧洲文学史》对左拉作出了否定的评价：

> 在资产阶级文学流派中，自然主义首先产生于法国……左拉和泰纳一样，用自然规律来代替社会规律，抹煞人的阶级性。同时，他把艺术创作和实验科学等同起来，实际上就取消了艺术的存在。根据自然主义原则写成的作品，总是着重对生活琐事、变态心理和反常事例本身的详细描写，缺乏具有社会意义的艺术概括，歪曲事物的真象，模糊事物的本质，把读者引向悲观消极，丧失对社会前途的信心。①

《欧洲文学史》对左拉的否定，显然是受到从50年代以来的政治运动、特别是文革中的极左思潮影响的结果，因为早在1936年，该书的主编之一、法国文学专家吴达元教授就编写过《法国文学史》，在介绍左拉及其"自然小说"时做出了客观的评价。

巴金早在20世纪20年代就在法国读过左拉的作品并深受影响，他翻译过《萌芽》的片段，甚至想写一部《萌芽》那样的小说。在经历十年浩劫之后访问法国，他在接受《世界报》记者的采访时就指出："至于法国作家，大家都知道莫泊桑和左拉在中国最有名气，拥有最多的读者……最近一位法文编辑送了一些七星诗社版的卢梭和左拉的著作给我，我非常高兴。"②

新时期在左拉和自然主义的研究方面取得了许多成果。除了广西

① 杨周翰等主编：《欧洲文学史》(下卷)，人民文学出版社，1979年，第243页。

②《中国当代文学研究资料，巴金专集Ⅰ》，江苏人民出版社，1981年，第80页。

师范大学出版社在2006年再版了陈晓兰的《文学中的巴黎与上海:以左拉和茅盾为例》之外,关于左拉的专著还有金满城的《左拉》(黑龙江人民出版社 1983),丁子春的《左拉》(辽宁人民出版社,1988),王梅的《文坛斗士——左拉》(太白文艺出版社, 1998)和李尔刚、李丹晶的《自然主义大师——左拉述评》(时代文艺出版社, 2001),蒋承勇等的《欧美自然主义文学的现代阐释》(复旦大学出版社,2002)、高建为的《自然主义诗学及其在世界各国的传播和影响》(江西教育出版社,2004)和曾繁亭的《文学自然主义研究》(中国社会科学出版社,2008)等。

1986年1月,柳鸣九为《自然主义——西方文艺思潮第二辑》(1988年)所写的前言,对左拉及其自然主义进行了全面的阐述和评价:

谁也不能否认,自然主义是以真实的描写为目的……真实是自然主义的基本出发点与前提。在这一根本点上,自然主义与传统的现实主义是一脉相承的、完全一致的。……如果说它与以前的现实主义有什么不同的话,那就是自然主义在文学创作中要求有更大范围与程度更为彻底的真实,它追求无所不包的真实,绝对的真实,严酷的真实,不带任何粉饰的真实……

正因为自然主义在反映现实、表现现实方面作出了不可磨灭的贡献,所以,我们应该说,自然主义就是现实主义在十九世纪后期历史条件下的一种特殊形式,是现实主义的演变与发展,它从根本上决不是现实主义的反面。[①]

归根结底,柳鸣九认为自然主义属于现实主义的范畴:

自然主义思潮在西欧从发生、发展到消退,已经将近一百年

① 柳鸣九:《理史集》,河北教育出版社,1998年,第236,237,238页。

了，它在人类文学的发展中曾刻下了一道深深的印痕。说它消退并不完全确切，确切地说，它是汇入、隐没在现实主义发展的巨流中，它至今并未成为一个独立的流派与思潮，就是因为它本来就基本上属于现实主义的思潮，也正因为如此，它才可能整个地汇入并隐没在现实主义之中，它当时的一些理论主张与创作实践肯定有失之偏颇之处，但它的一些合理成分与贡献却汇入了巨流而成为这巨流中的有机成分。①

1988年10月，中国法国文学研究会在北京举行了"左拉学术讨论会"，与会学者就左拉与自然主义理论、左拉的文艺观、左拉与印象画派、左拉小说的结构与艺术等各个方面进行了充分的论述，从而对左拉做出了充分肯定的评价。柳鸣九会长在会上做了关于左拉的评价问题的主旨发言，其中就恩格斯对左拉的评价进行了评析：

总而言之，恩格斯所要求于1887年的现实主义的，就是要表现出工人阶级的觉醒与斗争……因为，根据这个定义的必然逻辑，只有表现了工人阶级斗争的作品才算是现实主义的……

然而，恩格斯却是把它作为一切现实主义的标准，至少是作为十九世纪下半期以后的现实主义标准提出来的。这样，他也就把党派性的政治要求加在文学的头上，而我们建国后又把这个定义加以绝对化，当作至高无上的准则，这就形成了一连串的偏颇……

如果对法国十九世纪文学的历史发展作一番实事求是的考察，对巴尔扎克与左拉作一番实事求是的研究，那么就不难发现，恩格斯的"伟大得多"之说有失公允，不符合客观实际。在这里，左拉的一些强有力的方面显然是完全被忽略、被无视、被抹杀了，正

① 柳鸣九：《理史集》，河北教育出版社，1998年，第244页。

因为如此，在很多方面是足以与巴尔扎克媲美的左拉，从整体上也就被贬到了一个显然不合理的地位上。今天，当左拉诞生一百五十周年的纪念将要来到的时候，在中国很有必要对恩格斯的定义与评论进行反思，很有必要强调指出左拉的一些强有力的方面，恢复他在文学史中应得的历史地位。①

从20世纪90年代开始，研究左拉的势头方兴未艾，不断有论文、译著和编著问世。例如丁子春的《法国小说与思潮流派》，表示“要还给左拉本来的面目”：

在很长一个时期内，恩格斯的一句话，成了衡量巴尔扎克和左拉高下的不可动摇的准则。……尤其是近半个世纪以来，由于尽人皆知的原因，巴尔扎克在我国已成了一种崇尚的典范，现实主义被奉为判别文艺优劣的唯一尺度，左拉则处处遭受抨击，他的名字及其文学作品，几乎变成含有黄色、庸俗等贬意的自然主义的代名词。这完全是一种人为的被扭曲的社会现象，也是极不公允的历史待遇。我认为，巴尔扎克与左拉并非一正一反的对立关系，巴尔扎克是左拉“精神上的父亲”，左拉是巴尔扎克的杰出后继者。两者的艺术成就各有所长，也各有所短，左拉师承了巴尔扎克的写实主义艺术传统，又立足于开拓表现生活的新领域，特别在创建文学流派、构建艺术大厦和开创写实风格等方面，均可与巴尔扎克媲美。②

吴岳添则认为巴尔扎克与左拉之间存在着一个可比性问题：

① 柳鸣九：《重新评价左拉的几个问题》，载柳鸣九：《理史集》，河北教育出版社，1998年，第291，292，293页。

② 丁子春：《法国小说与思潮流派》，团结出版社，1991年4月，第253页。

巴尔扎克生于1799年,死于1850年;左拉生于1840年,死于1902年,也就是说,恩格斯在作出这个评价的时候,巴尔扎克已经去世了三十八年,完全可以盖棺定论了;而左拉才四十八岁,还是个中年人,按照唯物辩证法的观点,世界处于不断的运动和变化之中,人也是在不断地成长和变化的。恩格斯是革命导师,不是算命先生,他决不会预言左拉的将来如何不好,因此恩格斯所说的"将来的一切左拉"决不是指左拉本人的将来,而是指将来可能有的像当时的左拉那样的作家,这就说明恩格斯对左拉的评价,只是就巴尔扎克的创作和左拉当时的创作所作的比较,而不是对左拉的定评。①

蒋承勇等在合著的《欧美自然主义文学的现代阐释》的引言中指出,20世纪80年代以来出现了一些为左拉翻案的文章,但是:

无论是贬抑者还是翻案者,他们研究的结论虽然不尽相同,但评价的尺度和研究的方法却是一致的;他们差不多都用现实主义这一价值尺度去衡量自然主义以及左拉在何种程度上投合了现实主义的艺术趣味和文化模式。这种价值尺度和研究方法本身的合理性是值得怀疑的。②

作者由此引入了将自然主义与现代主义进行比较的新视角,指出"意识流小说可谓是心理自然主义的代表流派。意识流作家将弗洛伊德精神分析理论和柏格森直觉主义与自然主义真实表现结为一体,主张

① 吴岳添:《全面理解恩格斯对左拉的评价》,载刘纲纪主编:《马克思主义美学研究》第三辑,广西师范大学出版社,2000年,第336—337页。

② 蒋承勇等:《欧美自然主义文学的现代阐释》,复旦大学出版社,2002年,第2页。

完全真实自然展示人物内在意识流程。”[①]并且以《百年孤独》和《尤利西斯》等现代派名著为例，证明“自然主义热衷于文学创作中的遗传、生理、情欲表现，在西方现代派文学中，得到了进一步的延承和发扬。”[②]

高建为在专著《自然主义诗学及其在世界各国的传播和影响》中，把对待自然主义的观点分为三类，并且表明了自己的态度：

> 一 现实主义与自然主义是两种不同的文艺流派，现实主义成就很高，自然主义属于颓废的流派。持这种观点的主要是前苏联和前东欧国家的所谓马克思主义文论家。
>
> 二 自然主义是现实主义的一种极端表现。持这种观点的大多是英美学者。
>
> 三 现实主义和自然主义是各自不同的流派，但两者有渊源关系。这是高建为本人的观点，因为法国学者虽然将自然主义视为一种单独的文学流派，但基本上都否认自然主义与现实主义有渊源关系。
>
> 对于自然主义诗学这一研究实体，我基本上采纳西方特别是法国研究者的普遍观点，即自然主义是一个独立的文学运动和文学潮流，将自然主义与现实主义区别开来，同时也承认自然主义与现实主义存在一些相同的诗学准则。但是我认为两个文学流派各自产生于不同的历史文化语境之中，既无法比较价值的高低，也不能将其混为一谈。这就突破了国内自然主义研究历来占主导地位的意见，即所谓“现实主义至上论”和“现实主义中心论”。[③]

① 蒋承勇等：《欧美自然主义文学的现代阐释》，复旦大学出版社，2002年，第197页。

② 同上，第201页。

③ 高建为：《自然主义诗学及其在世界各国的传播和影响》，江西教育出版社，2004年，“绪论”第18页。

高建为对文革后的左拉研究现状是不满的：

“文革”以后很多学者认识到了重新评价自然主义的必要性，但多数仍然不能完全摆脱思想上的束缚。因此虽然有一些成果，并没有达到透彻的认识……此外，学术界虽然有少数关于自然主义问题的讨论文章，也推出了数种有关自然主义的资料集，却一直不见学术价值高、有分量的学术专著，甚至也没有翻译一部重要的外国专家的著作。①

高建为在绪论中表示完全赞同柳鸣九的观点：

柳鸣九先生在文献集《自然主义》的前言中认为我们将自然主义看成与现实主义相对立的文学流派或者将其看成现实主义的蜕化是一种误解，产生这种误解的原因是现实主义至上论或者现实主义中心论，这种论调会导致无法解释文学史上丰富多彩的文学现象并且堵塞文艺写真实的广阔道路。这种看法是很有启发性的，我完全同意。②

这也许是出于对学界前辈的尊重而表示谦虚，但实际上高建为力图有所突破，对柳鸣九执笔写作的关于左拉的评价并不赞同：

虽然“文革”以后为自然主义平反的呼声日高，对自然主义文学及其理论的某些极端的偏见基本已不见诸笔端，但是为自然主

① 高建为：《自然主义诗学及其在世界各国的传播和影响》，江西教育出版社，2004年，“前言”第2—3页。

② 同上，“绪论”第18页。

义正名的工作并没有完成，在一部分学者中对自然主义的某些偏见仍旧存在。例如，人民文学出版社1991年出版的《法国文学史》（下册）在论述左拉所代表的自然主义理论时认为，自然主义在其基本原则上其实就是一种现实主义……但往下该书又称："它主张绝对地搬用自然科学的方法，显然流于偏颇，从而否定了文学艺术本身的典型化方法与对于文学创作至为重要的灵感、想象、激情、才能等等创作要素"，"以自然主义所主张的方法去进行创作，文学描写肯定容易有繁琐、滞重、冷淡、刻板等等弊病"，左拉在观察人、描写人的问题上过分强调生理性，也必然导致两个不良的后果，一是分散作家对于人的社会属性的关注与研究，有碍作家对人的阶级性、民族性与人性做深入的发掘，二是必然使文学作品降低为对生理性、动物性的描写，……一个"绝对"，一个"肯定"，两个"必然"，就又把自然主义否定了，实际上又回到了"文革"前对自然主义的看法上去。①

高建为的专著《自然主义诗学及其在世界各国的传播和影响》，突破了秉承卢卡契等马克思主义文论家强调现实主义至上、竭力夸大左拉的理论与创作之间的矛盾的传统模式，也跳出了把自然主义视为现实主义的极端表现、或者单纯为自然主义翻案等惯性思维，而是把自然主义当作与现实主义有所联系、但又是两个独立的文学流派来加以研究。在研究方法上则从自然主义的读者的期待视野和左拉小说与读者的审美差距入手，从接受美学和神话等视角来评析自然主义的诗学理论及其创作实践，从而在自然主义研究领域里另辟蹊径和有所创新。

① 高建为：《自然主义诗学及其在世界各国的传播和影响》，江西教育出版社，2004年，"绪论"第13—14页。

曾繁亭在2008年出版的专著名为《文学自然主义研究》,但实际上是以左拉为主要研究对象的。曾繁亭认为国内学界长期以来对自然主义文学存在着系统性的误读,对这场文学革命难以给出准确的评价,所以该书从文本建构、创作方法、诗学观念、文化逻辑等各个层面系统地回答了"何谓文学上的自然主义"的问题,充分肯定了左拉的文学理论和创作方法在颠覆传统和不断创新方面所做出的贡献,并且提出了许多独特的见解。他着重指出了现代主义与自然主义之间的承续性同构关系,因为自然主义对生理学的重视,正是为20世纪以弗洛伊德[①](Freud, Sigmund)心理学为武器揭示"自我"内心世界的现代主义文学事先进行了一次开创性的探索和实践。

曾繁亭指出了自然主义长期受到误解的原因:

> 迄今为止,国内对自然主义文学的理解之所以发生巨大的偏差,原因虽很复杂,但其中最初始的原因也许就在于对文学自然主义中的两个关键词犯了"望文生义"的错误。其一,是将左拉"自然主义"中的"自然"简单地理解为外在自然,这在西方其实是19世纪以前的用法。其二,是将左拉自然主义诗学中的核心概念"真实感"机械地理解为外部的客观真实(Objective Reality)[②]。

改革开放以来发表了大量的论文,大致可以分为三类。

第一类是关于左拉和自然主义的概论和评价,主要有何孔鲁的《略谈左拉与自然主义文学》(1980)、徐知免的《论左拉》(1985)、柳鸣九的《关于左拉的评价问题——对恩格斯关于现实主义与左拉论断的质疑》

① 西格蒙·弗洛伊德(1856—1939),奥地利心理学家,精神病医生,精神分析学派的创始人,著有《释梦》和《精神分析引论》等。

② 曾繁亭:《文学自然主义研究》,中国社会科学出版社,2008年,第5页。

(1989)等。

第二类是关于自然主义的理论，其中陆钦南的《自然主义和现实主义》(1982)是最早为自然主义翻案的论文。王秋荣、周颐的《左拉的自然主义与生理学》(1988)全面分析了左拉的自然主义与进化论、实证主义特别是生理学的关系，揭示了构成自然主义的三个环节，反映了自然主义的科学精神、哲学观与方法论，同时也涉及了左拉的文学观、创作观和道德观。高建为的《略论左拉的文艺观》(1989)认为左拉的文艺思想超出了自然主义的意义，涉及到文学的普遍现象，实际上包含了创作论、作家论和本体论。其他还有金嗣峰的《左拉的自然主义理论与创作——兼论对〈小酒店〉的批评》(1983)和林青的《从左拉的写作看小说观念的演变》(1989)等。

曾繁亭在《真实感:重新解读左拉的自然主义文论》中，着重指出了左拉强调的“真实感”与人们普遍认为自然主义追求的“真实”的区别：

> 自然主义之“真实感”，是在个体之人与世界的融合中达成的，并由此获得了它自身特有的一种“真实”品质——它并非纯粹客观的现实真实，而是感觉中的现实真实。①

第三类是关于左拉的作品，主要有郑克鲁的《〈萌芽〉浅论》(1982)、郑永慧的《〈娜娜〉，左拉对罪恶的资本主义制度的控诉书》(1985)、陈惇的《开拓者的功绩——左拉的〈小酒店〉》(1989)、汪文漪的《左拉的〈妇女乐园〉》(1989)、冯寿农的《〈黛莱丝·拉甘〉的主题结构》(1996)和高建为的《左拉的〈金钱〉与经济学》(2003)等。

① 曾繁亭:《真实感:重新解读左拉的自然主义文论》,《外国文学评论》,2009年第4期,第36页。

第二编

左拉学术史研究

绪　　论

一个半世纪以来，左拉及其倡导的自然主义文学在法国和世界上广为传播,各国批评家从各个方面对此进行了深入的研究和评论,本书第一篇《左拉学术史》客观地介绍了这个曲折复杂的过程。本篇《左拉学术史研究》则是从一个中国学者的角度,对迄今为止的左拉学术史进行回顾和评析。

在法国文学史上,左拉境遇最为独特,他首先是一位贡献杰出、声望崇高的作家。左拉在思想上顺应时代潮流,信仰社会主义;在政治上投身于德雷福斯事件中的英勇斗争,堪称现代民主主义的先锋和楷模;在文学方面,他不仅以《卢贡-马卡尔家族》等作品树立了一座丰碑,足以与雨果和巴尔扎克等第一流作家媲美，而且第一个描写工人的罢工斗争,因而被认为是无产阶级文学的先驱。

但左拉同时也是经历坎坷、树敌最多的作家。左拉由于提出了自然主义的创作理论而始终受到资产阶级批评界的蔑视和抨击，他的小说被指责为有伤风化,被官方的图书馆和学校拒绝收藏,连 1889 年的巴黎世界博览会都不把他的小说列入图书目录,这种情况直到 20 世纪上半叶仍未改变。在德雷福斯事件中，左拉更被反动势力视为民族的叛徒,遭到审讯和被迫流亡。

对于左拉的特殊处境，没有比他的挚友莫泊桑的描述更为生动的了：

在文学界里结仇之多，恐怕没有人超过左拉的了。他还以拥有这些凶恶的顽敌而自豪：这些敌人不放过一切机会，像疯子似的使用各种武器来对付他，而他却用野猪般的体贴去回敬他们，他的大张挞伐，也是出名的。

有时候，受到的攻击多少有些伤害到他，他有什么足以自慰的呢？没有一个作家像他那样出名，没有一个作家的作品像他的作品那样广泛地传布到世界各地。在外国最小的城镇的书店和阅览室里，都能够找到他的作品。他的最激烈的敌人也不能否认他有才华；他当年甚感缺少的金钱，如今像潮水一样涌来了。

因此，左拉获得了罕有的幸运：他在世的时候，就获得了很少人能够获得的两样东西——名和利。交上这种好运的艺术家是屈指可数的；而不可胜数的艺术家都是死后才出名的，他们的著作只是在他们的后代手里才被人用重金购买。[①]

左拉和自然主义文学在20世纪继续受到误解，恩格斯对左拉的评价、特别是卢卡契对自然主义的批判，应该是一个主要的原因。其实马克思和恩格斯对巴尔扎克的评价高于欧仁·苏和左拉，卢卡契对自然主义与现实主义的比较，主要是从创作方法的角度进行评价的。而看一个作家是否进步，他的创作方法固然重要，但更要看他的思想倾向和对劳动人民的态度。巴尔扎克的作品虽然客观地反映了社会现实，但他在政治上却是一个正统派，主观上是在为没落的贵族阶级唱挽歌。反之，左拉在德雷福斯事件中的勇敢行动，他在晚年对社会主义的信仰，以及他

① 莫泊桑：《埃米尔·左拉研究》，若谷译，宋国枢校，载谭立德编选：《法国作家、批评家论左拉》，安徽文艺出版社，1994年，第62页。

的《萌芽》反映工人罢工等优秀作品,则足以证明他是个民主主义的进步作家。

现在历史已经证明了左拉的进步和伟大，但是关于他的争论并未结束,因此在回顾一个半世纪以来的左拉学术史的同时,对左拉学术史的各个方面进行深入的评析，在左拉研究领域里显然具有继往开来的重要意义。

第一章 左拉的生平和创作

研究左拉生平和创作的论著不可胜数，但大多是评论他的自然主义理论和小说作品，对于他的政治思想的形成，在巴黎公社时期的表现等重要问题缺乏资料翔实的研究，因而使人们对他作品的变化、特别是在德雷福斯事件中的勇敢行为感到突兀或难以理解。正因为如此，把他的生平、创作与思想演变结合起来，参照对于他的评论或抨击进行综合研究，无疑更有助于全面理解左拉成长过程中的种种问题和矛盾。

第一节　左拉的生平

一 志向远大的文学青年

埃米尔·左拉(1840,4,12—1902,9,28)生于巴黎，父亲是原籍意大利威尼斯的工程师，在马赛附近的埃克斯地区工作，在他 7 岁的时候去世。他随母亲靠外祖父生活，在南方的普罗旺斯度过了童年和少年时代。左拉 18 岁时来到巴黎，转入巴黎的圣路易中学。由于说话带南方口音，中学毕业后因法语欠佳而未能考上大学，加上家境贫穷，他只好独自谋生，经常到处奔波，过着忍饥挨饿的生活。但即使是被迫从事毫无乐趣的劳动，他也始终对前途充满信心，下班后热情地坚持阅读和创作。

值得指出的是，左拉在默默无闻的时候，就已经打算成立一个艺术团体。他刚满二十岁，就在致中学时代的朋友巴伊的信中说道：

> 这些日子来我头脑里产生了一种想法，就是等你和塞尚来到巴黎以后，我们建立一个艺术团体，一个俱乐部。我们四个人是奠基人……这个团体的目的尤其在于为未来奠定一个坚实的基础，以便在无论什么情况下相互支持。我们是年轻人，宇宙属于我们，我们在向前冲锋之前就携起手来，在我们之间形成一种新的关系，一旦遇到斗争我们就会感到身边有个朋友……[①]

在法国文学史上，文艺团体或是由国家设立的学术机构，如法兰西学士院；或是由已成名的作家组成，如浪漫派的文社。像左拉这样未出茅庐就有如此雄心，确实是个罕见的例外，由此可见他对未来怀有远大的抱负。伊夫·谢弗勒尔认为这一举动的意义已经超出了一个团体或流派：

> 左拉作为创始人毅然负责提出一种新的文学形式。他是最早想要组织起一个从事相同"职业"——写作——的联盟的作家之一，这是在进步事业中受坚定的信仰所激励的人的联盟，而不是一个文艺小团体或一个流派。[②]

左拉的父亲虽然早已去世，但毕竟还有一些生前的友好。经父亲生前的朋友、医学院院士布代先生的推荐，左拉于 1862 年 3 月进入阿歇

① 《左拉文学书简》，吴岳添译，安徽文艺出版社，1995年，第34页。

② 伊夫·谢弗勒尔：《左拉和自然主义》，谭立德译，载谭立德编选：《法国作家、批评家论左拉》，安徽文艺出版社，1994年，第423页。

特书店当打包工人，不久就因写诗受到老板的赏识而当上了广告部主任。这或许是命运的眷顾,但更是对左拉长期刻苦努力的报偿。

左拉年轻时崇尚浪漫主义,也是在1860年他二十岁的时候,他不但给雨果写信表示敬意,而且对乔治·桑的小说也极为赞赏。他在给友人的信中说过：

她的田园小说是极为美妙的牧歌……我更喜欢她的乡村小说《魔沼》。《魔沼》是一件何等杰出的珍品！……读完这部小说,我们的心平静而轻松,充满了柔情和仁慈。"[①]但他同时也指出了这类小说的弱点:"乔治·桑的过失在于她的哲学……她希望世界上住满了富裕而快乐的人,人人都是兄弟,相亲相爱、互相帮助……形成一个唯一的、富裕而强大的共和国。可惜这也许是一种梦想,虽然会很动人。[②]

左拉这段话有几层含义。第一是对乔治·桑小说的确切评价,表明他当时对浪漫主义作品的欣赏；第二是显示了他们在创作观念方面的区别:左拉认为乔治·桑对未来的美好希望只是一种梦想,说明他今后将会从事力求反映真实的创作;第三是流露出他对社会现实的不满,标志着他的共和思想的萌芽。

实际上正是如此。早在1862年,他的短篇小说《血》就谴责了战争的荒谬,四个雇佣军士兵在战场上做了噩梦,结局是他们全都脱离军队去种地了：

喇叭不停地吹着出发的号令。

① 《左拉文学书简》,吴岳添译,安徽文艺出版社,1995年,第20页。

② 同上,第21页。

"孩子们,"格纳斯说,"我们的职业是令人厌恶的职业。我们的睡眠受到那些被我们打击的人的幽灵的干扰。我像你们一样感到噩梦中鬼怪长时间地压在我的胸上。

我杀人已经三十年了,我需要酣睡。任凭我们的兄弟们去吧。我知道有一个小山谷,那儿缺少劳力扶犁。你们愿意品尝我们自己劳动的果实吗?"

"我们愿意。"

于是这几位兵士在一块岩石脚下掘了一个大洞,把他们的武器埋了进去。他们下河洗澡,随后,四个人胳臂挽着胳臂,消失在小路的转弯处。[①]

小说的情节还带有凭想象虚构的浪漫主义色彩,但已经反映出左拉的反战立场,说明他从年轻时起就反对第二帝国和拿破仑三世的好战政策,在思想上已经是一个共和主义者了。

二 对巴黎公社的态度

法国与英国、德国等为瓜分世界不断发生利害冲突。1870年7月19日,法国向普鲁士宣战,开战后法军大败,拿破仑三世和麦克马洪元帅[②]在色当投降,第二帝国崩溃,巴黎人民于9月4日举行起义,宣布建立第三共和国。1871年1月18日,普鲁士国王威廉一世在凡尔赛加冕为德意志皇帝。3月1日,法国国民议会批准德法两国的和约,巴黎人民再

① 左拉:《血》,严胜男译,载吴岳添选编:《左拉短篇小说选》,中国文联出版社,2009年,第216页。

② 莫里斯·德·麦克马洪(1808—1893),1859年起为法国元帅,曾任阿尔及利亚总督。普法战争失败后投降,后任凡尔赛军首脑,镇压巴黎公社,于1873年任法国总统,至1879年在共和派压力下辞职。

次起义,于3月28日成立了巴黎公社。巴黎公社的英勇业绩激励了法国无产阶级的斗志,法国工人党在1882年成立后,有力地促进了社会主义思潮的传播。

当时支持巴黎公社的作家寥寥无几，只有被视为颓废派的象征主义诗人魏尔兰(Verlaine)在巴黎公社期间留下来担任公社的新闻处主任,公社失败后被解雇;兰波在"流血周"期间写过《巴黎战歌》等歌颂公社的诗篇。在著名作家当中,除了雨果在公社社员遭到迫害时表示同情之外,其他作家大多反对巴黎公社,例如小仲马(Duma fils,Alexandre)、都德等持保守或保皇的态度，福楼拜、龚古尔兄弟和戈蒂埃等不问政治,主张为艺术而艺术,但他们也谴责起义,诬蔑公社社员是疯子、醉鬼、畜生和野心家,主张进行镇压甚至彻底消灭。阿拉贡后来严厉地抨击过小仲马:"仲马儿子……显示了那些拥护帝政的无耻之徒是何等下流。"[①]萨特则谴责"福楼拜公开承认资产阶级的统治权。巴黎公社曾吓得他魂不附体,他在公社失败以后写的信里充满对工人的卑劣的辱骂。"[②]

既然如此，了解左拉对待普法战争的态度和在巴黎公社期间的表现,对于理解他的思想的演变以及学界对他的评论就显得分外重要。

1870年8月5日,在普法战争爆发的前夜,左拉在《钟声》上发表了名为《法兰西万岁》的文章,抨击"战争,可耻的战争,该死的战争",甚至直接反对为了王朝的利益而发动战争的制度:

难道真的还要驱使我们去杀戮吗？难道北方和南方的各个民

① 阿拉贡:《现实主义诗人维克多·雨果》,罗大冈译,载《阿拉贡文艺论文选集》,盛澄华等译,人民文学出版社,1958年,第116页。

② 萨特:《什么是文学》,施康强译,载沈志明、艾珉主编:《萨特文集》,第7卷,第185页。

族，不能站起来说："不，我们不要再打仗了，我们不再支持王族的争吵；为了使他们不再有军队，我们解散军队，为了使他们不再争夺王位，我们就把王位烧掉？"[①]

左拉在文章中号召建立共和国，结果被控煽动民众违抗法律，幸好因第二帝国在 9 月 4 日垮台而不了了之。左拉一家在 9 月 7 日前往马赛。于 1871 年 3 月 14 日回到巴黎。

3 月 18 日巴黎公社成立的时候，《世纪报》恰好在这一天开始继续刊登因战争而中断的《卢贡家族的发迹》。左拉作为新闻记者要乘火车到凡尔赛采访，结果被武装的巴黎公社社员抓住。后来到凡尔赛后又被警察局局长逮捕，被当作起义人员关进了城堡，幸亏有人认识他而在审问后被释放。左拉对凡尔赛镇压巴黎公社的残暴行为感到惊恐，但也不赞成巴黎公社取消对立派报纸等行为。他怕被社员扣为人质，因此在 5 月 10 日离开巴黎去了外地。所以概括地说，左拉在巴黎公社期间采取的是中立的态度。

但是实际上左拉是同情巴黎公社的。瞿秋白在《关于左拉》中指出：

左拉在他的小说《崩溃》里（1892 年），也曾经写到一些关于公社的事实，那部小说的最后一段就是描写的公社。但是，他只把公社当作普法战争之中的一段插话。他当然并不了解巴黎公社的意义，他并不知道他的改良主义的理想不用公社式的革命手段就只是些空谈，而公社式的革命却是世界上第一次的无产阶级革命的尝试，是要真正的解放劳动，而不是什么"劳资合作"的和谐。他所

① 科莱特·贝克：《沙文主义，爱国主义，科学：左拉，法国，德国》，载奥古斯特·德扎雷：《没有国界的左拉：斯特拉斯堡国际讨论会，1994年4月》，斯特拉斯堡大学出版社，1996年，第27页。

以只能够一般地指出“这次革命是一个伟大的社会努力”，说这里的“公理和自由是另外一种基础”，是新的“公理和复仇的理想”。因为资产阶级的恐怖屠杀政策，所以他也对于公社派表示相当的同情。[①]

安德烈–马克·维亚尔也批评了左拉对巴黎公社的描写：

只是到1871年的巴黎公社以后左拉才考虑在……《卢贡–马卡尔家族》中插进一本描写工人阶级社会、政治和革命运动的小说……因而小说要涉及到巴黎公社。这一设想最后只是体现在系列小说的最后部分，《崩溃》的最后几章里……不过，左拉笔下的公社形象究竟还是不完整的，不公正的，不真实的，令人痛心的。[②]

要求左拉“了解巴黎公社的意义”显然是不现实的，因为当时能够对巴黎公社表示同情就已属难能可贵，何况他还根据自己在巴黎公社时期的亲身经历，反对泰纳把公社社员描写成烧杀抢掠的匪徒：

关于暴徒之中发现的恶棍，也是这么一回事……作者这样高兴铺陈的所谓恶棍的情景，似乎一些混蛋因为饿的关系就敢于偷面包，这就使得他厌恶和恐怖了，这是什么恶棍的情景呵！我也记得看见过“这些可怕的面孔，这些白天里碰不见的人物”。那其实是

① 瞿秋白：《关于左拉》，载鲁迅编：《海上述林》上卷，四川人民出版社，1983年，第204页。

② 安德烈–马克·维亚尔《〈萌芽〉的创作、条件及背景》，薛建成译，载谭立德编选：《法国作家、批评家论左拉》，安徽文艺出版社，1994年，第356页。

> 些工人,小贩,平常在街道上每天都可以碰得见,不过那时候他们是在牢房里过了一夜,胡子没有剃过,满脸蒙着灰尘……就不过这样罢了。应当永久消灭这些神话,说什么革命的恐怖家,说什么暴动时候从地底下钻出来的匪徒。泰纳这样光明的头脑,这样拥护真理,怎么也会跟着人家来说这一类的废话?难道他也像吓坏了的资产者一样的想法,以为有什么特别的革命人种吗?暴动队伍里的人都是从民众里出来的;这种人,我们白天里时常在街道上碰见,即使他们的脸变成了可怕的,那也是因为热烈的愤怒。似乎这种每一个考察的人都能够看见的事情,不值得指出来,对于自命为自然主义者的人,更加用不着,只要在巴黎公社的时候,到街道上散几回步,就可以挽救他的错误。[①]

由此可见,左拉从年轻时就爱好和平,反对战争,同情巴黎公社,因此他后来写作反映工人的生活和斗争的小说,在德雷福斯事件中为伸张正义而斗争,直到信仰社会主义都绝非偶然,而是其思想发展的必然结果。

弗雷维勒高度评价了左拉的反战精神,特别是他倡导的作品《梅塘之夜》:

> 他憎恨战争,而且在他的全部作品里谴责它。《梅塘之夜》(1880)收入了他的《磨坊之役》,其中还有莫泊桑令人钦佩的小说《羊脂球》,以及于斯曼、塞亚尔、埃尼克、保尔·阿莱克西的四篇小说。这个集子,谴责了屠杀的愚蠢、无效、野蛮,激怒了"道德秩序"的拥护者、土财主、军人、用大话掩盖其集团和阶级利益的民族主义的鼓吹者。一种反对战争、反对军国主义的文学诞生于《梅塘

① 瞿秋白:《关于左拉》,载鲁迅编:《海上述林》上卷,四川人民出版社,1983年,第201页。

之夜》。[①]

三 左拉与瓦莱斯

在19世纪左拉学术史中，于勒·瓦莱斯(Vallès, Jules, 1832—1885)具有独特的地位。他是一个热情而坚定的革命者，16岁就投身革命，1851年曾在反对路易·波拿巴政变的战斗中负伤。他先后发表了描写金融界的小说《金钱》(*L'Argent*, 1857)和政论集《叛逆者》(1865)。1867年，他创办的《街道报》(*La Rue*)因刊登了针砭时弊的评论而被取缔。

1870年普法战争失败后，瓦莱斯参加了布朗基[②](Blanqui, Louis Auguste)派的起义，担任了国民自卫军的营长。1871年2月22日，他创办《人民呼声报》(*Le Cri du peuple*)，受到巴黎人民的热烈欢迎。巴黎公社期间他被选举为公社委员，担任教育委员和外交委员等职务，是公社重要的社会活动家。在保卫公社的战斗中，他坚持到"浴血周"的最后一天，即5月28日的夜里才化装逃到比利时，接着流亡伦敦，1872年被凡尔赛分子缺席判处死刑，不久又被法国文人协会开除。瓦莱斯直到对巴黎公社社员实行大赦后才回到法国，继续参加工人运动。

在此期间，瓦莱斯发表了真实反映公社革命过程的5幕11场大型剧本《巴黎公社》(*La Commune de Paris*, 1872)。他最重要的作品是带有自传性质的三部曲长篇小说《雅克·万特拉》，包括《孩子》(*L'Enfant*, 1878)、《中学毕业生》(*Le Bachelier*, 1879)和《起义者》(*L'Insurgé*, 1882)。小说通过一个孩子成长为革命战士的历程，揭露了第二帝国时期的黑暗和腐败，特别是《起义者》最早描写了工人阶级的武装斗争，因此具有极为珍贵的史料价值。

① 弗雷维勒：《左拉：暴风雨的播种者》，社会出版社，巴黎，1952年，第149页。

② 布朗基(1805—1881)，法国革命家，空想共产主义者，多次组织秘密团体领导起义，共入狱33年之久，被称为"革命囚徒"。

阿莱克西把瓦莱斯视为自然主义作家：

> 成为“一位自然主义作家”的瓦莱斯……担负了现代小说家的工作，即限于展现、叙述、记录童年和成年的印象……
>
> 不要说我给予瓦莱斯的自然主义“小说家”这个形容词并不妥当，因为《雅克·万特拉》系列只是一篇自传。现代小说家本身今天几乎只写加以掩饰的自传，而我们的小说归根结底只是一些对我们自己见过、感觉过和体验过的事情的“回忆”，只是这一切都被赋予一种无人称的形式……[①]

作为一位进步作家，瓦莱斯与左拉一贯相互支持，《小酒店》出版后，左拉立即给流亡伦敦的瓦莱斯寄去一册。当时瓦莱斯处境困难，曾为文章的发表等问题向左拉求助，左拉表示“只要可能，我都十分高兴为您效劳。不存在什么胜利者和失败者，因为我只把您看成一位有才华的作家。我很遗憾您不在这里，使我们在自己的文学队伍中少了一名战士。”[②]左拉对瓦莱斯的《雅克·万特拉》也极为赞赏：“我看，这确实是一部真实的书，一部用最真实、最令人悲伤、心碎的人类的史料写成的书。”[③]

1878年9月1日，左拉在俄国的《欧洲信使报》上发表了一篇论法国当代小说家的论文，结果受到法国批评界的围攻。瓦莱斯挺身而出，在《伏尔泰报》上发表了《左拉先生搅乱了小说的家常事》，为备受攻击

① 阿莱克西：《于勒·瓦莱斯》，《费加罗报》1881年5月14日，载阿莱克西：《自然主义没有死——保尔·阿莱克西致左拉的未发表的信，1871—1900》，多伦多大学出版社，1971年，第468页。

② 《左拉文学书简》，吴岳添译，安徽文艺出版社，1995年，第212页。

③ 米歇尔·莱蒙：《法国现代小说史》，徐知免、杨剑译，第187页。

的左拉辩护，称赞“左拉是一个文学上的红色分子，一个握笔的公社战士”，“不论左拉的文章写得如何，我都举手站在他一边……左拉是条好汉。”①

瓦莱斯愤怒地谴责法国还没有俄国那样的言论自由：

> 枪打出头鸟，人们从四面八方围剿出格的观点，我无法证实左拉先生像在俄罗斯找到一家杂志那样也在巴黎找到了一家报纸准备刊登他的全部想法。我替我的国家和我的职业脸红，然而这是铁的事实。
>
> ……
>
> 有人以为来自报纸或杂志的讽刺会有损于他作品的销路和他威望的增长，这种人实在是太年轻幼稚了。
>
> ……
>
> 这不只是一场骚乱，这是一次革命。它要消灭虚假而软弱的俗套文学这个早已断头的君主专制制度的女儿。从四面八方开火吧！——通过俄罗斯杂志或法兰西报纸的窗口！开火！好让我们以最快的速度抬起一具尸体来！②

1884年8月，瓦莱斯因患糖尿病到勒蒙多尔治疗，最后一次见到了陪夫人去疗养的左拉。仅仅几个月之后，瓦莱斯就在1885年2月14日去世了。1885年2月16日，《人民之声报》用黑框字体宣布：“革命刚刚失去了一位战士，文学失去了一位大师。于勒·瓦莱斯去世。”巴黎工人为他举行了隆重的葬礼，拉法格、盖德、克雷孟梭等和五六万群众高呼

① 瓦莱斯：《左拉先生搅乱了小说的家常事》，余中先译，载谭立德编选：《法国作家、批评家论左拉》，安徽文艺出版社，1994年，第24页。

② 同上，第25，26，28页。

“巴黎公社万岁！”高唱《国际歌》为他送行，鲍狄埃[①](Pottier，Eugène)还专门写了一首诗来歌颂他的业绩。

关于左拉的创作和在德雷福斯事件中的表现，人们已经相当熟悉，可以补充的是他在德雷福斯事件之前，尽管始终备受评论界的抨击，永远被法兰西学士院拒之门外，但是他在1892年6月29日获法国一级教育勋章。1893年7月14日晋升为荣誉勋位团军官。1895年4月1日当选文人协会主席，都表明他在法国文学史上的地位已经不可动摇。而左拉夫妇在1893年7月20日到英国，1894年10月30日到意大利，都受到极为隆重的礼遇和欢迎，也显示出左拉已经成为具有国际声誉的作家。德雷福斯事件之后，左拉在流亡英国期间居住在诺伍德，他于1899年1月份接待了克雷孟梭，3月10日接待了饶勒斯，始终与法国国内的进步力量保持着密切的联系，这是他信仰社会主义、向往正义和进步的证明。

左拉和妻子在1902年9月28日一起回到巴黎，准备在这里过冬和完成《正义》的写作，却不幸于当夜去世。当时的结论是死于煤气中毒，但也有人怀疑是谋杀，因为有人堵塞过左拉家的烟囱，因而左拉之死就成了一个千古之谜。

左拉去世之后的第二年，他的生前友好和仰慕者成立了左拉之友文学协会，每年9月底、后来改为每年10月初在梅塘举行纪念左拉的活动，阿拉贡、罗斯丹、德吕翁等许多著名作家都在梅塘纪念会上发表过演说。此后尽管关于左拉的争议从未平息，但是他的作品却始终受到人民群众的欢迎。

马尔克·贝尔纳生动地概括了左拉的深远影响：

① 欧仁·鲍狄埃(1816—1887)，法国诗人、歌手和社会活动家，巴黎公社委员，《国际歌》的词作者。

左拉生前,涌现出了许多取材于他的作品的民间艺术品。《小酒店》中主要人物的白粘土塑像到处可见;人们用他小说中的故事来装饰瓷盘;商店中出售带有他头像的戒指和纪念章;笔杆上也刻上了他的名字……从左拉小说中汲取素材的图片比比皆是。直至今天,人们对左拉的兴趣还一点也没有减退;在民间图书馆里,他的著作仍然是最受欢迎的。[①]

第二节　左拉的创作

一 左拉的文学观

左拉在年轻时一度被浪漫主义所吸引,但是人们不难注意到,浪漫主义作家大多生活优裕,因而具有想象奔放的闲情逸致。左拉出身贫苦,有过为生活而挣扎的经历,在感情上接近劳动人民,所以自然而然地倾向于现实主义。为了写作的需要,他还经常深入社会底层,了解工人的生活状况,甚至亲自下矿井参加劳动,进行实地调查和收集资料,学习和使用通俗生动的语言。正因为如此,第二帝国时期工人的困苦、特别是童工的悲惨生活,才在《小酒店》和《萌芽》中得到了形象化的体现。但更为重要的是,左拉尽管强调人的生理本能和遗传性,但是他描写罪恶的目的却是为了消除罪恶。

《贪欲的角逐》被迫停止连载后,左拉在 1871 年 11 月 6 日给《钟声》的主编路易·于尔巴克写信,系统地阐释了自己的创作主张:

《贪欲》不是孤立的作品,它属于一个巨大的整体,只是我梦想的雄伟的交响乐中的一个短句。我要描写"第二帝国时代一个家族

① 马尔克·贝尔纳:《左拉》,瑟伊出版社,巴黎,1977年,第166页。

的自然史和社会史”。第一段插曲是刚刚出版的《卢贡家族的命运》,它叙述了拿破仑第三的政变、对法国的粗暴侵犯。其他插曲将是取自各个阶层的风俗画卷,叙述这个统治时期的政治、金融、法院、兵营、教堂、它的尽人皆知的腐败机构……

三年来我收集了一些资料,主要部分是我经常见到的东西:下流的事情,耻辱而疯狂的、难以置信的冒险,被盗窃的金钱和被出卖的女人。这个由金钱和肉体构成的音符,由千百万枚金币的闪光和狂欢宴席上日益增强的噪音构成的音符,响得是如此洪亮和持久,使我决定要把它作为书籍出版。我写了《贪欲》,我难道应该沉默,对这种用可疑的光亮照耀第二帝国、使之成为藏垢纳污之所而置之不理吗?因此我要写的历史将是阴暗的。[①]

《宪政报》在得知左拉的这部小说被停止连载之后,得意地写道:“在文学上,左拉属于瓦莱斯一派,自信是现实主义派,实际上不干不净,这个学派在政治上产生的东西,那就是公社的母亲。”[②]这句讽刺话恰好从反面证明了左拉的政治态度和创作理念。

弗雷维勒指出,自然主义在政治问题上是保持中立态度的。1876年9月1日,《费加罗报》评论员阿尔贝·米罗暗示左拉是带有社会主义倾向的民主主义作家。左拉强忍怒气,发表了致米罗的信为自己辩护:

我不接受您贴在我背上的标签。我完完全全是个小说家,没有什么形容词。您如果坚持要给我定性,就说我是一个自然主义小说家,这不会使我发火……您所说的嗜血者、残酷的小说家,却是一个诚实的平民,一个埋头于研究和艺术、在角落里文静地生活、完

① 《左拉文学书简》,吴岳添译,安徽文艺出版社,1995年,第82、83页。

② 亨利·特洛亚:《正义作家左拉》,胡尧步译,世界知识出版社,1999年,第93页。

全忠于自己信念的人……

至于我对某个工人阶层的描绘，它就是我想描绘的那个样子，没有掩饰也没有缓和。我说我看到的事情，只是作作笔录，我让伦理学家去注意从中吸取教训。我暴露了上层的伤疤，我当然不会掩盖下层的伤疤。我的作品不是一个党派的作品和宣传品，而是一种反映真实的作品……在我所掌握的人类的一切卑劣行为中，我留在手中的还是最干净的，尤其是对于《小酒店》，我选取的都是最不吓人的真实，因为我是个正直的、不想作恶的小说家，我唯一的野心就是留下一部尽可能内容广泛的和生动的作品。①

马尔克·贝尔纳看得很清楚："尽管左拉长期以来拒绝承认自己是党派作家，但是他的全部个性和他的世界观几乎注定要使他靠近社会主义。"②

无论是在政治方面还是在文学方面，左拉都把一切思想区别为两种截然不同的思潮：理想主义思潮和自然主义思潮。他认为理想主义思潮只讲空头理论，是纯粹的空想，理想主义的政治必然会导致灾难；而自然主义思潮则立足于事实，关注民族的实际需要，他认为只有建立在科学基础之上的东西才是可靠的，自然主义代表着现代的智慧，扩大了文学的天地。

在《论斯丹达尔》中，左拉把斯丹达尔与巴尔扎克的人物进行了对比，认为斯丹达尔是个心理学家，只关注心灵，他的人物就像完全装配好的智慧和情感的机器；而巴尔扎克的人物则有骨有肉，是穿着衣服和呼吸着空气的人，也就是具有生命力的真实的人。左拉接着回击了那些

① 《左拉文学书简》，吴岳添译，安徽文艺出版社，1995年，第195—196页。

② 马尔克·贝尔纳：《左拉》，瑟伊出版社，巴黎，1977年，第91页。

攻击自然主义的人：

我不了解在人身上有什么高与低，有人对我说心灵在高处，肉体在低处。为什么这样？我无法想象没有肉体的心灵；我把它们放在一起。例如于连·索黑尔是一个纯粹在思辨中产生的创造物，他是否比于洛男爵这个活生生的创造物更优越呢？一个专在推理上下功夫，另一个则与真人一样生活着。我宁喜欢后面这一位。如果你们除掉肉体，如果你们不看重生理学，你们就不再在真实中……取消它们，不让它们进入人人这部机器的机能中，就没有半点优越性可言。

这就是对自然主义形式的敌人们所应该作出的回答，他们总是指责现在的小说家们对于人这个对象，只停止在兽性上，只大大增加兽性方面的描写。我们的主人公不再是纯粹的精神，不再是18世纪的抽象人物；他是我们现代科学的、生理学主题，是一个由各种器官组合成的生物，每时每刻都沉浸在被渗透的环境中。从此，我们应该好好着重整个机器和外部世界。描写只是分析的必要补充，一切感官都对心灵施展影响。①

这是左拉最直截了当地表达自己的看法。实际上，与当代文学中关于性的描写相比，自然主义小说真可以算是相当纯净的了。

《卢贡–马卡尔家族》这套巨著的早期作品带有突出遗传性和生理本能等自然主义倾向，但是由于它的内容极其广泛，时空跨度很大，社会环境和作者的思想也在不断地变化，所以在漫长的写作过程中，现实主义成分所占的比重越来越大，实际上大多数作品都是优秀的现实主

① 左拉：《论斯丹达尔》，毕修勺译，载智量编选：《外国文学名家论名家》，华东师范大学出版社，1985年，第54页。

义小说，充分反映和揭露了法兰西第二帝国和第三共和国时期的社会现实。但尽管如此，他的小说依然受到广泛的抨击，对此左拉早有思想准备，他在1876年为俄国作家波波雷金所写的自传中，就高瞻远瞩地说过：

对我来说，我的全部生活都可以概括在写作之中。即使再过十年或十五年，我也不指望在法国会被人理解和承认。人们对我散布了各式各样的荒唐流言。再说文学流派之间的仇恨是如此强烈，使人们不可能公正地对待我，现在的政界又是如此引得人们议论纷纷，即使书印出来也无人注意。管它呢！只要写出来就行。[①]

二 让工人进入小说

左拉作为自然主义流派的创始人，他要努力表现的是客观的真实，与巴尔扎克笔下的真实相比，左拉的小说具有新的特色。以往文学作品的主角都是帝王将相或英雄好汉，没有普通劳动者的地位。巴尔扎克的小说里没有工人，而左拉则描绘了此前尚未进入文学的工人阶层，这是许多评论家的共识。

布吕纳介认为小说是写给能思索的人看的，小说家不值得去记录那些不进行思索的、也就是工人的表达方式：

任何人要写作，首先要为那些在思索的人们写作。一般来说，某些平庸的思想方式——更准确一些应叫做不进行思索的方式，完全不值得由小说家记录下来；某些表达的方式，也不值得由词典编纂者记录下来。当一个铅皮匠或者一个洗衣妇，每天劳动了十二个小时甚至十五个小时以后，他们是不会有什么闲工夫的，也不会

① 《左拉文学书简》，吴岳添译，安徽文艺出版社，1995年第192页。

有思索的需要。他们只想上床睡觉,第二天,这一切重又开始。①

许多评论家不赞成布吕纳介对待工人的这种贵族式的态度,而是肯定左拉对工人的描绘。小说史家雷蒙指出:

从左拉开始,工人世界才真正进入了小说之中。在《热曼妮·拉瑟顿》或是在《悲惨世界》中我们曾看到过几个平民的侧影,但只是在左拉的作品中,工人才第一次作为一个社会阶级出现。一个饱受压迫的阶级,是他们生活环境的牺牲品。左拉在《小酒店》中揭示了这种生活环境如何导致堕落;在《萌芽》中表明资本主义的社会结构如何点燃起无产者流血反抗的火焰,这正预示了资产阶级社会的崩溃。②

拉努也赞同这种看法:

这一点,左拉也注意到了。"在巴尔扎克的作品中没有工人"。左拉反对一切来自于因"无产者"参加到小说人物这一高尚地位而愤愤不平的资产阶级方面的阻力,他正是以描绘尚未被探索的工人阶层这一才能使人敬服。③

---

① 布吕纳介:《论实验小说》,胡宗泰译,载谭立德编选:《法国作家、批评家论左拉》,安徽文艺出版社,1994年,第37页。

② 米歇尔·莱蒙:《法国现代小说史》,徐知免、杨剑译,上海译文出版社,1995年,第162页。

③ 阿尔芒·拉努:《埃米尔·左拉和〈鲁贡-玛卡尔家族〉》,施科译,载谭立德编选:《法国作家、批评家论左拉》,安徽文艺出版社,1994年,第251页。

左拉是在经历了巴黎公社之后才决定写一部描写工人阶级的小说的。为了写作《萌芽》,左拉从 1884 年 2 月 23 日至 3 月 3 日,和议员艾尔弗雷德·贾尔一起到北方煤矿考察了八天,正好碰上参加了从 2月 19 日开始的为时五十六天的罢工。他对矿区进行了调查,曾在工程师陪同下深入地下六百七十五米的矿井。左拉还参加了巴黎地区的工人党集会,听取了盖德和拉法格等人的发言。左拉本人在 1886 年 5 月 2 日会见盖德并做了笔记。

左拉生活在资本主义空前繁荣的时代，因此他对金钱的认识也更加深刻。巴尔扎克看到了金钱的力量,通过葛朗台等人物的贪婪和吝啬表现出来,而左拉则描绘了广阔的社会斗争,资产阶级在交易所里进行大规模的投机,无产阶级被迫依靠最低工资生存。《萌芽》中的工人既有盖德派的信徒,也有无政府主义者,已经体现出了反资本主义的倾向。"萌芽"这个标题本身就预示着工人阶级的方兴未艾,矿工们要求复仇,自由的种子已经在土壤里萌芽,革命力量必将茁壮成长。

作家的理论往往会被批评界加以夸张，其实往往与作品本身并不完全相符。正如纪德指出的那样:"巴尔扎克一直寻求一种关于激情的理论,但是始终未能找到,这是他的幸运。"[①]左拉在写作《卢贡-马卡尔家族》的时候,固然强调了人的遗传性以及本能的作用,但更是为了反映第二帝国时期的社会生活,揭露了第二帝国的反动本质,即使是小说中的自然主义笔法，也往往是用来描绘工人的苦难和推动情节发展的手段。所以纵观左拉的全部作品,浪漫主义、现实主义和自然主义实际上始终是融合在一起的。

到后期写作《三名城》的时候,左拉其实已经开始放弃他的自然主义创作理论,后来他用《四福音书》图解傅立叶的学说的时候,由于空想社会主义本来就是一种无法实现的理想,因此除了《劳动》之外,其他几

① 法国《费加罗报》1987年4月13日。

部小说都只能靠左拉的想象来写作，这样就使作品在某种程度上恢复了左拉早年的浪漫主义色彩。当然与此同时，作品由于缺乏生动的情节，批判的力量必然有所减弱，这是《三名城》和《四福音书》的影响不如《小酒店》和《萌芽》的主要原因。

三 让戏剧走向大众

从中世纪的笑剧到17世纪的古典主义悲剧，从18世纪博马舍[①]的喜剧到19世纪30年代雨果的浪漫剧，法国的戏剧传统可谓源远流长。雨果倡导的浪漫主义戏剧推翻了古典主义戏剧的统治地位，使得19世纪的戏剧出现空前的繁荣局面，不仅涌现出欧仁·斯克里布(Scribe, Eugène, 1791—1861)、欧仁·拉比什(Labiche, Eugène, 1815—1888)和埃德蒙·罗斯当(Rostand, Edemond, 1868—1918)等一批喜剧家，而且雨果、大仲马等著名作家都既写小说又写剧本。左拉虽然以长篇小说闻名于世，但是在戏剧方面也做出了重要的贡献。他不仅创作了许多剧本，而且发表了许多关于戏剧的评论，后来结集为《戏剧上的自然主义》和《戏剧作家》出版。

左拉早在中学时代就爱好戏剧，参加过剧团的演出，而且开始创作剧本。他上演的第一个剧本是《马赛的秘密》(1867)，只演了三场。1874年11月5日，他创作的三幕剧《拉布丹家的继承人》在克吕尼剧院演出，也遭到评论界的抨击。但颇为奇特的是，左拉这位语言通俗的小说家，却是以语言精致著称的象征主义诗人马拉美的好友。他们的友谊看似奇特，其实正是来自自然主义与象征主义的共性。关于这一点，曾繁亭在《文学自然主义研究》中从“相通的哲学立场：‘主体’与‘客体’的融通”、“相似的文学平台：‘感觉’与‘直觉’的混成”以及“自然主义与象征主义的相互渗透与融合”等方面进行了充分的论证。

① 加隆·德·博马舍(1732—1799)，法国戏剧家，作品有《费加罗的婚礼》(1778)等。

马拉美从1874年到1898年去世为止，经常写信向左拉表达友好的感情，真诚地赞美他的作品，并就它们的思想内容和艺术特色进行精辟的评论。他们的友谊就是从《拉布丹家的继承人》的演出开始的，马拉美在看了这出戏之后写信给左拉：

> 我观看了您那出辛辣的笑剧。我由衷地感谢您，整个晚上使我开怀大笑，我为那唯一能使我们发出既简单又复杂的笑声而笑。
>
> 直到目前为止，新闻界表现出绝对的轻率(我说的是近两三天的情况)，什么！大众化的华丽文笔。是的。可是，这难道不同样是高尚的口味吗？[①]

小说历来是戏剧最重要的素材，著名的小说往往都被搬上舞台，例如雨果的《巴黎圣母院》(*Notre-Dame de Paris*, 1831)、梅里美(Mérimée, Prosper, 1803—1870)的《嘉尔曼》(*Carmen*, 1845)和小仲马的《茶花女》(*La Dame aux camélias*, 1848)等。左拉也把自己的《泰莱丝·拉甘》等许多小说改编成戏剧，而《小酒店》、《娜娜》等小说则是请剧作家威廉·布纳克改编的。

以雨果为代表的浪漫剧情节奇特、人物性格夸张，似乎完全出于雨果的想象，脱离了社会现实，因此兴起不久就难以为继。1843年，他的剧本《城堡里的伯爵》上演失败，他从此不再写作戏剧。1851年，小仲马把自己的小说《茶花女》改编成五幕话剧，1852年2月上演后受到了热烈的欢迎，被誉为法国近代现实主义戏剧的开端，后来又被意大利作曲家威尔第改编为歌剧，产生了很大的影响。

但是归根结底，这些戏剧反映的都不是普通民众的生活，而是靠曲

① 马拉美：《致左拉》，谭立德译，载谭立德编选：《法国作家、批评家论左拉》，安徽文艺出版社，1994年，第9—10页。

折的爱情和感人的台词来打动观众。左拉对此不以为然，当小仲马的剧作《私生子》受到评论界广泛赞誉的时候，他却在《戏剧上的自然主义》中加以嘲弄：

> 不久前，法国喜剧院再次上演了小仲马先生的《私生子》。突然，一位批评家热情洋溢地跳将出来，大加赞赏地说：上帝哪！看这件家什的做工有多精美啊——刨得平、嵌得巧、胶得牢、钉得紧！这结构真是漂亮极了！看这个部件，安放得恰到好处，正好同另一个部件密切吻合，而那个部件又带动了整部机器的运转。于是，他欣喜若狂，找不到能够充分表达他站在这架机器面前所感受到的喜悦的字眼。人们难道不相信他是在谈论一件玩具，一个七巧板游戏，由于他能把零件拆装自如而感到洋洋自得吗？我呢……我对钟表没有兴趣，我倒是更喜欢真实。不错，这确是一部出色的机器，但我宁可它具有壮丽的生命，我宁愿它有生命，带有它的颤动、带有它的宽阔、它的力量的生命，我宁愿要整个生命。[①]

当时安比古喜剧院陷于经济困境，左拉向剧院经理亨利·夏布里亚建议不要再上演浪漫主义戏剧。1879 年 1 月，由布纳克改编的《小酒店》开始在安比古喜剧院上演，在国内外都取得了巨大的成功。在巴黎上演了三百五十场，其中第一百场是应左拉的要求在 4 月 14 日为巴黎民众免费上演的，观众从早晨 7 点开始排队，开演后从头到尾热烈鼓掌，许多妇女为之流泪，可谓盛况空前。

然而这出戏刚刚上演，布吕纳介就在当年 2 月 15 日发表了《论实验小说》，指出了他与左拉在认识生活方面的区别：

---

① 左拉：《戏剧上的自然主义》，毕修勺、洪丕柱译，载伍蠡甫、胡经之主编：《西方文艺理论名著选编》，北京大学出版社，1994年，第222页。

我们认为，我们每一个人的命运都是由自己决定的，每个人都是自己幸福的缔造者，也都是自己不幸的笨拙或罪恶的作茧者。这是一种认识生活的方法。左拉先生却相反……他认为我们都是可塑性的材料，环境只是任意地将我们作成形而已。这是另一种认识生活的方法。

由于环境在小说描写和戏剧表演中所起的作用有所区别，所以布吕纳介接着表示：

我还将奉劝左拉先生不要涉及戏剧，因为戏剧是要有行动的。而行动就是战斗，去和人进行斗争，或者去反抗事物的固定秩序。①

埃德蒙·德·龚古尔则出于对因此发财的左拉的嫉妒，在《日记》里嘲笑左拉：

这出戏像是后面有人牵线的木偶戏，其曲调、感情表现像是庙堂街的货色……左拉得意洋洋了，声誉大振，挣了几车子钱，但是这种声誉和钞票既不能使他快活也不能讨人喜欢。②

从19世纪80年代开始，巴黎的"自由剧院"、柏林的"自由舞台"和伦敦的"独立剧院"纷纷建立，专门上演自然主义戏剧。同时还兴起了上演实验戏剧的"小剧场运动"，在推动西方戏剧革新方面取得了显著的

① 布吕纳介：《论实验小说》，胡宗泰译，载谭立德编选：《法国作家、批评家论左拉》，安徽文艺出版社，1994年，第35页。

② 亨利·特洛亚：《正义作家左拉》，胡尧步译，世界知识出版社，1999年，第139页。

成就。巴比塞高度评价了左拉在戏剧方面的贡献：

戏剧是左拉的“练武场”。他说过：“我的真正的锻冶场是在另外的地方。”左拉是很乐意为戏剧贡献更多的力量的，但是长篇小说的需要太迫切了。虽然如此，左拉显然在戏剧上也确立了自己的地位。由于他的努力，同时代人的需求改变了，观众开始讨厌那些剧院老板和形形色色的剧场生意人的巧妙勾当了，这些买卖人为了赚钱不惜讨好观众和迎合他们的低级趣味。

左拉用自己的作品和“进攻”的评论，战胜了狭隘的戏剧观，这种戏剧观的忠实录事是小仲马。这种观点的拥护者力图把戏剧变成文学的一个完全独立的分支，它专供那些戏剧的受贡者和专家们享用，他们掌握着某些像那些臆造的规则一样狭隘的圣礼公式。与这种“谎言”相反，左拉创作的戏剧与长篇小说，是建立在同样的基础上的。他把他关于人的理论也搬上了舞台，他说：“戏剧要么死亡，要么它开始真实地描绘当今的现实。”[①]

他还引用导演安托万[②]的话来证明这一点：

左拉是“自由剧院”之父。“您是我的统帅，并举着我的旗帜。”安托万在给左拉的信中写道：“我需要一个人，他能向我指明，我写的什么东西总是成功的。”而在另一个地方，安托万又肯定地说，“多亏左拉，我们才为剧院争得了自由……左拉培养了观众，教育

① 巴比塞：《长篇小说》，王中琪译，载《法国作家论文学》，王中琪等译，三联书店，1984年，第11页。

② 安德烈·安托万（1858—1943），法国名演员、导演和戏剧艺术理论家，左拉的朋友。他是法国自然主义戏剧的支持者，在1887年建立了“自由剧院”。

和解放了他们。”①

戏剧评论家皮埃尔·巴比埃(Barbier,Pierre,1923—　)也赞扬左拉给戏剧带来的改革和解放,充分肯定了他在戏剧方面的才能:

> 至少,他的论据是可靠的,剧中的情节比当时大多数很成功的剧本安排得更好;语言简洁有力,并不危言耸听,用字准确。左拉确确实实是位戏剧家,在他身上,小说家的才能并没有扼杀他的剧作家的才能。我要说的是他知道舍弃那些对舞台上展开情节毫无用处的东西,他懂得放弃那些可能增长篇幅,那些不会与观众真正呼应的东西。②

左拉的剧本在国外上演后也产生了很大的影响,例如1879年7月,意大利著名女演员吉娅桑塔·佩扎娜把根据左拉小说改编的剧本《泰莱丝·拉甘》搬上舞台,获得成功,她把上演成功的情况写信告诉了左拉。小说家和批评家费德理科·韦迪诺瓦(1844—1927)对该剧发表了评论。1891年10月9日,英国独立剧院也上演了根据《泰莱丝·拉甘》改编的戏剧。

左拉终其一生都热衷于戏剧创作,直到在去世前不久还打算写作一系列戏剧,其中一个主题是探讨军国主义及其对刺刀的崇拜,以及它的与民主政体背道而驰的常备军和军官团等。

① 巴比塞:《长篇小说》,王中琪译,载《法国作家论文学》,王中琪等译,三联书店,1984年,第12页。

② 皮埃尔·巴比埃:《戏剧中的自然主义》,谭立德译,载谭立德编选:《法国作家、批评家论左拉》,安徽文艺出版社,1994年,第221页。

谢弗勒尔认为自然主义在小说和戏剧方面做出了同样的贡献：

自然主义不可能与左拉分隔开来，它也不可能与在19世纪80年代西方社会中给他打下根基的那些人分隔开来，那就是大量购买长篇小说和短篇小说的读者，剧场经理（尤其是发展“自由戏剧”的人）以及愿意观看并支持演出的观众——这些人对“自然主义”作家的奉献作出了回答。[①]

①《伊夫·谢弗勒尔：左拉和自然主义》(1982)，谭立德译，载谭立德编选：《法国作家、批评家论左拉》，安徽文艺出版社，1994年，第428页。

第二章 左拉与自然主义文学

自然主义文学流派从一开始就包含着分裂的萌芽，各个成员的理论和作品也大相径庭。因此准确地认识自然主义文学流派,对于理解左拉的处境和受到的评论极为重要。

第一节　矛盾重重的文学运动

一 左拉与泰纳的分歧

泰纳首先提出了他的实证主义文学理论，认为文学的发展决定于种族、环境、时代,主张把自然科学的理论和方法应用于文学的领域,从而为自然主义文学奠定了理论基础。

左拉当然对泰纳十分钦佩,不仅以弟子自居,还把泰纳称为“道德世界里的自然主义者”。泰纳也把左拉当成自己的信徒,劝告左拉要扩大创作的题材。但是左拉很快就开始指责泰纳没有充分重视艺术中的个性,说他被决定论的规则弄昏了头脑。左拉反对文艺的“哲学化”,甚至认为巴尔扎克那样在小说中大发议论是无聊的哲学。到了普法战争和巴黎公社时期,左拉是共和主义者,泰纳则是民权主义的敌人,因此两人也就分道扬镳了。

1876 年 6 月,左拉发表了名为《伊波利特·泰纳和他的论法国的新

书》,对泰纳的政见表示反对:

我要承认,我读着他的书真有点儿不舒服。……他也许会说,这是我的愚蠢,迷误,最后幻想,也许就是他所说的那个“民权主义的幻想”。让他这样好了!我公开的可以答复,在这一次我宁可保存幻想罢……

我已经说过,现在再重复说一遍:1871年的公社很影响了他,使他对于1789年的民权主义运动也这样严厉地判断。这叫人想象着这么样的一个人:他记起了那一次,就在他的窗子底下怒吼起来的叛乱,这样的叛乱不会是有公理的,因为它破坏了他的安静的和平的生活。[①]

1878年5月,左拉又发表了《泰纳书里的法国革命》,直接抨击泰纳是拥护贵族和僧侣的守旧派,是在向共和宣战,同时为巴黎公社仗义执言:

泰纳是个尊重私有财产而知道金钱价值的人,他数着被抢的面包的车数,被烧掉的堡垒,被没收的财产等等。他用来说明革命定义的字眼,可以表示他这个事务家的心计。照他的意见,革命只不过是财产的转移。读着泰纳,也可以这样想,仿佛世界上从没有流过这么许多人血。整个时代被他描写得像在血的云雾里似的,只有一些残酷的刽子手和驯服的牺牲。然而统计并不帮助泰纳。人家说恐怖政策的牺牲有一万一千人,然而大家都知道的,1871年单是夺取巴黎那一次就远超过了这个数目。三天之内所枪毙的人,比革

① 瞿秋白:《关于左拉》,载鲁迅编:《海上述林》上卷,四川人民出版社,1983年,第199—200页。

命党在几个月之内所判决的死刑就要多出不少。[1]

左拉从此明白了政治的力量，因而他的共和主义立场也就更加明确，逐渐导致他走上了积极参与政治斗争和信仰社会主义的道路。

二 五人聚餐会

福楼拜从1874年开始主持的星期天五人聚餐会，使人们把福楼拜、屠格涅夫、埃德蒙·德·龚古尔、都德和左拉当成最早的自然主义作家。这种看法并非毫无依据，正如巴西评论家席尔维奥·罗梅洛指出的那样：

> 卢贡–马卡尔家族的创建者并非自然主义文学流派的创始人……巴尔扎克、斯丹达尔、杜朗蒂、福楼拜、龚古尔兄弟和都德是他的先驱。梅塘的家长继承了前人的遗产，青出于蓝而胜于蓝，用自己的描写艺术和批评才能创造了具有鲜明个性的一整套文艺理论。[2]

但是自然主义的先驱并不完全等于自然主义作家。在参加聚餐会的五个人当中，除了屠格涅夫是俄国现实主义作家之外，都德和福楼拜也不是真正的自然主义作家。

都德年轻时曾一度和左拉一样受到贫困的煎熬，但是第一部诗集《女恋人》(1858)出版后受到王后欧仁妮的赏识，他因而时来运转，得以给拿破仑三世的同父异母兄弟、立法会议主席德·莫尔尼公爵当秘书，

① 瞿秋白：《关于左拉》，载鲁迅编：《海上述林》上卷，四川人民出版社，1983年，第202页。

② 席尔维奥·罗梅洛：《自然主义评价——兼评左拉》，陈众议译，载柳鸣九主编：《自然主义》，中国社会科学出版社，1988年，第555页。

从此出入上流社会,后来成为专业作家。正因为如此,他的作品都笔调温和,对社会现实虽有批判却并不猛烈,而是充满了人道主义的温情。都德虽然崇尚左拉的文艺理论,与左拉和龚古尔兄弟过从甚密,但是他的《磨坊文札》(*Lettres de mon moulin*)中对故乡美景的描绘,在《最后一课》(*La Dernière classe*)和《柏林之围》中洋溢的爱国主义热情,以及长篇小说《小东西》(*La Petite chose*)的浓郁感情和《达拉斯贡的达达兰》(*Tartarin de Tarascon*)的幽默笔调,都使他与自然主义的创作原则相去甚远。

1. 福楼拜

从布吕纳介到卢卡契,福楼拜都被视为自然主义作家的先驱,左拉也一向把福楼拜尊为自己的老师。“福楼拜从年龄上来说是左拉的长辈。从文学因缘上来说,福楼拜对人物生理方面的描写,如爱玛吞服砒霜后的种种表现、对迦太基战争腥风血雨的细致描写等等,与自然主义的描写直接相通,所以,左拉视福楼拜为自然主义之父是理所当然的。”[①] 其实左拉注重通俗的风格并不符合福楼拜讲究高雅的情趣,福楼拜对巴黎公社的仇视显然更不可能获得左拉的好感。

福楼拜最后的作品是未完成的小说《布瓦尔和佩居谢》(*Bouvard et Pécuchet*,1880)。布瓦尔和佩居谢不厌其烦地研究从自然科学到社会科学的一切学科,但是学来学去一事无成,反而大吃苦头、洋相百出。小说里充满了各类科学术语,几乎包括当时所有的科学家和教科书,从而以渊博的知识和辛辣的讽刺形成了它的独特风格。这部小说既是集当时自然科学知识之大成,又辛辣地讽刺了盲目信奉科学的蠢人,因此可以从正反两个方面来理解福楼拜对自然主义的态度:可以说他具有渊博的科学知识,是介于批判现实主义与自然主义之间的桥梁;但也可以认为他是在讽刺唯科学主义的风气,是对用科学方法来进行写作的嘲弄。

① 郑克鲁:《左拉的文学批评》(《外国文学评论》,2010年第4期,第158页)。

从福楼拜与左拉的通信来看,直到1878年4月,他们的关系还是非常友好的,福楼拜在读完《爱的一页》后,在给左拉的信中感叹道:

有好几回,我看着看着便停住了,羡慕你啊,回想自己的小说——学究气十足的小说——不免感慨唏嘘。拙作读来远没这样有趣!

你的伟男子,当然这层认识,原不始于昨日。①

然而在去世前三个月,福楼拜却给梅塘集团成员埃尼克写了一封信,对自然主义真实神话的严厉批判。王钦峰在他的《福楼拜与现代思想》中探讨了福楼拜与左拉的分歧之后,引用这封信来证明这一点:

那种认为你发现了自然、你比你的前辈更具真实性的偏执激怒了我。拉辛的《暴风雨》一点也不比米什莱的更缺少真实。没有"真实",只有不同的感知方法。照片是一种类似物吧?但它不比一幅油画更真实,或者二者是同样的。打倒学派,无论它们是什么!打倒缺乏理解力的词语!打倒一切学院、诗学和原则!我吃惊于像你这样优秀的人仍然沉迷于这些废话!只有上帝在某个地方知道我对文献、书籍、见闻资料和旅行之类存有戒心。对,我正是把所有这些都当作次要的和低等的东西去看待。客观真实(或诸如此类的名称)必定只是一种跳板,它有助于人们飞越得更高。你是否相信我已经蠢到了这样一种地步,以至于相信在《萨朗波》中我提供了对于古迦太基的真实再现,以及在《圣安东尼的诱惑》中提供了对于亚历山大理亚的准确描绘?噢,没有!但是我相信我是按照我们今

① 福楼拜:《致左拉》,罗新璋译,载谭立德编选:《法国作家、批评家论左拉》,安徽文艺出版社,1994年,第8页。

天所设想的样子表现了它们各自的精神存在……简言之，为了结束这个关于真实问题的讨论，让我提出以下情况的存在：假设被发现的历史文献表明，塔西陀从头至尾都在撒谎。这对于塔西陀的光荣和风格会有什么影响吗？那无论如何都是无关紧要的。不只存在一种真实，而是两种：一是历史真实，一是塔西陀的真实……[①]

这简直就是对自然主义鼓吹的真实论的彻底批判，由此可见把福楼拜视为自然主义的先驱是大有商榷的余地的。

2. 埃德蒙·德·龚古尔

如果说福楼拜是否是左拉的老师还有疑问的话，龚古尔兄弟倒确实是法国的自然主义文学真正的先驱，是他们的小说最早反映了自然主义的文学思潮。

龚古尔兄弟是合称，哥哥埃德蒙·德·龚古尔比弟弟于勒·德·龚古尔(Goncourt, Jules de, 1830—1870)大八岁，兄弟俩极为亲密，终身未婚，始终像双胞胎那样形影不离、一起创作，所以文学史上一向把他们相提并论。

龚古尔兄弟出身于洛林省的一个贵族军官家庭，幼年丧父，但生活相当优裕。他们共同创作的小说、剧本数量众多，读起来犹如出自一人之手。特别是多达二十二卷的《日记》，更是了解他们和那个时代的珍贵资料。

龚古尔兄弟表示："我们试图通过对这个社会各阶级的研究，写出这个时代的社会史。写出它的生活方式、一些重要的类别，即艺术家、资产者和人民大众。"[②]他们的作品被认为是自然主义小说的先驱之作，实

① 福楼拜在1880年2月3日致莱翁·埃尼克的信，引自王钦峰：《福楼拜与现代思想》，宁夏人民出版社，2006年，第98页。

② 米歇尔·莱蒙：《法国现代小说史》，徐知免、杨剑译，第144页。

际上是介于现实主义与自然主义之间的小说，由于注重繁琐的细节而开创了“文献小说”的先河。他们共同创作的小说主要有《夏尔·德马依》(*Charles Demailly*,1860)、《修女菲洛梅娜》(*Soeur Philomene*,1861)和《热尔米妮·拉瑟特》等。

《热尔米妮·拉瑟特》写的是一个女子的悲惨遭遇。她从小父母双亡,十五岁到咖啡店当女仆。被一个男侍者奸污后怀了孕,被迫堕胎。以后她多次更换主人,而且爱上了一个女主人的儿子朱比翁,先后两次怀孕,最终被骗光钱财并遗弃。她从此酗酒成性,后来与一个工人姘居,不久分手,最后精神失常而死去。龚古尔兄弟以家里的一个女仆为原型,如实地回顾了她历尽磨难的一生,并且从遗传学、生理学和病理学的角度,把她的苦难归结为她喜欢饮酒和纵欲,而根本不去探究造成这一悲剧的社会原因。正因为如此,《热尔米妮·拉瑟特》才被视为第一部自然主义小说,也是自然主义小说的代表作之一。

龚古尔兄弟在1850年先后染上了梅毒,这是当时作家和艺术家的通病。于勒由于病毒逐渐侵入大脑,在1870年四十岁时过早去世。埃德蒙以后独自生活了二十六年。他在悲痛中一度搁笔，后来继续创作小说,但是在他的生活和作品中再也没有欢乐可言。

为了纪念弟弟,埃德蒙早在1874年就立下遗嘱,规定用他们的全部遗产和版权收入作为基金,建立龚古尔学院,并且指定福楼拜、都德和左拉等十人为首任院士，任务是评选和奖励当年最有独创性的小说或散文作品,所以又称龚古尔文学奖评选委员会。为了保证评选的公正性,每位院士在任职期间都享有一幢住宅,以及一份保障生活来源的年金。埃德蒙去世后,龚古尔学院从1903年成立并开始颁发,每年奖励一部小说,一直延续至今。龚古尔文学奖的奖金虽然只有五十法郎,但是由于其权威性而历久不衰,已经成为法国声誉最高和最权威的文学奖。

左拉对龚古尔兄弟的成就十分钦佩,文学史家莱蒙指出：

1865年左右，埃米尔·左拉阐述了他初期的文学主张。他认为一件艺术作品乃是通过艺术家的眼睛移植过来的现实。这种移植应当建立在理智和真实上；尤其应当来自一种强大的创造气质。左拉很欣赏《热尔米妮·拉瑟特》中那种“坚强个性的展示”。他认为比起真实来更应注意“个性与生活“。他说一件作品乃是个性的产物。他支持马奈，因为他在马奈的艺术中看到了一种推翻古老学派陈规旧矩的天赋气质。左拉的美学从一开始主要的就是后来小说中称之为“个人印象”的东西。但是有人却从他的作品中只看到了现实的复制，这确实是歪曲了他。①

龚古尔兄弟追求最大限度的真实，为了写作《修女菲洛梅娜》，他们曾亲自到医院里去体验生活，对疾病的诊断和手术等进行了详尽的观察。他们最早把生理学引进了小说，旨在探讨疾病与情绪的关系，他们的描写虽然不如医学资料那么精确，但是他们用研究自然科学的方式来写作小说，无疑为自然主义小说的兴起开辟了道路。

龚古尔兄弟力图表现普通人的喜怒哀乐，然而他们不像巴尔扎克或左拉那样有着贫困的经历，始终过着贵族式的生活，因此在描写小人物的时候，就不免有一种居高临下的姿态，对丑陋现象的描绘带有猎奇的性质。他们注重的是轶闻趣事，缺乏批判现实的勇气，而且总是担心自己的小说会被查封，正因为如此，龚古尔兄弟的小说就缺乏指点江山的魄力和引人入胜的魅力，这是他们不如巴尔扎克和左拉的一个重要原因。

龚古尔兄弟的《日记》中涉及不少作家的隐私，出版后曾引起朋友

---

① 米歇尔·莱蒙：《法国现代小说史》，徐知免、杨剑译，上海译文出版社，1995年，第156页。

们的不满。埃德蒙更是心胸狭隘、患得患失，他在写完《少女艾莉莎》(*La Fille Elisa*, 1877)之后，故意拖延发表的时间，让左拉的《小酒店》先行出版，去抵挡一阵批评界的火力。1878年5月5日，左拉的剧本《玫瑰花蕊》(*Le Bouton de rose*)首次上演遭到失败。埃德蒙幸灾乐祸地写道："我不明白这个小伙子竟有野心当一个学派的头头，演这种俗不可耐的玩意儿，这种戏是最低级滑稽戏的作者写的，为的是弄点钱。"[①]

埃德蒙嫉妒左拉的成就，怀疑《小酒店》的某些段落是抄袭了《少女艾莉莎》的构思。他认为自己是首创者，而左拉是剽窃者，是利用和改写他的作品而出名的。因此他在《日记》中对左拉的讥讽比比皆是、从未间断，甚至辱骂"左拉是文学界最狡猾的人，比犹太人有过之而无不及。"[②]埃德蒙有时甚至在报纸上公开指责左拉，左拉后期创作的《三名城》由于背离了自然主义，更是遭到了他的尖刻抨击。最终埃德蒙把左拉从第一届龚古尔学院的院士名单上删去了，而都德以及梅塘集团的其他成员于斯曼、埃尼克和塞亚尔都当过院士。

值得一提的是，反对左拉的《五人宣言》实际上夸张地体现了埃德蒙的某些观点，宣言的作者之一约瑟夫-亨利·罗斯尼是埃德蒙家的常客，经常参与埃德蒙和左拉的讨论，把埃德蒙视为精神上的父亲。埃德蒙认为他很有才华，让他担任了龚古尔学院的第一届院士。

三 梅塘集团

从历史上来看，文学流派的存在时间大多不长，短的数年，长的数十年，而且无论长短都是矛盾重重，不断分化。梅塘集团作为自然主义文学流派也不例外。自然主义的文学理论不可能完全付诸实践。只要作家还在构思故事和刻画人物，小说就不可能完全是自然主义的，所以梅

① 亨利·特洛亚：《正义作家左拉》，胡尧步译，世界知识出版社，1999年，第124页。

② 同上，第207页。

塘集团的解体是必然的结果，而且由于成员之间一开始就存在矛盾，所以只存在了短短的六年。

梅塘集团里的领袖是左拉，而成员中始终追随左拉的只有阿莱克西，他在1882年2月14日发表了左拉审阅过的传记《埃米尔·左拉》(*Emile Zola*)，在梅塘集团解体以后自然主义备受质疑的关键时刻，曾给左拉发过一份《自然主义没有死》(*Naturalisme pas mort*)的著名电报。

其他成员对左拉的实验小说理论程度不同地持保留态度，先后背离了自然主义的创作原则，逐渐与左拉疏远而各自分道扬镳。最早宣布脱离自然主义的集团中最重要的成员莫泊桑。他其实一直是以福楼拜为师的，他对左拉的钦佩，正如对雨果的钦佩一样，是尊重他们的艺术才华，而不是把他们当作文学流派的领袖去服从。他在致友人的信中说过心里话："我不相信浪漫主义，也不更相信自然主义和现实主义。我认为这些字眼儿毫无意义，只在性情相对立的人争论的时候才有用。"[①]因为莫泊桑创作的真谛在于观察，他注重的是进行观察的才能，而不是属于某个流派。

于斯曼起初坚决捍卫自然主义，在1882年出版了小说《浮沉》，但后来很快就反其道而行之。他在1884年就出版了小说《逆流》(*A rebours*)，开始背离自然主义。后来他走向了神秘主义，仇视犹太人，在德雷福斯事件中与左拉对立。塞亚尔起初接近左拉，在1881年出版了小说《美好的一天》，没有什么情节，只是写一对男女想去咖啡馆，因天气不好不能去又回来了。后来他反对左拉的实验小说理论，在德雷福斯事件中公开发表文章要求左拉回头是岸。埃尼克起初曾为左拉的《小酒店》大声疾呼，后来却主要与龚古尔兄弟来往，积极创办龚古尔学院并且担任了学院的主席。

① 郭宏安：《莫泊桑：在福楼拜和左拉之间》，林建华：《莫泊桑短篇小说研究》代序，广西师范大学出版社，1995年，第4页。

所以正如巴比塞所说的那样："自然主义从1880年开始令人折服，靠着左拉的创造力，保持着优先地位，对十二或十五年里的文学产生一种日益强烈的影响。"[①]梅塘集团是在左拉的旗帜下临时集结起来的，在完成了唯一的业绩、出版了中短篇小说集《梅塘之夜》以后，成员们就各奔东西了。正因为如此，自然主义文学的影响是出自左拉的声望而不是出自梅塘集团，梅塘集团才成立不久就告解体，以至于在左拉完成《卢贡-马卡尔家族》的庆功宴会上都不见这些成员的踪影；但也正因为如此，梅塘集团的解体才无损于左拉的创作，无损于自然主义文学在世界上的传播和影响。

第二节　自然主义文学与现实主义文学

归根结底，我们应该怎样对待左拉留给我们的这份遗产呢？首先要弄清的是自然主义文学与现实主义文学的关系。

一 作为流派的自然主义文学

从创作方法角度来看，现实主义与浪漫主义一样，是自古以来就有、而且只要文学存在就永远会有的创作方法。但是从文学流派的角度来看，现实主义只是19世纪中期的一个文学流派，而且是没有纲领和团体、只是高尔基(Gorki，Maxime，1868—1936)给以巴尔扎克为代表的一些作家作品命名为"批判现实主义"的流派。

文学流派的特点是后浪推前浪，也就是后起的流派取代在它之前的流派。法国的批判现实主义之前的流派是以雨果为首的浪漫主义文学，在它之后则是以左拉为首的自然主义文学。

因而可以得出结论：法国19世纪的浪漫主义、现实主义和自然主

① 亨利·巴比塞：《左拉》，巴黎，加里玛出版社，1932年，第198页。

义是三个相对独立的文学流派,它们相互之间没有明确的界限。

法国的19世纪被称为“浪漫主义的世纪”,首先是因为浪漫主义文学几乎贯穿了整个世纪。它虽然以雨果在1827年成立第二文社为运动兴起的标志,但是可以追溯到19世纪初的夏多布里昂(Chateaubriand, François René)和斯塔尔夫人。同样,文学史上把1843年、即雨果的最后一出戏剧《城堡里的伯爵》上演失败作为浪漫主义运动衰落的标志,但是雨果和大仲马等用新颖的小说拓宽了浪漫主义文学的体裁,从而使浪漫主义小说一直延续到19世纪和20世纪之交、即洛蒂的去世才完全结束。其次是浪漫主义孕育和分化出了包括批判现实主义和自然主义在内的一切文学流派,因此它是19世纪所有文学流派、乃至20世纪某些流派的源头。由此可见,浪漫主义文学作为流派没有明确的时间界限。

批判现实主义作为一个流派,它的起始和终结时间都相当模糊。文学史上通常把斯丹达尔在1831年发表的《红与黑》作为批判现实主义产生的标志,然而浪漫主义的宣言《拉辛和莎士比亚》(1823)就出于斯丹达尔之手,所以无法确定他该从什么时候开始算是现实主义者。同样,批判现实主义在被自然主义取代之后,法朗士等现实主义的作家作品依然存在,而且影响到其他国家,所以批判现实主义至今也没有何时结束的明确界限。

曾繁亭认为这个流派根本就不存在:

应该强调的是,在19世纪三四十年代前后,西方文坛并没有一个国内学人多少年来一直在描绘的作为文学思潮存在的“现实主义”或“批判现实主义”。国内学界普遍声称从1830年开始,作为文学思潮的“现实主义”或“批判现实主义”就取代了作为文学思潮的浪漫主义开始主导西方文坛，这或许只不过是在特定的社会—文化语境中主要由政治意识形态元素发酵出来的一个谎言。这个谎言，扭曲了19世纪西方文学展开的基本脉络，构成了对基本史实的虚假叙述，常常前言不搭后语、漏洞百出。[①]

自然主义文学作为流派产生于1880年的梅塘集团，但是可以追溯到龚古尔兄弟的作品。梅塘集团解体以后，自然主义传播到拉美和东方，与当地的文学相交融，所以自然主义文学的界限也是无法确定的。

最后，19世纪小说的一个重要特点，就是一个作家可以同时具有不同流派的倾向，他们不再是完全的浪漫主义者或现实主义者。正如考德威尔[②](Caudwell, Christopher)指出的那样：

资产阶级文学中不断争吵着的双方其实非常容易流动，现实主义与浪漫主义有着姻亲关系……一个作家初看起来明明是这样的，但换了一个观察角度，他就显得完全不同了。一切都不那么绝对单纯，可以一目了然。[③]

例如雨果前期的小说《巴黎圣母院》以浪漫主义特色为主，后期小说《悲惨世界》则有明显的现实主义特色。巴尔扎克有《驴皮记》和《绝对之探求》等浪漫主义小说，梅里美的小说更有浪漫主义的异国情调。被视为批判现实主义作家的福楼拜，他的作品中已经流露出自然主义的特点，而左拉的作品则如前所述，兼有浪漫主义、现实主义和自然主义的特色。

① 曾繁亭：《文学自然主义研究》，中国社会科学出版社，2008年，第13页。

② 克里斯托弗·考德威尔(1907—1937)，英国作家、文学评论家。

③ 考德威尔：《浪漫主义与现实主义》，薛鸿时译，三联书店，1988年，第3页。

二 关于自然主义的三种观点

正因为批判现实主义与自然主义既是相对独立的流派，相互之间又有着千丝万缕的联系，所以人们对自然主义才会有种种不同的看法，大体上可以分为以下三种。

1，把自然主义等同于现实主义，对两者基本上不加区别，它们只是在反映现实的程度上有所差别而已。自然主义是在自然科学取得巨大进步的历史条件下对现实主义创作方法的新探索，它更注重描绘细节以更准确地反映现实，扩大了题材范围，丰富了表现手法。自然主义小说家通常都兼有现实主义和自然主义的特色。因此有不少批评家对两者不加区别，在日本和拉美更是如此。实际上许多欧美作家有时也会把这两个概念混为一谈，中国在20世纪20年代也是如此。就连左拉自己在《我的沙龙》里，也是把“现实主义者”、“自然主义者”和“印象派”作为同义词来使用的。

法国自然主义作家把自己看成是现实主义的第二代，把巴尔扎克、福楼拜尊为先驱。左拉本人对巴尔扎克十分赞赏，他在致瓦拉布莱格(Valabrègue，Antony)[①]的信中说过：

> 您读过巴尔扎克的全部作品吗？多么杰出的人物！我目前在重读他的作品。他战胜了整个时代……我在考虑写一部巴尔扎克式的书，这是一项大规模的研究，一种真正的小说。[②]

左拉在《自然主义小说家》里把巴尔扎克称为“自然主义小说之

① 安东尼·瓦拉布莱格(1844—1900)，法国诗人和艺术批评家，曾在埃克斯上学，后到巴黎，左拉以他为原型塑造了小说中的画家加尼埃尔。

② 《左拉文学书简》，吴岳添译，安徽文艺出版社，1995年，第61页。

父”，把《包法利夫人》称为“自然主义小说的典范”，可见在他看来自然主义与现实主义没有根本的区别。他甚至认为自然主义是时代的潮流，而不是他要强加于人的流派：

> 我一再说过，自然主义并不是一个流派，比如说，它并不像浪漫主义那样体现为一个人的天才和一群人的狂热行为，它只是运用实验方法来研究自然和人。对自然主义说来，只有广泛的发展和向前进，大家不论才华大小，都是劳动者。任何理论都是容许的，但占上风的是能够解释最多事物的理论。所有的人，不论是伟大的或普通的，都可以在其中自由驰骋，致力于共同的研究，每个人都可以发挥自己的特长，不承认别的权威，只承认由实验证实的事实的权威。因而，对自然主义说来，既无所谓革新者，也没有学派领袖，只有劳作者，不过某些人比其他人能力更强而已。[①]

2，把现实主义奉为至高无上的创作原则，而把自然主义看成是万恶之源，中国学者从20世纪30年代开始、特别是从50年代到80年代初都是如此。苏联等以前社会主义阵营的国家里多是如此，只是对自然主义批判的程度不同而已。需要指出的是中国对自然主义的批判要比苏联严厉得多，因为苏联对左拉还是肯定的。中国对左拉的肯定则比较勉强，只是说他违反了自己倡导的自然主义理论，才获得了符合现实主义创作原则的成就，实际上仍然是否定自然主义。

3，把自然主义看成是一个源自批判现实主义的独立流派，它与批判现实主义在反映现实方面有许多共同之处，在创作方法方面属于现实主义的范畴，但是作为流派有着自己的特色。

① 左拉：《〈泰莱丝·拉甘〉序言》，罗国林译，载柳鸣九主编：《自然主义》，中国社会科学出版社，1988年，第492页。

这三种观点相比之下可以一目了然。把自然主义混同于现实主义,不利于对自然主义的理论和创作进行深入的研究;把自然主义作为邪恶文化进行批判,显然是有害于文学健康发展的、被意识形态所操纵的专横行为;高建为采用了第三种观点,即把自然主义视为一个与现实主义有渊源的独立的流派,从而突破了"现实主义至上论"和"现实主义中心论"的束缚。

英国评论家雷蒙德·威廉斯(Williams,Raymond)在回顾现实主义的历史时,也认为自然主义属于另一个流派:

> 这段历史是与"自然主义"的发展相平行的,自然主义作为某种特殊的文艺描写的方法也有它的简单的技巧意义,不过它在经历了对"普通的、日常的真实"的独特的扩展之后,特别是有了左拉的作品,便成了一个革命学派的旗帜……
>
> 然而"现实主义"和"自然主义"在19世纪结束以前就已分离,而到了二十世纪,这种分离就更加清楚了:文艺上的自然主义仍被认为与简单的技巧有关,而现实主义,虽然也保留了这方面的一个因素,却被用来描述主题和对主题的态度。[①]

然而无论是何种观点,自然主义与现实主义都是不可分割地捆绑在一起的,从左拉开始到今天无不如此。正如曾繁亭指出的那样:

> 当初左拉们与当今国内学界对现实主义与自然主义的两种"捆绑",显然有共通之处——都是拿现实主义来界定自然主义;提供了一种历史的联系也未可知——前者的"捆绑"或许为后者的

① 雷蒙德·威廉斯:《现实主义与当代小说》,葛林译,载陆梅林选编:《西方马克思主义美学文选》,漓江出版社,1988年,第644—645页。

“捆绑”提供了口实？但这两种“捆绑”显然又有巨大不同：非但历史语境不同，而且价值判断尤其不同。①

左拉将自然主义与现实主义混为一谈，所指的是西方的“摹仿现实主义”，即具有普遍意义的“写实”精神；而国内学界所指的现实主义，则是由高尔基定义的“批判现实主义”或恩格斯定义的“现实主义”，即一个具体思潮或一种创作方法。明确这种区别，对于理解自然主义与现实主义的关系显然具有重要的意义。

第三节　左拉对法国文学的影响

自然主义作为一种创作方法，对20世纪的文学有着深远的影响。自然主义从创作方法上来说属于现实主义的范畴，因此在解体之后汇入了现实主义的洪流，使源远流长的现实主义更加丰富多彩。正如贝尔纳指出的那样：

> 不仅在法国，而且在世界文学中，左拉的影响都是毋庸置疑的。在现今的小说家中，绝大多数人都或多或少地得益于左拉，尽管有些人并没有觉察到这一点。左拉把他对强大的现实的兴趣和展示这种现实的勇气传给了我们。②

值得指出的是，自然主义对现代派文学同样也有影响。它主张要像生理学家研究生物那样去研究人类，在某种程度上正是为意识流小说开辟了道路，因为意识流小说的内化写作本质上是人的自然机制对外

① 曾繁亭：《文学自然主义研究》，中国社会科学出版社，2008年，第17—18页。

② 马尔克·贝尔纳：《左拉》，瑟伊出版社，巴黎，1977年，第164页。

界刺激的反应,它的前身就是自然主义的一个分支——心理自然主义,即追踪人的心理活动的细微痕迹,后来的新小说派作家娜塔莉·萨洛特(Sarraute,Nathalie,1900—1999)的《向性》(*Tropimes*)等作品就是这方面的典范。新小说派主张"非人的"作品,即无动于衷地描绘自然、描绘事物,实际上是把主张客观求实的自然主义推向了极端,使自然与人类成了两个互不相通的范畴。也就是说,新小说派不仅实现了左拉所向往的实验方法,而且有过之而无不及,把人等同于物,连左拉想要研究的性格、感情都排斥在外了。其实卢那察尔斯基已经看出了这一点:

> 作为一位真正的、名副其实的、而且是唯物主义的艺术家,左拉提供了这种描写的直观性。他描写物,甚至没有顾及人们的心理状态,大概物比人更使他感到兴趣。他懂得,在资产阶级社会,物塑造人,如果说香肠师傅制造香肠,那么香肠也在制造着香肠师傅,这一点他描绘得非常出色。[①]

自从左拉创作《卢贡–马卡尔家族》系列小说以来,家族的演变就成了现实主义小说的重要题材,所以除了真实地反映社会现实、重视生理等细节描写之外,左拉的影响主要表现在描写家族史的长篇小说方面。左拉及其自然主义对20世纪法国文学的影响,从作家来说主要有马丁·杜加尔、杜阿梅尔、于勒·罗曼、德吕翁和巴赞等,从文学流派来说则有民众主义和无产阶级文学。

1. 马丁·杜加尔

罗杰·马丁·杜加尔(Martin du Gard,Roger,1881—1958)在中学里就喜欢读左拉和托尔斯泰的小说,后来进入巴黎文献学院,养成了对

---

① 卢那察尔斯基:《论左拉》,陆人豪译,载智量编选:《外国文学名家论名家》,华东师范大学出版社,1985年,第70页。

历史的浓厚兴趣和建筑师式的工作方法，这对他后来的作家生涯有着重大的影响。

在德雷福斯事件期间，马丁·杜加尔密切注视事态的发展，积累了丰富的资料。1913 年春天，他写出了反映这一事件的对话体小说《让·巴鲁瓦》(*Jean Barois*)，巴鲁瓦坚决站在左拉一边，在自己办的杂志上为德雷福斯辩护。

他在继承中世纪笑剧传统的基础上，创作并上演了两出农民笑剧《勒鲁老爹的遗嘱》(1913)和《大肚子》(1928)，在中篇小说方面写过因住房拥挤而造成姐弟乱伦的《非洲秘闻》(1931)，以及描绘法国农村风俗人情的《古老的法兰西》(1933)等。这些作品描绘真实、语言粗俗，不难看出左拉影响的痕迹。

第一次世界大战爆发的第二天，马丁·杜加尔就被征召入伍，直到战争结束。战后他从 1920 年开始构思《蒂博一家》(*Les Thibault*)，至 1940 年出版《尾声》，像左拉写作《卢贡-马卡尔家族》一样，耗费了二十年的时间。

《蒂博一家》包括七卷正文和《尾声》，是一部结构严谨、布局完整的长河小说，它以《卢贡-马卡尔家族》的笔法，描写了两个资产阶级家庭的历史和它们的没落过程，反映了第一次世界大战爆发前后动荡不安的社会生活，讴歌了青年一代的反抗精神。

从体裁上来说，小说的前六卷基本上属于家史的范围，第七卷则由家史发展成为视野广阔的政治小说。它自始至终表现的不仅是个人的命运，而更是环境即社会对人的影响，进而通过这些人物的命运，流露出自己对人生和社会的看法。

马丁·杜加尔塑造了以蒂博一家为中心的性格坚强的人物群像。他们以各种形式极力维护资产阶级的价值观念，但是由于资本主义制度的没落，他们都未能逃脱悲剧的命运。小说由此对资本主义制度进行了无情的批判,特别是它体现出来的反战思想,由于小说在第二次世界大战前夕出版,《蒂博一家》也因此而有了更为深刻的现实意义,马丁·杜加尔也因此荣获了1937年的诺贝尔文学奖。

2. 杜阿梅尔

乔治·杜阿梅尔(Duhamel, Georges, 1884—1966)在大学医科和生物系毕业后成为医生,但是非常爱好文学,1906年和一些志同道合的人成立了"修道院文社"[①],期间发表了《传奇、战斗》(1907)等一些表现一体主义的诗集。1909年获得医学博士学位。

大战爆发后,杜阿梅尔应征入伍,在野战医院工作,救治过数千名伤员,对战争造成的痛苦有着深刻的体验和认识。他根据自己的切身经历写作了小说《受难者》(1917)及其续集《文明》(1918),揭露了战争的罪恶,显示出渴望和平的人道主义精神。《文明》这个标题是一种讽刺,实际上是对不公正的社会现实的控诉,小说出版后获得了龚古尔奖。

从1920年开始,杜阿梅尔弃医从文,创作了第一部长河小说《萨拉万的生平与遭遇》(*Vie et aventures de Salavin*, 1920—1932),全书分为五卷,反映的是1920至1930年的法国社会,通过萨拉万这个平庸的小人物来反映社会的荒诞。

1925年,杜阿梅尔发表了关于长篇小说的评论,他在肯定自然主义成就的同时,也指出了自然主义的不足,强调长篇小说应该深入人类的心灵:

> 我觉得没有必要再来详谈现实主义和自然主义所取得的成就。这两个伟大的文学流派的代表人物,已经使所有的读者既接受了他们的作品,也接受了他们观察事物的方法。他们使叙述摆脱了

① "修道院文社"的成员主张以日常生活为题材来写作诗歌,他们在巴黎东南郊过着集体住宿的生活,靠做印刷工来维持该社的经费,后于1908年解体。

空洞和忧郁的抒情性，摆脱了已过时的浪漫主义……在他们之后，那种幻想性的理想主义已成为可笑的和不可接受的了……

对这一切只能表示欢迎。但是这里又产生了另一个问题……这些精细地描写日常生活的作家，由于只求再现人的外表，常常无法深入到人的本质中去……

这样，在上一个世纪，可以明显地观察到两种倾向：一方面，浪漫主义者对人的心灵很感兴趣，但这却妨碍了深入观察现实；另一方面，自然主义对现实很感兴趣，但他们蔑视、或者确切点说是不懂得心灵这个唯一的真正的现实。①

1927年，杜阿梅尔访问苏联，回国后发表了《莫斯科之行》，抨击了苏联社会里的专制集权。1933年，他当选为法兰西学士院院士，同时开始写作十卷本的长河小说《帕斯齐埃家族史》(*Chronique des Pasquiers*, 1933—1945)。这是生物学家雷蒙·帕斯齐埃的自传，通过他的一家在五十年里的奋斗历程，反映了法国从1880年至1930年的社会现实。除此之外，杜阿梅尔还是民众主义文学的倡导者。

3. 于勒·罗曼

于勒·罗曼(Romains, Jules, 1885—1972)原名路易-亨利-让·法里古勒，他用于勒·罗曼的笔名发表了诗集《人的灵魂》(1904)，接着在《思想者》杂志上发表了宣言《一体主义观点与诗歌》(1905)。第一次世界大战期间，于勒·罗曼呼吁欧洲的统一，1919年他辞去教职后专事创作。1933年，于勒·罗曼呼吁反对法西斯主义，他从1941年起先后在纽约和墨西哥生活，战后回到法国，1946年当选为法兰西学士院院士。

于勒·罗曼的代表作是长河小说《善意的人们》(*Les Bonnes*

① 乔治·杜阿梅尔：《长篇小说探讨》，王中琪译，载《法国作家论文学》，王中琪等译，三联书店，1984年，第109—110页。

volontés,1932—1946),就篇幅而言,它远远超过了罗曼·罗兰的《约翰·克利斯朵夫》(*Jean Christophe*)和马丁·杜加尔的《蒂博一家》。这部长篇小说共分二十七卷,从第一次世界大战前的巴尔干危机开始,一直写到1933年希特勒上台为止,包括三十多个故事情节,涉及法国与欧洲、非洲的许多国家,尤其是法国社会的各个阶层,塑造了一千多个人物形象,其中包括贝当元帅等真实的历史人物,描绘了从1908年到1933年的法国社会和世界的变迁,构成了一幅反映这一时代生活的壮丽画卷。其情节之复杂,人物之众多,足以与巴尔扎克的《人间喜剧》(*La Comédie humaine*)和左拉的《卢贡-马卡尔家族》相媲美,堪称法国20世纪长河小说史上的一座丰碑。

于勒·罗曼的小说与左拉的小说显然有着共同之处,因此他对左拉予以高度的评价:

> 左拉有多种资格来保持他的伟大……自从《卢贡-马卡尔家族》完成、也就是将近半个世纪以来,我们知道创作的天才是多么罕见,在文学和其他领域里,出类拔萃的建筑师实在太少……这些创作方面的新手,要么由于面对各种素材的尴尬,更多的是由于素材的贫乏,或者最终是由于他们的作品使我们感受到的视野的狭隘,使我们像转向导师雨果那样转向导师左拉,以便愉快地倾听一个不知疲倦的胸膛的呼吸声,观看他用平静地驾驭的庞大题材耐心地修砌起来的高墙。[①]

《善意的人们》不是致力于描写一个人或一个家族的命运,而是通过描写各种人物来表现使某个团体一致的精神。目的在于表现"一体主义"。于勒·罗曼试图从整体上来描绘社会,让读者同时进入几个不同的

① 马尔克·贝尔纳:《左拉》,瑟伊出版社,巴黎,1977年,第179—180页。

阶层，让不同的情节平行发展，相互交错，以展示一幅完整的时代壁画，因此在创作方法和艺术效果上，都与传统的现实主义和浪漫主义有所区别。正因为如此，于勒·罗曼虽然认为《卢贡-马卡尔家族》是描绘广阔图景的作家的楷模，但是仍然对左拉提出了批评：

> 左拉力图在《卢贡-马卡尔家族》中达到各部分之间的更紧密而深刻的内在统一，而实际上，并未出现预期的效果。用血缘和遗传把角色串起来的这种联系，在他心目中有着特殊的理论意义，可他还没把我们说服。我们的印象是，他这一系列小说之间的统一是表面的，而且极为矫揉做作。①

《善意的人们》有两个最突出的特点：一是以前所未有的广度表现了世界大战带来的焦虑，反映了善意而又无能为力的人们所经历的悲剧；二是不像其他小说那样多系虚构，而是描绘了一些真实的历史人物和事件，具有重要的文献价值。但是它篇幅浩繁，人物众多，没有统一的情节，某些情节前后不连贯或过于繁琐，显得冗长、凌乱，令人难以卒读，因此艺术性和影响都不如左拉的《卢贡-马卡尔家族》。

4. 德吕翁

莫里斯·德吕翁（Druon，Maurice，1918—　）在 1940 年以准尉军衔毕业于索米尔骑兵学校，参加了卢亚尔河的战役。1942 年来到伦敦，与他的叔叔约瑟夫·凯塞尔（Kessel，Joseph，1898—1979）一起，参加了英国电台的“荣誉和祖国”节目的广播，并在 1943 年合作了《游击队之歌》（*Chant des partisans*）的歌词。这首歌曲秘密发表后广为流传，成为抵抗运动的战歌。德吕翁作为战地记者，在 1946 年发表了《最后一个旅团》，

① 于勒·罗曼：《〈善良的人们〉序言》，刘崇慧译，载《法国作家论文学》，王中琪等译，三联书店，1984年，第171—172页。

此后在关注政治的同时致力于文学创作。

随着社会生活节奏的加快，人们对内容繁琐的多卷本小说失去了耐心，巴尔扎克式对人物和环境的细致描绘，显然已经不适合当代读者的要求，因而长河小说在战后迅速衰落。在这种情况下，德吕翁依然遵循巴尔扎克和左拉的传统，创作了《人的结局》三部曲，这是一幅反映社会现实的宏伟画卷，《大家族》(*Les Grandes familles*，1948）是其中的第一部。小说反映了老一代贵族行将就木、唯利是图的资产者必然灭亡的命运，出版后获得了龚古尔奖。

德吕翁适应了时代的需要，不再像巴尔扎克那样在作品里滔滔不绝地议论，也不像左拉在《三名城》和《四福音书》里那样悲天悯人地感叹，而是以简洁明快的笔调来描写重大的题材。他虽然被认为是自然主义作家，但是笔下的人物基本上都是健康和正常的。左拉描绘的酗酒现象，以及酒精中毒在遗传方面的影响等，在《大家族》里已荡然无存。

《大家族》以前所未有的广度和深度，揭露了人在性爱方面的卑劣。巴尔扎克对资产者的通奸，左拉对妓女和贫妇的卖淫都有过许多描绘，但是在《大家族》里，不正当的性关系已经成为一种普遍的社会现象。然而福楼拜的《包法利夫人》被控“有伤风化”，左拉的《小酒店》受到评论界的围攻，但德吕翁的《大家族》却荣获龚古尔奖，被译成多种文字，还被搬上了银幕，受到广泛的欢迎，这与时代的发展和社会的演变是分不开的。

《大家族》是在新的历史条件下，对传统的现实主义和自然主义创作方法的继承和发展。在现实主义与现代主义相互影响甚至交融的情况下，《大家族》可以说是长河小说中最后一部现实主义的杰作。德吕翁的讽刺不是出于内心的仇恨，而是为了使小说生动而采用的手法，它没有明确的目标，不会给任何人造成伤害。正因为如此，这部讽刺资产阶级社会的小说，才会在当代的法国受到一致的欢迎。

在1957年10月6日拜谒梅塘的纪念会上，德吕翁发表题为《经炼狱磨练后的左拉》的演讲，指出左拉的父亲是一个雄心勃勃的意大利工程师，一心想重建城市，而左拉想创造的是一个社会。他高度评价了左拉的文学成就，同时肯定了自然主义的活力：

> 当代真正的史诗诗人是巴尔扎克、托尔斯泰和左拉……一个伟大的作家，只有在生前赶上时代，深入时代，感受到时代的失望或希冀，卷入时代的喧嚣中去，打上时代的烙印和以时代作为明镜，这才算得上伟大……左拉的唯物主义丝毫没有令人失望、屈从、乃至冷漠的成分。这是一种令人着迷的唯物主义，一种充满希望的唯物主义……
>
> 作为一种文学态度，自然主义始终持续至今。如今，它无疑已摒弃了当时过度的唯科学主义性质；它在文学史上甚至还是存在至今最有活力、最坚忍不拔的流派之一。当今，不仅法国而且是全世界的大多数小说家，就他们根据自身的经历和对现实的观察在从事写作这一层意义上来看，他们都是自然主义小说家。[①]

德吕翁于1966年当选为法兰西学士院院士，曾任法国文化部长。

5. 巴赞

埃尔韦·巴赞(Bazan, Hervé, 1911—1996)的母亲为人冷酷，父母在他六岁时就丢下他去了中国，家庭教师是个无情的天主教徒，中学里的教师也使他备受压抑，因而使他形成了反抗母亲和教师的叛逆性格，甚至因此被关进了精神病院。

巴赞创作的第一个阶段包括《毒蛇在握》(*Vipère au poing*)、《头撞

① 德吕翁：《经炼狱磨练后的左拉》，郑其行译，载谭立德编选：《法国作家、批评家论左拉》，安徽文艺出版社，1994年，第232、234、235页。

墙》(1949)和《树倒猢狲散》(1950),他在这些作品里向资产阶级社会和家庭宣战,清算自己童年和少年时代受到的不公正的待遇,对绰号叫"疯猪婆"的母亲、对监狱般的教养院和精神病院进行了猛烈的抨击。他认为家庭的变化就是社会变化的反映,文学的本质就是反映人与人之间的、人与社会之间的冲突,所以他才写关于家庭的小说。

巴赞在1949年参加了世界主义运动,他的创作也进入了第二个阶段,即逐渐抛开早年与家庭的积怨,更多地关注被压迫者和不幸者的命运。这方面的小说有《站起来向前走》(1952)、《我敢爱谁》(1956)、《以儿子的名义》(1961)等。

巴赞第三阶段的小说更进了一步,不再仅仅是对穷苦人的同情,而是反映了主人公与整个社会的不可调和的矛盾。例如哲理小说《荒凉岛的幸运者》(1970),讲述在这个属于英国的小岛上火山爆发,迫使岛上的各国移民到英国避难,但是他们无法适应现代的文明生活,最后还是回到荒凉的岛上去了。

巴赞身逢各种文学流派交汇的时代,特别是面对流行的现代派小说,他始终不渝地坚持现实主义创作方法。"是的,我是一个现实主义者,十足的现实主义者……说我喜欢现实,是说我不喜欢幻想而喜欢真理,不喜欢荒诞而喜欢每天实实在在发生的事情。像巴尔扎克、福楼拜或左拉一样。文学一定要反映社会。"[①]他的小说语言简洁,而且擅长运用大量的口语和俗语,在现代派小说风行的时代里始终保持着现实主义的特色。

巴赞在1957年获摩纳哥文学大奖,1958年当选为龚古尔文学奖评委会委员,从1973年起担任该评委会主席直到去世,1980年还获得了列宁文学奖金。

① 廖星桥:《荒诞与神奇——法国著名作家访谈录》,第154页。

6. 斯蒂

安德烈·斯蒂(Stil,André,1921—2004)生于法国北方诺尔省小镇埃里尼的一个贫困的矿工家庭，从小就熟悉矿工的苦难生活。他努力学习,1940年成为小学教师，从1941年到1944年担任中学的哲学教师，同时积极地参加抵抗运动并加入法共。战后他投身于新闻业,为法共的报纸写稿。他在阿拉贡影响下开始创作,第一部短篇小说集《矿工这个名字,同志们……》(1949)主要写他在童年和少年时的经历,以及对当时矿工的生产运动的回忆,不久应阿拉贡之邀担任《今晚报》主编。1950年当选为中央候补委员,5月份即被任命为《人道报》主编(1950—1959),同时发表了大量的小说和剧本。斯蒂是法共著名的活动家,在50年代初曾三次被监禁。

斯蒂创作了大量关于矿工罢工和保卫和平的小说，描写的都是他所熟悉的矿工、码头工人和钢铁工人的生活和斗争。代表作《在水塔旁》(1951)描写法国港口码头工人拒绝从货船上卸下美国的大炮,而且把它们抛进了大海,因此失去了工作。小说真实地描绘了战后法国工人的贫困生活,揭露了法国资本家为美国效劳的丑恶面目,歌颂了法国人民在法共领导下捍卫自由和独立的斗争，显示出对保卫和平的事业必然取得胜利的信心。小说出版后被誉为法国第一部反对美国侵略的作品，斯蒂也于1952年3月15日获得斯大林文学奖金。

把斯蒂列为受到左拉影响的作家,是因为他力图继承以左拉的《萌芽》为代表的19世纪法国进步文学的传统,创作了许多关于工人、特别是矿工的小说。他的作品都是战斗的文学,具有共同的地域特色,也就是限于法国北方地区,内容则是描绘工人阶级,反映他们面临的问题。他以现实主义的手法表现矿工和高炉工人的生活，通过社会冲突来描写阶级斗争,旨在从社会主义中发现一种新的人道主义。斯蒂晚年仍然致力于反映劳动人民的现实生活，不过他的作品显然已经受到了法国当代文学、特别是现代派文学的影响。

7. 民众主义文学和无产阶级文学

20世纪初叶，意识流小说和超现实主义小说方兴未艾，但是自从左拉在1902年去世以后，现实主义的小说流派销声匿迹，直到30年代才产生了民众主义文学和无产阶级文学。它们在左翼和右翼势力的夹击下几乎已经被人遗忘，但在当时却是令人瞩目和极有影响的文化现象。

民众主义文学不是一个文学运动，而只是安德烈·泰里夫(Thérive, André, 1891—1967)和雷翁·勒莫尼埃(Lemonnier, Léon, 1890—1953)倡导的一个文学流派。这个流派可以追溯到左拉的自然主义，实际的发起人是杜阿梅尔和于勒·罗曼。泰里夫早年发表过为自然主义辩护的文章，并从1928年开始以现实主义的风格创作《炽热的煤炭》(1929)等同情小人物的民众主义系列小说，其中《黑色和金色》(1930)是一部出色的反战小说。

勒莫尼埃是文学批评家和小说家，他在1929年8月27日发表了《民众主义宣言》，发起成立民众主义文学团体，宣称“我们的高雅人物和时髦文学已经足够了；我们要描绘民众。但在我们打算做的一切之前，首先要专注地研究现实。”[①] 1930年他又发表了《民众主义小说宣言》，主张只以平民百姓作为小说人物，以现实主义手法描绘他们的日常生活。勒莫尼埃在1931年设立了民众主义小说奖。他的《心灵纯朴的女主人》(1924)和《无罪的女人》(1927)等小说继承了自然主义的传统，体现了他倡导的民众主义小说理论。

在《民众主义小说宣言》中，勒莫尼埃表示：“我们的运动首先要反对通常所说的现代主义文学”[②]，因此他对左拉和自然主义小说情有独

① 让-皮埃尔·贝纳尔：《法国共产党和文学问题，1921—1939》，第19页。

② 雷翁·勒莫尼埃：《民众主义小说宣言》，吴育群译，载《法国作家论文学》，王中琪等译，三联书店，1984年，第167页。

钟,发表了热情洋溢的评论。他首先认为自然主义与象征主义不是对立的流派:

为了成功地创作新的长篇小说,应该转向在它之前的文学运动,即或者转向于象征主义,或者转向于自然主义。这两种流派之间的对立可能并不像我们长期以来所想象的那么大。在这一点上莱昂·德福公布马拉美给埃米尔·左拉的信是有益的……这些信的公布在我们的心目中无疑提高了这两位作家的地位,在我们的思想中把他们联合起来了……

马拉美的信证明,纯粹的象征主义与自然主义相距并不那么远,左拉的长篇小说和马拉美的十四行诗一样,也是把生活加以浓缩、也是有许多细节的长诗,左拉力求表现一切,什么也不放过,马拉美相信一切事物都是深深地结合在一起的,两者是互相接近的。当我读完这些信以后,我觉得,象征主义和自然主义不是别的,而是同一块布料的正反两面。[①]

勒莫尼埃特别肯定了自然主义在选材方面的大胆:

要革新现代的长篇小说,必须转向自然主义。

……

首先我们需要他们选择情节的大胆:不怕某种放肆的厚颜无耻和庸俗的东西,我敢说,这是一种好的趣味……应该描写普通的人,最一般的人,他们是社会的多数,他们生活中的戏剧也够多的。

……

① 雷翁·勒莫尼埃:《民众主义小说宣言》,吴育群译,载《法国作家论文学》,王中琪等译,三联书店,1984年,第164—165页。

> 在流行的长篇小说中我读过这么多明显腐朽的故事，我遇到过这么多对生活的不真诚的描写，我时常看到，作家乐意描写稀奇古怪的事情，却不愿作真实的描写，以致我不由地想到，自然主义者的信徒是不是我们现代唯一值得尊敬的人？①

与民众主义文学一样，亨利·普拉伊(Poulaille, Henry, 1896—1980)倡导的无产阶级文学也是源于自然主义文学传统，它在20世纪20至30年代迅速发展，在当时产生了很大的影响。普拉伊企图以纯粹的无产阶级文学作品来反映战争造成的社会动荡，在名为《文学的新时代》(*Le Nouvel âge littéraire*, 1930）的评论中宣布要迎接无产阶级文学的新时代，同时提出了无产阶级作家的标准："无产阶级的文学是出身于无产阶级的作家所描写的无产阶级的生活。"②这个标准由于脱离实际而归于失败，普拉伊本人的小说实际上只是描绘一些习俗，其艺术魅力与左拉的小说相去甚远。

普拉伊的评论在今天已鲜为人知，然而在红色的30年代却具有不可忽视的现实意义。1932年9月2日至9日，在巴黎举办了第一届无产阶级文学展览会，展出的大量书籍、报纸、杂志、手稿和照片，表明工人文学不仅在法国，而且在德国、比利时、保加利亚和匈牙利等欧洲国家，以及西班牙、墨西哥、秘鲁等拉美国家和美国，都具有旺盛的生命力，与超现实主义在世界各地的展览形成了鲜明的对照。

民众主义文学与无产阶级文学有着极为复杂的关系，民众主义文学的范围比较模糊。实际上它描写的主要是小商贩之类的小人物而不

① 雷翁·勒莫尼埃:《民众主义小说宣言》，吴育群译，载《法国作家论文学》，王中琪等译，三联书店，1984年，第165页。

② 让-皮埃尔等:《法国共产党和文学问题，1921—1939》，莱勒诺布尔大学出版社，1972年，第24页。

是工人。也正因为如此,马克思主义批评家和普拉伊的无产阶级小组都对它予以抨击,认为它描写的只是小资产者而不是无产阶级。但是文学史上往往以为它们都是描写民众,也就并不加以严格的区别。

实际上获得民众主义小说奖的欧仁·达比(Dabit,Eugène,1898—1936)和路易·吉尤(Guilloux,Louis,1899—1980)倒是真正的无产阶级作家。达比始终与贫困的劳动者生活在一起,把他们作为人物写进了自己的小说。他的代表作是《北方旅馆》(*Hôtel du Nord*,1929),真实生动地描绘了工人区的贫困生活,出版后获得了首次颁发的民众主义小说奖。

吉尤从小生活困苦,他的父亲是个鞋匠,是个积极地为社会主义而奋斗的战士,吉尤的小说《平民之家》(1927)以优美的文笔描绘了父亲的形象,明显地流露出社会主义的色彩。他获得民众主义小说奖的自传体作品《梦中的面包》(1942),写老祖父为了养活女儿和她的四个孩子,重操旧业当了裁缝,最后因劳累过度而去世。

1936年,达比和吉尤陪同纪德访问苏联,结果他们都对苏联感到幻灭。达比在归途中死于猩红热,吉尤辞去了法共《今晚报》的文学编辑职务,纪德则发表了著名的《访苏联归来》(*Retour de l' U.R.S.S.*)。

最后应该指出,无论是平民主义文学还是普拉伊的无产阶级文学,作为流派都几乎未能在小说发展史上占有一席之地,它们的主张都由于脱离现实而不可能取得成功。在艺术手法上没有什么革新。就规模和艺术性而言,它们远远比不上批判现实主义和自然主义文学,也不如现代派文学那样怪诞和新颖,因此在当时虽然颇有影响,但随着时间的流逝很快就被人遗忘了。

第三章 马克思主义批评家的评论

在法国文学史上，特别受到各国马克思主义批评家关注而且褒贬不一的作家，恐怕只有左拉一人。如果说马克思和恩格斯以及后来的马克思主义批评家对于巴尔扎克的评价基本上是一致肯定的话，那么从恩格斯到卢卡契，从拉法格到茅盾，马克思主义批评家们对于左拉和自然主义文学的评价却各不相同，有时甚至大相径庭，其中有着非常复杂的原因。他们运用马克思主义理论来研究和评论左拉和自然主义，取得了丰硕的成果，但是由于历史背景的差异以及各国国情不同等原因，他们有时陷于教条主义，机械地理解革命导师的观点和论断，从而导致对左拉和自然主义的曲解和批判。由此可见，弄清楚意识形态与文艺批评的关系，反对文学批评方面的教条主义，是我们应该从马克思主义批评家们对左拉的批评史中吸取的重要教训。

第一节 恩格斯

1888年，恩格斯(Engels，Friedrich，1820—1895)在致玛·哈克奈斯的信中，给现实主义下了一个著名的定义，同时将巴尔扎克与左拉进行了对比：

巴尔扎克，我认为他是比过去、现在和未来的一切左拉都要伟大得多的现实主义大师。[①]

这个评价历来是马克思主义文学评论的重要依据，对20世纪的左拉研究产生了深远的影响。不过恩格斯在进行评价的时候，巴尔扎克已经去世二十八年，而左拉才四十八岁，他的批判教权主义的《三名城》、体现空想社会主义学说的《四福音书》等许多作品还尚未问世，德雷福斯事件还没有发生，他的比正统派巴尔扎克远为进步的思想也还未得到充分的表现，因此恩格斯这段话决不应该被理解为对左拉及其作品的定评。例如后来就连对自然主义毫无好感的卢卡契，也承认左拉的“批判还要比天主教的保皇主义者巴尔扎克的批判有力得多和进步得多”。

恩格斯关于典型环境和典型人物的论述，对于现实主义文学来说是完全正确和适用的，因此他的本意应该是肯定和赞扬巴尔扎克的创作方法。然而时代在前进，文学也在发展，在评价现代派文学的时候，恩格斯的观点显然就不再适用，因为现代派文学中几乎没有什么典型环境和典型人物了。同样道理，在恩格斯写这封信的1888年，自然主义正处于评论界的围攻之中，还没有传播到世界各国，对自然主义也还没有最后的定评，因此恩格斯对左拉的评价也只是一种看法而不是判决。

特别值得指出的是，恩格斯是完全从创作方法的角度对巴尔扎克和左拉进行比较的，但是“恩格斯的这封信压了四十多年没有发表，直到1931年才在苏联的《文学遗产》上问世”[②]，其中就大有文章了。如果仅仅是讨论学术问题，是为了赞扬和肯定巴尔扎克，这封信显然早就应该公诸于众，但是从发表的时机来看，正是采取宗派主义立场、排斥一切同路人的“拉普”(俄国无产阶级作家联合会)的垮台前夕，因此不能

① 《恩格斯致玛·哈克奈斯的信》，《马克思恩格斯选集》，第4卷，第683页。

② 德·奥勃洛米耶夫斯基：《巴尔扎克评传》，刘伦振等译，中国社会科学出版社，第17页。

不令人怀疑是出于“拉普”的文艺政策的需要。

1963年，罗杰·加洛蒂(Garaudy, Roger)[①]发表《论无边的现实主义》(*D'un réalisme sans rivage*)，对传统的现实主义定义、特别是社会主义现实主义提出了挑战。阿拉贡为之作序，表示“我把这本书看成一件大事”，认为“要结束在历史科学和文学批评方面的教条主义实践”，并且深刻地指出：

> 引证恩格斯——即恩格斯给巴尔扎克以正确地位的这篇文字，便足以压倒否定巴尔扎克的东西。一些因此而自命为马克思主义者的人，就这样在艺术作品中建立了一种批评不得的等级制度，同时却忘记了如果说恩格斯没有谈起过斯丹达尔的话，那是因为没有读过他的作品。他们根本不懂得，恩格斯的榜样不在于这篇文字(即关于巴尔扎克的那段话)而是在于恩格斯对待巴尔扎克的态度；学习这个榜样，并不是背诵一段经文，而是能用恩格斯或马克思的智慧去分析一种现象。[②]

阿拉贡认为不能机械地理解革命导师的言论，这一观点是完全正确的。例如恩格斯在1859年5月18日写给拉萨尔[③](Lassalle, Ferdinand)的信中，曾表示非常欣赏他的戏剧《佛朗茨·封·西金根》，而对英

① 罗杰·加洛蒂(1913—　)，法国哲学家、政治家和文艺理论家，法国共产党领导人之一，1970年2月被开除出党。著有《马克思主义的人道主义》、《20世纪的马克思主义》和《论无边的现实主义》等。

② 阿拉贡：《〈论无边的现实主义〉序言》，载加洛蒂：《论无边的现实主义》，吴岳添译，百花文艺出版社，1998年，第4页。

③ 费迪南·拉萨尔(1825—1864)，德国哲学家和经济学家，德国工人运动活动家，全德工人联合会主席。

国著名的现实主义作家萨克雷(Theckeray,William Makepeace,1811—1863)的作品却不感兴趣,难道我们因此就能认为萨克雷的作品不如拉萨尔的戏剧吗?

第二节　拉法格

传统的马克思主义批评在19世纪末的法国已经存在,拉法格就是其中的突出代表。十月革命胜利之后,随着苏联的建立和法国共产党的壮大,马克思主义的传播和反法西斯文学的繁荣,法国的马克思主义文学批评得到了长足的发展,阿拉贡等马克思主义批评家在继承拉法格的遗产的同时,也对他的一些观点提出了不同的看法。

拉法格是法国第一个用马克思主义的观点来研究文学现象、把马克思主义的原理应用于文学评论的人。他根据马克思主义关于社会意识决定于社会存在的基本原则,用阶级观点来分析复杂的文学现象,把作品或人物看作一定阶级意识形态的反映,从而揭示出它们的社会和阶级根源。

在《左拉的〈金钱〉》里,拉法格结合当时的社会现实,分析了交易所里的投机行为,揭露了巴黎新闻界的黑幕。他把文学的演变与资本主义社会的发展联系起来,指出在巴尔扎克的时代,自由资本主义的竞争并不使人堕落,而是通过冒险促使人产生勇气、毅力、智慧等品质。而在左拉的时代,人已被卷入银行、工厂等经济机体斗争的齿轮,使人变得更加卑劣和猥琐,变成了残废者和侏儒。拉法格的观点无疑是非常正确的,因为《金钱》表明资本主义社会已经发展到了一个新的阶段:交易所的证券取代了巴尔扎克时代的金币,资产者不再像葛朗台那样锱铢必较,而是动辄就是千万法郎的输赢。因此与巴尔扎克笔下的金融家相比,萨加尔无疑显得更加贪婪和疯狂。

罗大冈指出：

拉法格始终把文学评论当作阶级斗争的武器。阶级斗争在社会生活中尖锐地进行着的时候，文学理论和批评不可能在这一最基本的斗争之外有其他更重大的任务。拉法格就是采取这样的态度来从事文学评论和研究工作的。[①]

正因为如此，拉法格对资产阶级作家通常都持批评态度，最为著名的就是那篇《雨果传说》。所以“为了正确地认识和学习拉法格，我们也有必要正视他的缺点和错误。个别论点的错误，在拉法格的每一篇论文中几乎都可以找到”。[②]

拉法格对左拉的批评自然也不例外。作为真正的马克思主义革命家，拉法格最蔑视热衷于名利的资产者，所以他才在《雨果传说》中对雨果百般讽刺和挖苦，左拉在政治上也是有过教训的，拉法格也嘲笑过他：

在拿破仑第三垮台以后……共和派的资产阶级分子开始拼命地追求禄位和荣名，当他们之间分赃的号角大声吹奏起来的时候，左拉要求一个县长的缺作为他应得的一份。他的要求被拒绝了，这件事的后果就是他转身不理政治，而专一地去从事文学活动，去写他的小说去了。他对政治感到虚荣心受了伤的人的怒意……提起政治，总是轻蔑地把它称为“不干净的行业”。[③]

① 罗大冈：《〈拉法格文论选〉译后记》，《拉法格文论选》，罗大冈译，人民文学出版社，1962年，第284页。

② 同上，第291页。

③ 拉法格：《左拉的〈金钱〉》，《拉法格文论选》，罗大冈译，人民文学出版社，1962年，第135页。

左拉希望在政府里获得一个职位是为了谋生，谈不上参与资产者之间的分赃，但是拉法格的分析也不无道理。左拉后来并未完全接受教训，在申请成为法兰西学士院院士时连遭挫败，碰得头破血流仍不放弃。1878 年，当他得知国民教育部长阿瑞诺·巴尔杜把答应给他的荣誉勋位团骑士勋章给了别人的时候，他在 8 月 9 日给福楼拜的信中大发牢骚，发泄不满的情绪：

> 您知道您的朋友巴尔杜刚刚卑鄙地给我耍了一个花招。五个月来他在各个阶层里嘟囔着说要授予我荣誉勋位团的骑士勋章，到最后一刻却在名单上换上了费迪南·法布尔。我就这样成了勋章的永久的候选人，我没有提过任何要求，却为此忧心忡忡，像一头梦想一朵玫瑰花的驴子。我对这位可亲的部长给我造成的处境怒不可遏。[①]

1881 年，左拉当选为小小的梅塘市的市政参议员，1884 年格雷万蜡像馆又为他制作了蜡像，他都感到非常高兴。1888 年，他终于接受了荣誉勋位团的骑士勋章。由此可见左拉对名利确实都相当重视。

拉法格的评论也显示出他在艺术方面的造诣：

> 对于新的流派来说，艺术上的最后一句话是放弃行动；而由于新派的代表人物既无批评意识，又无哲学意识，他们的作品无非是语言上的腾跃跌打那一套拳脚功夫，他们自己也只不过是修辞学的学生。[②]

---

① 《左拉文学书简》，吴岳添译，安徽文艺出版社，1995年，第107页。

② 拉法格：《左拉的〈金钱〉》，载《拉法格文论选》，罗大冈译，人民文学出版社，1962年，第131页。

拉法格的对现代派文艺的看法虽然不够全面，却极为尖锐地指出了它们的特色，甚至可以说是对当代的新小说和荒诞派戏剧的准确预见,因为它们根本谈不上社会内容,只是在语言方面花样百出。

然而拉法格对左拉的批评有些值得商榷的观点。在《左拉的〈金钱〉》这篇论文的开头关于《小酒店》的注释中,他首先指出了工人酗酒的社会原因,认为左拉的写法造成了不良的社会影响:

> 对于现代工人阶级，酒精已经成为一种必需品了；在工业中心,酒精消费量的增长和工业的发达并驾齐驱。资本主义生产迫使工人到酒精中去寻求人为的和短暂的刺激,同时也是补剂。某些劳动的性质使得从事这种劳动的工人必须饮酒。……如果左拉描写了瓦匠和另一些工人寻找工作以及被雇用的情况，如果他显示出促使他的主人公酗酒的外在原因,他就可以给《小酒店》以应有的社会意义。
>
> 《小酒店》的问世应当被认为不良的行动。出版于巴黎公社之后不多几年,正当最恶劣的反动势力当道,共和政体的形式成为问题的时期,这部小说受到反动派的极大欢迎。反动派乐于保证这部小说获得成功，因为他们看到曾经使他们自己发抖的工人阶级被描写成令人恶心的酒鬼,深为高兴。[①]

《小酒店》作为法国文学史上第一部描写工人苦难和为工人鸣不平的作品,出版后受到的不是“反动派的极大欢迎”,而是资产阶级评论界的猛烈攻击,因此拉法格把写作《小酒店》的左拉视为反动派的同谋,显

① 拉法格:《左拉的〈金钱〉》,载《拉法格文论选》,罗大冈译,人民文学出版社,1962年,第123—124页。

然是过于简单地把阶级观点运用于文艺批评，把左拉和雨果一样推到反动派那边去了。

拉法格在指出左拉不敢批评报界的弱点时也有夸大之嫌：

> 左拉缺乏勇气。在《金钱》中，他不敢得罪报界……左拉没有勇气揭露全部资产阶级的报界如何把自己卖给大金融界，这报界如何像娼妓一样，用尽软硬兼施的功夫，借以邀得金融界的宠幸。……左拉，像以笔耕为业的所有的亲爱的同道一样，是一个精明的商人，他要迁就新闻记者，因为他们通过广告可以影响他的书的销路。①……

如前所述，左拉虽然与报纸合作多年，但是他最痛恨的就是新闻界，认为它是下九流的行业，最后彻底离开了它。左拉利用广告来推销作品确有其事，但是说他"不敢得罪报界"则言过其实。

拉法格还赞同像雨果和巴尔扎克那样夹叙夹议的手法：

> 哲学是人的特点，是人的精神上的快乐。不发表哲学议论的作家只不过是个工匠而已。自然主义，在文学上它相当于绘画方面的印象派，禁止推理和概括。根据这种理论，作家应当完全站在旁观的地位，他接受某种感觉而加以表现，不能超过这限度，他不应当分析现象和事变的原因，也不应预告它的后果……②

这一观点显然脱离了文艺发展的规律和现实。对于现实主义文学，

① 拉法格：《左拉的〈金钱〉》，载《拉法格文论选》，罗大冈译，人民文学出版社，1962年，第145—146页。

② 同上，第157—158页。

恩格斯早就指出："作者的见解越隐蔽，对艺术作品来说就越好。"[①]"倾向应当从场面和情节中自然而然地流露出来，而无需特别把它指点出来，同时我认为，作家不必把他所描写的社会冲突的历史的未来的解决办法硬塞给读者。"[②]至于现代派文学，作者更是完全退出了小说。因此左拉提倡的客观地反映现实，正是现实主义文学通向现代派文学的桥梁，是符合文学发展的规律的。

拉法格还认为自然主义作家反对参加当前的政治斗争，这一观点的错误已被左拉在德雷福斯事件中的英勇斗争所证实。正如曾繁亭指出的那样：

> 拉法格的错误在于将作家的艺术家身份与其社会人身份等同，将作家的艺术观甚至叙事策略与其社会政治立场等同，其本质在于将生活与艺术、政治与艺术混为一谈。[③]

归根结底，与在《雨果传说》中对雨果的粗暴批评不同，拉法格对左拉的评论是关于现实主义的精辟论述，他对左拉的看法是辩证的，对左拉的高度评价是正确的。然而瞿秋白却从另一个角度认为拉法格对左拉的态度是矛盾的，不如他对雨果的批判那样深刻和尖锐：

> 拉法格有许多著作和研究，对于马克思主义的文艺学是很可宝贵的。他的理论和实际行动是密切联系的，他的文艺批评大半都是很具体的，他的确把文艺批评当作阶级斗争的武器，而最主要的

① 《恩格斯致玛·哈克奈斯》，《马克思恩格斯选集》，第4卷，人民出版社，1995年，第683页。

② 《恩格斯致敏·考茨基》，《马克思恩格斯选集》，第4卷，人民出版社，1995年，第673页。

③ 曾繁亭：《文学自然主义研究》，中国社会科学出版社，2008年，第150页。

是他对于文艺现象同样有那种坚决的不调和的精神。所有这些情形，都使得我们绝对不能够把拉法格和第二国际的机会主义批评家混在一起。马克思列宁主义的文艺学,要用批判的态度去研究拉法格的著作,明白地了解拉法格的一些错误,暴露他的机械论和反历史主义等等的成分,而采取他的积极方面,承认他是"马克思主义思想的最有才能的最深刻的传播者之一"(列宁),——这样去继承拉法格的文艺理论的遗产。[①]

瞿秋白的这段话看起来完全正确，但是用于对左拉的评论则不甚妥当。他认为拉法格对左拉的批评不够尖锐,实际上恰恰是表明他赞同拉法格对雨果过分指责的"那种坚决的不调和的精神",而他要批判的正是拉法格对待左拉的辩证态度。

1962 年是拉法格诞生一百二十周年，人民文学出版社出版了罗大冈翻译的《拉法格文学论文选》。正如他指出的那样:"拉法格是将历史唯物主义运用到法国文学的系统研究上的第一人。他的主要努力在于将文学研究和当时社会生活的各个方面,首先是物质基础,结合起来考虑。通过文学研究,他企图说明一定历史时期的社会阶级关系。拉法格的文学论著不多,流传到今天的尤其少,但从历史的角度看,它们却标志着文学批评上的革命,文学研究的一个新方向的开始,至少对法国文学来说是这样。"[②]

① 瞿秋白:《拉法格和他的文艺批评》,载鲁迅编:《海上述林》上卷,四川人民出版社,1983年,第124—125页。

② 罗大冈:《拉法格的文学论著》,载《罗大冈学术论著自选集》,北京师范学院出版社,1991年,第346页。

第三节 梅 林

作为马克思主义文艺批评家，梅林主张用阶级斗争的观点来看文艺现象：

> 碰到每一个具体情况，我们都要探讨一下这个文学潮流在当时阶级斗争中处于什么地位。这并不是说要使文学屈服于政治倾向的约束，而是说要追溯到政治、宗教、艺术、文学以及一切精神观念的共同根源中去。[①]

这种源自社会学批评的观点本身无疑是正确的，问题在于具体应用时难以摆脱“资本主义社会里的艺术”这个总的评价标准，从而把现代文艺看成是不符合无产阶级解放要求的颓废堕落的文艺。

1896年10月11日至16日，德国社会民主党举行哥达党代表大会，由于党的文学副刊《新世界》连载了汉斯·朗德的自然主义小说《新神》和威廉·海格勒的自然主义小说《贝尔塔妈妈》，在这次代表大会上引起了一场社会民主党应该如何对待自然主义文学的争论。梅林在会后立即发表了《艺术和无产阶级》(1896年10月21日)一文，他认为：

> 现代艺术有一种极度的悲观主义的特征……现代艺术是极端悲观主义的，它在悲惨中看不到出路，只是偏爱于描写这种悲惨。现代艺术发端于资产阶级的圈子里，是一种不可遏止的堕落的反射，它足够忠实地反映了这种堕落……
>
> 无产阶级面对这种艺术保持一种泰然自若的冷淡，这不是因

① 梅林：《略论自然主义》，载《梅林论文学》，张玉书等译，人民文学出版社，1982年，第254页。

为它不能够理解这种艺术的神圣的秘密，而是因为这种艺术远远够不上无产阶级解放斗争的历史高度。[①]

梅林用“无产阶级解放斗争的历史高度”来作为文艺应该达到的标准，对包括自然主义在内的现代艺术采取完全否定的态度，显然是一种超越时代的要求。似乎是为了回答这个问题，让·布维埃在《金融界》中评论左拉的《金钱》时指出：

归根结底，左拉没有提出什么解决问题的办法来。这并不是小说家的事……指责左拉对社会问题没有提出“解决的方法”，是不合情理的。左拉奋力给我们描绘金融界景象，是符合作家本人意图的，历史学家可以证实这种种景象具有深刻的真实性。这就足够了。[②]

十二年后，梅林回顾德国自然主义的发展过程，认为自然主义已经如他所预见的那样死亡了：

二十几年前，当自然主义出现在德国文坛上时，如果人们用这个标准来衡量它时，那它应该享有荣誉，因为它试图从资本主义社会的生活条件中解放出来，但是它停留在半路上，这就成了它的不幸了。它在居统治地位的灾难中只看到今天的悲惨，而没有看到明天的希望……这样一来，它就宣判了自己艺术上的死刑，在短短几

① 梅林：《艺术和无产阶级》，载《梅林论文学》，张玉书等译，人民文学出版社，1982年，第260、261、267页。

② 布维埃：《金融界》，胡宗泰译，载谭立德编选：《法国作家、批评家论左拉》，安徽文艺出版社，1994年，第352、353页。

年内，它的繁荣时期就枯萎衰亡了。[①]

文学流派的解体不是文学的消亡，而只是文学演变过程中的一个阶段。梅林把资本主义社会里的一切文学都看成是颓废和没落的文学，正如他认为德国自然主义之后的“这种新浪漫主义不是别的什么，只是艺术和文学在资本主义令人窒息的贫乏中的一种疲惫衰竭而已”。[②]这显然是把阶级斗争的观点生硬地应用于文学批评的结果。

同样，梅林在左拉去世后所写的悼念文章中，把左拉在德雷福斯事件中的表现与伏尔泰对卡拉[③]的拯救进行了对比，一方面肯定左拉所冒的危险程度远远超过当年为卡拉辩护的伏尔泰，另一方面却认为左拉的斗争是在为资产阶级效劳，这种观点是值得商榷的：

> 左拉为德莱福斯辩护这件事经常是和伏尔泰为卡拉斯辩护那件事相提并论的；有人认为，左拉比伏尔泰冒着更大的风险。这是完全正确的，左拉为鬼岛上这个被判决者所进行的勇敢无私的斗争，其危险程度远远超过伏尔泰，后者把都卢斯的一个耶稣新教家庭事件当作自己的事情。可是，这两个案件的历史意义毫不相同，而这种差别并不利于左拉。伏尔泰是对中世纪封建的教会司法制度进行了一次毁灭性的打击，可左拉充其量只是拯救了一个无辜的被判决了的人。但是，即使他个人的动机毫无可指摘之处，他也

① 梅林：《自然主义和新浪漫主义》，载《梅林论文学》，张玉书等译，人民文学出版社，1982年，第270—271页。

② 同上，第271页。

③ 1762年，新教徒卡拉的儿子因负债累累而自杀，教会诬陷卡拉是凶手，目的是阻止儿子信奉天主教，因而判处他车裂的极刑。伏尔泰收容了卡拉的家属，并且为平反这一冤案而呼吁和控诉，迫使政府不得不宣布卡拉无罪。

是不自觉地在为一个阶级效劳，而这个阶级所实行的腐朽的阶级司法制度依其性质来说，一点不比那个使德莱福斯成为牺牲品的军事司法制度好些。我们看到这样一出令人作呕的把戏：同一批资产阶级的御用文人，在此之前一直唯恐对这个“下流”和“肮脏”的小说家骂得不够，因为他竟有胆量去揭开资本主义经济秘密上的那层面纱，可现在却忽然把他吹捧为一个无可媲美的“精神英雄”。这个“精神英雄”通过为德莱福斯进行辩护，用他自己伟大的名字强有力地维护了资产阶级御用文人所代表的利益。①

首先，卡拉事件和德雷福斯事件是在不同的历史条件下发生的，各有各的重大意义，不能机械地评价哪个事件更为重要。其次，左拉率领的德雷福斯派不仅继承和发扬了伏尔泰和雨果倡导的作家干预政治的传统，而且把他们的个人反抗专制的行为发展成为进步势力与反动势力的斗争，使整个欧洲为之震动，对20世纪法国的政治和文学都产生了深远的影响。因此把左拉的斗争看成“只是拯救了一个无辜的被判决了的人”，就更是令人匪夷所思的判断了。

最后，把左拉的斗争说成为资产阶级效劳，这种观点我们并不陌生，正如说清官比贪官更有利于封建统治一样，完全是以教条主义的方式把阶级斗争的观点应用于文艺批评。

梅林的观点在各国评论界中可谓绝无仅有。实际上，后人对左拉的评价即使前后不一，也往往是在对他作品的评价上有分歧，对于他在德雷福斯事件中的表现则是一致肯定的，例如在美国就是如此：

① 梅林：《埃米尔·左拉》，载《梅林论文学》，张玉书等译，人民文学出版社，1982年，第287—288页。

> 最初美国人对左拉有敌意，主要是出于道德方面的原因，因为很多美国人受清教观念的影响不能接受左拉在性话语方面的开放。发生了德雷福斯事件之后，左拉为正义挺身而出的形象感动了美国人，使美国人将他看作一个有高尚道德的社会批评家，因此左拉的作品在1878年之后被陆续翻译出版。①

这充分说明左拉斗争的意义远远不止于拯救一个无辜的人，而是超出了法国的国界，同时也表明人们赞扬左拉在德雷福斯事件中的勇敢斗争，决不是因为他维护了资产阶级的利益，而是被他杰出的人道主义精神所感染的缘故。

第四节 卢卡契

在《叙述与描写》中，卢卡契把自然主义与形式主义等同起来，认为这些写作方式都是资本主义的残余，其实这恰恰表明了自然主义与现代主义的相通之处，证实了自然主义在文学发展过程中的作用。因为左拉主张用科学实验的方法写作小说，在某种程度上正是为现代派小说开辟了道路。

例如意识流小说的内化写作，本质上是人的自然机制对外界刺激的反应。新小说派主张作者退出小说，无动于衷地描绘自然，描绘事物，把人也当成物来描写，实际上是把主张客观求实的自然主义推向了极端，使自然与人成了两个互不相通的范畴。也就是说，新小说派不仅实现了左拉所向往的实验方法，而且有过之而无不及，把人等同于物，连左拉想要研究的性格感情等都排斥在外了。

① 高建为：《自然主义诗学及其在世界各国的传播和影响》，江西教育出版社，2004年，第235页。

卢卡契还为自己否定自然主义提供了一个反面的论据，他敏锐地看到了当时苏联文学的缺陷，并且企图归咎于自然主义：

> 试想一下我们大多数小说的结构吧。它们大都属于左拉式文献小说意义上的客观材料类……
>
> 我们的小说之所以单调，正与此有关。大多数作品刚一开始读，就可以了解其中的整个过程：一个工厂潜伏着暗害分子；那里发生了可怕的混乱，最后党小组或者"格别乌"破获了暗害分子的巢穴，于是生产兴旺起来；或者，由于富农怠工，集体农庄不能工作，接着农庄的工人或者机耕站打破了富农的怠工，于是我们看到集体农庄的飞跃发展。①

卢卡契一针见血地指出了一切教条主义文学的通病，而在自然主义文学已经成为过去的20世纪30年代，这类枯燥无味的作品仍然屡见不鲜，因此将它们归咎于自然主义显然过于牵强。恰恰相反，卢卡契所指责的由自然主义转化而来的形式主义，正是在20世纪繁荣起来的现代派文学，其中也涌现出了无数与教条主义文学截然不同的优秀作品。

《现实主义辩》主要是评论表现主义，为现实主义进行辩护。卢卡契一开始就对当代文学进行分类，清楚地表明了他对自然主义的态度：

> 文学的发展是极其复杂的，特别是在资本主义社会，尤其在资本主义危机时期。但大略说来，人们仍然可以把当代文学区分为三大类。当然，在个别作家的发展过程中，这些类别又经常是互相交

① 卢卡契：《叙述与描写——为讨论自然主义和形式主义而作》，刘半九译，载《卢卡契文学论文集》，第1卷，中国社会科学出版社，1980年，第79—80页。

错的。第一类是为现存制度辩护的文学,其中有些是公开反现实主义的,有些是假现实主义的,在这里我们不准备谈论它。第二类是由自然主义一直发展到超现实主义的所谓先锋派文学(关于真正的先锋派,后面再谈)。它的基本倾向是什么呢?这里我们暂且只说这么几句:其主要倾向是越来越露骨地远离现实主义,越来越有力地摧毁现实主义。第三类是这个时期重要的现实主义作家的文学。在多数情况下,这些作家坚持自己的文学主张;他们逆着文学发展的潮流,即逆着上述两股文学潮流而游泳。为了粗略地勾勒一下当代的现实主义文学,我只提一下高尔基、托马斯·曼、亨利希·曼和罗曼·罗兰的名字就够了。[①]

卢卡契彻底否定自然主义。把现实主义小说与自然主义小说对立起来,同时还把自然主义与现代派文艺联系起来,全都扣上"摧毁现实主义"的帽子,因而使自然主义从此被视为另类,对后来的左拉研究产生了深远的负面影响。

其实卢卡契的批判并不能构成自然主义的罪状:"在帝国主义时期,从自然主义到超现实主义的走马灯式的现代文学流派,其共同之点是:这些流派把握现实,正如现实向作家及其作品中的人物所直接展现的那样。"这样客观地反映现实有什么不好呢?所以他也不得不承认现代派文学是文学的潮流,而且"并不想以此来否定从自然主义到超现实主义的严肃的作家们在艺术上的劳动。他们从自己的经历中,也确实创造了一种风格,一种前后一贯的、常常是富有艺术魅力的有趣的表达方式"。尽管他们"都没有超出直觉的水平"[②]。

① 卢卡契:《现实主义辩》,卢永华译,叶廷芳校,《卢卡契文学论文集》,中国社会科学出版社,1981年,第2卷,第2页。

② 同上,第10,11,12页。

与梅林不同，卢卡契完全肯定左拉在德雷福斯事件中的英勇斗争，但是却又预言“左拉为进步事业而作的坚决斗争，将比他的许多风行一时的小说活得更久，而且将使他在历史上与伏尔泰齐名”。[①]正如拉法格当年认为雨果的作品将很快会被人遗忘、却被历史证明是错误一样，卢卡契认为左拉的小说只是“风行一时”的观点，现在也已经被历史证明是错误的了。

第五节　阿拉贡

与拉法格不同，阿拉贡对左拉的评价是完全肯定的。这与阿拉贡自身的抗战经历有关。在演讲集《为了社会主义现实主义》里，阿拉贡不是从理论上阐述“社会主义现实主义”的定义，而是力图表明他站在苏联一边的政治立场。他在《回到现实》里更加清楚地说明了他的观点：

> 社会主义现实主义或者革命浪漫主义：同一回事的两个名称，《萌芽》的左拉和《惩罚集》的雨果在这里是互相一致的。[②]

由此可见，阿拉贡在政治上倾向于苏联的同时，始终没有脱离法国的文学传统，这是他的作品之所以取得成功的重要原因。也正因为如此，他才没有随波逐流，而是始终走自己独特的文学道路。1958年，他发表历史小说《受难周》，宣扬每个人都有选择自己的道路的权利和自由，表明他已经开始背弃社会主义现实主义的创作原则。

① 卢卡契：《左拉诞生百年纪念》，黄星圻译，《卢卡契文学论文集》，第2卷，中国社会科学出版社，1981年，第429页。

② 阿拉贡：《为了社会主义现实主义》，德诺埃尔和斯泰勒出版社，巴黎，1935年，第85—86页。

阿拉贡是个与时俱进的马克思主义批评家，他反对僵化的现实主义定义，为加洛蒂的《论无边的现实主义》作序，对如何理解恩格斯关于现实主义的定义提出自己的看法。1962 年 9 月，他在捷克查理第四大学接受荣誉哲学博士称号的时候，第一个站出来向传统的现实主义定义发起了挑战：

> 理论开始于假设，而假设是对于事物的一种解释，如果假设切合表现出来的全部事物时，它就具有法则的形式。但是法则也只是暂时的解释，当其他事物出现，而法则不能加以说明时，需要修正的不是事物，而是法则。为什么在艺术中，而且惟独在艺术中，法则却像宗教上的经文一样，具有绝对的一成不变的性质呢？……
>
> 所以我要求一种开明的现实主义，一种非学院式的、不僵硬的、能够演进的现实主义。这是一种有助于改造世界的现实主义，一种不求使我们安心、但求使我们清醒的现实主义。这样的现实主义只有通过不断地将理论与实践相比较才能够生存下去，它以新事物为养料，它是现实的先驱，而不是现实的机械的记录器。[①]

阿拉贡大力反对教条主义的文艺批评，在为《论无边的现实主义》所作的序言中公开责问："人们经常向我们提起的却正是这种教条主义的现实主义。明天的现实主义，即能适合那些将要来评判我们的人的现实主义，难道是一种对旧现实主义、对一些僵化的典型的模仿吗？"[②]这篇序言显然完全背离了社会主义现实主义的道路，因而受到了苏联评

① 阿拉贡：《布拉格演说》，载《现代文艺理论译丛》，人民文学出版社，1963年，第1册，第128，133页。

② 阿拉贡：《〈论无边的现实主义〉序言》，载加洛蒂：《论无边的现实主义》，吴岳添译，第6页。

论界的猛烈抨击,但是他并未因此而动摇。面对要他放弃这篇序言的压力,他发表了《莫斯科演说》,表示不怕一切危险和雷声。阿拉贡的勇气和观点,在后人评价左拉和自然主义时无疑也具有重要的参考意义。

第六节　茅　盾

茅盾在 20 年代对自然主义极为推崇,但是后来改变了看法,特别是在 1949 年之后,身为文化部长的茅盾也成了自然主义的激烈批判者,对自然主义的态度前后判若两人,这种变化当然是与政治形势的压力分不开的。

1957 年反右运动以后,茅盾写作了《夜读偶记》,大谈古今中外的现实主义,自然主义应该是一个使用频率很高的词,但书中几乎绝口不提,细看之下方能找到这么两句:

> 不要无产阶级党性的拥护现实主义的作家们面前有个暗坑:自然主义。谨防跌进这个暗坑!
>
> 所以,几年前就提出来的反对形式主义同时也要反对自然主义的口号,基本上是正确的,在今天也仍然正确……
>
> 没有生活实践的话……结果就是或者走入自然主义的歧路,或者陷于公式化和概念化。右派分子说,马列主义太多了,所以产生公式化概念化。可是,事实和右派分子的谬论相反,正因为马列主义太少,仅得皮毛……就免不了要弄成公式化和概念化……[①]

《夜读偶记》还对现代主义采取了彻底否定的态度,例如:

① 茅盾:《夜读偶记》,百花文艺出版社,1958年,第36,91页。

“新浪漫主义”这个术语,20年代后不见再有人用它了。但实质上,它的阴魂是不散的。现在我们总称为“现代派”的半打多的“主义”,就是这个东西……

“古典主义——浪漫主义——现实主义——新浪漫主义或现代派”这个公式,表面上好像说明了文艺思潮怎样地后浪推前浪,步步进展,实质上确实用一件美丽的尸衣掩盖了还魂的僵尸而已。[①]

今天的阵营很鲜明:一边是主观唯心主义,非理性,抽象的形式主义;又一边是马列主义,社会主义现实主义。[②]

好多年来,我们一直反对文艺创作的公式化概念化,我们曾经指出,公式化概念化的病原在于脱离生活、脱离斗争。右派分子故意抹煞这最重要的一点,而且从胡风集团的反动思想仓库里搬来了一句谰言,硬说教条主义应当对公式化概念化的“泛滥”负责;而特别可恶的,在这里他们的所谓教条主义实在就是胡风派的臭名昭彰的反党、反社会主义的“五把刀子”的代名词。[③]

纵观全书,只能使人得出这样的印象:茅盾是在回避这个术语。原因一是由于他早年就自然主义发表过许多给人印象很深的溢美之词,如果提起这一术语必然会使人产生联想;二是他在政治形势的压力下已经无法独立思考,或者也或多或少地接受了当时流行的意识形态和批评方法。

① 茅盾:《夜读偶记》,百花文艺出版社,1958年,第3页。

② 同上,第68页。

③ 同上,第88页。

小结　左拉学术史的回顾和展望

在回顾和研究了左拉学术史之后，不难看出自然主义文学在各国传播和发展的过程,大致可以分为以下几种类型：

一　继承和发展了左拉的文学理论，形成了本国的自然主义文学流派或理论,或者在此基础上产生了新的体裁,如德国的慕尼黑派和哈特兄弟派,以及霍尔茨提出的“彻底的自然主义”理论;意大利的真实主义,日本的自然主义理论体系和“私小说”等。

二　深受左拉和法国自然主义文学的影响，本国虽然没有产生新的流派,但是产生了大量的自然主义小说作品,如拉美。

三　对左拉的文学理论意见不一，但本国的自然主义文学在争论中得以繁荣,如西班牙和德国。

四　对自然主义文学进行批判,但对左拉评价较高,本国没有产生自然主义文学流派,但有一些受到自然主义影响的作家,如苏联和东欧。

五　本国没有自然主义文学流派或自然主义理论和作家，却对左拉和自然主义文学进行彻底批判,例如中国。

为什么同样是左拉,同样是自然主义文学,在不同的国家里却会受到不同的对待,有着不同的命运呢？这显然是由于各国的国情不同所造成的。

以上几种不同的接受方式,归根结底可以分为两类:对左拉和自然主义文学的赞同和接受,或者拒绝和批判。历史已经证明,在接受了自然主义文学的国家里,自然主义不但没有对这些国家的文学造成损害,反而以自身的创作观念和方法,为文学的发展提供了新的动力,促使文学欣欣向荣地向前发展。

而在拒绝和批判自然主义的中国,文化却受到了极大的损害。中国对自然主义的批判,源自 20 世纪 30 年代“左联”在苏联影响下的文化政策,这一政策在1949年之后越来越走向极端,连在苏联颇受好评的左拉也未能幸免。然而这种批判实际上是无的放矢,只是把自然主义当成了任意批判一切文艺的借口。经过数十年的批判,却并未产生一部认真研究左拉和自然主义文学的专著,说明这种所谓的批判只是乱扣帽子,没有实际内容,与拉法格或卢卡契那样的分析批判不可同日而语。

这种批判损害的只是文学本身,毁灭一切文化的“文化大革命”,则是这种极左政策的必然结果。但另一方面,文学虽然由于人为的批判而停滞于一时,但归根结底仍然会按照自身的规律向前发展。所以在历史的长河中,在文学史发展的过程中,这种批判只是一个暗礁,没有任何有益的意义或作用,只是给后人留下了深刻的教训和清除这个暗礁的任务。

自从20世纪80年代以来,随着我国的改革开放和思想的解放,学术气氛逐步宽松,学者们开始提出一些前人未曾提出过的甚至出乎前人想象的观点,例如为左拉和自然主义正名,正确理解恩格斯对左拉的评价等等。高建为认为自然主义是一个独立的文学运动和文学潮流,从而否定“现实主义至上论”和“现实主义中心论”;曾繁亭更是大胆地提出西方19世纪并不存在所谓的现实主义或批判现实主义。凡此种种,都表明我国的左拉研究在不断地向纵深发展,相信在今后会取得更大的突破和成果。

对左拉学术史的回顾和评述,使人不难看出要公正地评价一个作家及其作品,就必须全面考虑当时的社会历史背景,打破文学评论方面的种种清规戒律,真正做到与时俱进;始终保持文学的活力。

法国马克思主义批评家让·弗雷维勒的《左拉》,在对左拉的生平和作品进行全面深入的研究之后,对左拉给予了极为全面而崇高的评价,笔者就引用他的精彩评论作为左拉学术史研究的结论吧:

有些死者无声无息，而另一些死者却绝非如此，其中就包括左拉。他的名声和他的作品仍然在激发着人们的热情。

诽谤他的人一刻也没有放下武器。他们把他排斥在所有的中学和大学之外，因为他们还在以同样的卑鄙纠缠以《我控诉》伸张正义的人和《萌芽》、《卢尔德》、《崩溃》的作者。

他们曾为拆毁他的塑像的纳粹匪徒欢呼……1948年，在《我控诉》发表之后五十年、纳粹种族主义的罪恶统治结束之后不久，马塞尔·加香——国民议会里的老前辈，在向这篇复仇的文章表示敬意的时候，在议会大厅的某些席位上响起了一些嘲笑的声音。

但如果说他的敌人只代表一个阶层——祖国的掘墓人阶层——的话，那么他的朋友却为数众多：他们就是人民。

人民热爱左拉，因为所有的寡头势力都憎恨他：在民众看来，这种憎恨就是一块可靠的试金石。

人民热爱左拉，他是穷人的保护者，他是资产阶级的鄙视者，军国主义的敌人。

人民热爱他，因为《卢贡-马卡尔家族》的作者——尽管头脑里充斥着一些可疑的理论——创造了一部不可摧毁的作品，在这一部大著作里面，社会的丑恶和不公正因在其中被揭露而加速走向消亡。

人民热爱左拉，因为他拥护劳动阶级，反对有产阶级，拥护科学，反对教义，拥护现实，反对空想，拥护进步，反对蒙昧主义，拥护正义，反对不公正，拥护和平，反对战争，拥护社会主义，反对一切特权者，拥护幸福，反对绝望，拥护生命，反对死亡。

人民热爱左拉，因为把他看成一个跟自己一样的劳动者，一个文学的铁匠，他无休无止地打着他的铁砧，他是勤劳的工人，忠实于刻在他的梅塘的工作室墙壁上的格言：Nulla dies sine linea[①]。

人民热爱左拉，因为他是描写人民的第一人，矿工们在他的小说《萌芽》——莫里斯·多列士[②]最爱读的书之一——里看到了他们的贫困、他们的痛苦、他们的斗争。

人民热爱左拉，因为这位作家并不满足于用他在郊区走马观花地搜集到的俚语和生动的短语来装饰他的篇章：他的作品从头至尾都是贡献给工人阶级的，他说的是工人的语言——这是描绘真实和感动心灵的必要条件——一种比文人的语言更为丰富和有趣的语言……

这位文学队伍的领袖曾经是推倒围墙的思想号角。他把一个热爱进步和正义的法兰西呈现给世界……

在无产阶级革命的时代，(后代) 在向他致敬，他是不屈不挠的、以他的作品和行动与法国历史联系在一起的奋斗者，他是把硫磺和灰烬像雨点般地向资产阶级社会倾泻的、暴风雨的播种者，他是劳动的歌颂者，他的浩瀚的创作既是一首爱的颂歌，也是一篇控诉状，而他的一生则是他所写的全部作品之外的又一篇杰作。[③]

① 拉丁文：每天必写一行——原注。

② 莫里斯·多列士 (1900—1964)，1920年加入法共，1930年起任法共总书记直至去世，曾任政府副总理，著有《人民的儿子》等。

③ 弗雷维勒：《左拉：暴风雨的播种者》，社会出版社，巴黎，1952年，第157—159，160页。

附录一

重要文献

从左拉生前到去世至今，各国研究左拉的著作和论文不计其数。由于数量太多，因此本目录只从法、英、德、俄、意大利、西班牙、日、汉等主要语种中选择重要的专著，论文一般不予列入。

一 法语文献

Bus, François de: *Naturalisme ou réalisme*; *étude littéraire et philosophique sur l'oeuvre de M. Émile Zola*, Paris, Amyot, 1879.

Macrobe, Ambroise: *La flore pornographique*: *glossaire de l'école naturaliste*: *extrait des oeuvres de M. Émile Zola et de ses disciples*, Paris, Doublelzevir, 1883.

Maupassant, Guy de: *Emile Zola*, Paris, A. Quantin, 1883.

Desprez, Louis: *L'évolution naturaliste.*: *Gustave Flaubert. Les Goncourt. M. Alphonse Daudet. M. Émile Zola. Les poètes. Le théatre.*, Paris, Tress, 1884.

Brunetière, Ferdinand: *Le Roman naturaliste*, Paris,Calmann Lévy, 1892.

Toulouse, Edouard: *Emile Zola*, Paris, Société d'éditions scientifiques, 1896.

Albert, Charles: *Emile Zola*, Bruxelles, Belgique: Bibliothèque des Temps Nouveaux, 1898.

Alexis, Paul; Séverine; Labori, Fernand: *Livre d'hommage des lettres françaises à Émile Zola*, Paris, Société libre d'édition des gens de lettres , Bruxelles: G. Balat, 1898.

Le Blond, Maurice: *Émile Zola, son évolution, son influence*, Paris: Édition du Mouvement socialiste, 1903.

Hansen, Joseph: *Émile Zola, la portée morale et sociale de son oeuvre*: Luxembourg, Th. Schroell, 1903.

Massis, Henri: *Comment Émile Zola composait ses romans; d'après ses notes personnelles et inédites* Paris, E. Fasquelle, 1906.

Lepelletier, Edmond: *Émile Zola: sa vie, son oeuvre,* Paris, Mercure de France, 1908.

Barbier, Paul: *Zola*, Paris, P. Lethielleux, 1909.

Association Emile Zola: *Bulletin de l'Association Emile Zola, 1910—1912* (no. 1—7), Nevers: Imprimerie Nouvelle l'avenir, 1910—1912.

Deffoux, Léon: *Le groupe de Médan: Émile Zola, Guy de Maupassant, J.-K. Huysmans, Henri Céard, Léon Hennique, Paul Alexis*, Paris: Payot, 1920.

Baillot, Alexandre: *Émile Zola: l'homme, le penseur, le critique*, Paris, Soc.Franc. d'Impr. et de Libr, 1924.

Le Blond, Maurice: *Les projets littéraires d'Émile Zola au moment de sa mort, d'après des documents et manuscrits inédits*, Paris, Extrait dv Mercvre de France, 1927.

Kahn, Maurice: *Anatole France et Émile Zola*, Paris, Éditions Lemarget, 1927.

Huysmans, J. K.: *Emile Zola et l'Assomoir*, Paris, Cres, 1928—1934.

Mallarmé, Stéphane: *Dix-neuf Lettres de Stéphane Mallarmé à Emile Zola*, Paris, Bernard, 1929.

Le Blond-Zola, Denise *Émile Zola raconté par sa fille*, Paris, Fasquelle, ©1931.

Barbusse, Henri: *Zola*,Paris, Gallimard, 1932.

Biencourt, Marius: *Une influence du naturalisme français en Amérique: Frank Norris*, Paris, Marcel Giard, 1933.

Romains, Jules: *Zola et son exemple; discours de Médan*, Paris, Flammarion, 1935.

Rewald, John: *Cézanne et Zola*, Paris, A. Sedrowski, 1936.

Auriant: *La véritable histoire de 《Nana》*, Paris, Mercure de France; Bruxelles, Éditions N.R.B. 1942.

Zévaès, Alexandre: *A la gloire de Zola*, Paris, Nouvelle Revue Critique, 1945.

Lanoux, Armand: *Bonjour monsieur Zola*, Paris, Hachette, 1952.

Fréville , Jean: *Zola: semeur d'orage*, Paris, Editions sociales, 1952.

Robert, Guy: *Emile Zola: principes et caratères généraux de son oeuvre*, Paris, Société d'Edition "Les Belles-Lettres", 1952.

Aragon, Louis: *La lumière de Stendhal. Prosper Mérimée, Heinrich von Kleist, Marceline Desbordes-Valmore, Jules de la Madelène, Émile Zola, Maurice Barrès*, Paris, Denoel, 1954.

Frandon, Ida-Marie: *Autour de 《Germinal》: la mine et les mineurs*, Genève: E. Droz, 1955.

Frandon, Ida-Marie: *La pensée politique d'Émile Zola*, Paris, Champion, 1959.

Guillemin, Henri: *Zola, légende et vérité?*, Paris, R. Julliard, 1960.

Lanoux, Armand; Mitterand, Henri: *Rougon-Macquart* d'Emile Zola, 5 tomes, collection "Pléiade", Edition Gallimard, 1960-1967.

Ternois, René: *Zola et son temps: 《Lourdes》, 《Rome》,《Paris》*, Paris: Société Les Belles Lettres, 1961.

Mitterand, Henri: *Zola journaliste: de l'affaire Manet à l'affaire Dreyfus*, Paris, Edition A.Colin, 1962.

Lanoux, Armand: *Bonjour monsieur Zola*, Paris, Librairie Hachette, 1962.

Mitterand, Henri; Vidal, Jean: *Album Zola, iconographie réunie et commenté par Henri Mitterand et Jean Vidal*, Paris, Gallimard, 1963.

Euvrard, Michel: *Emile Zola*, Paris, Editions Universitaires, 1967.

Mitterand, Henri: *Oeuvres complètes d'Emile Zola*, 15 tomes, Paris, Cercle du Livre Précieux, 1966—1969.

Ternois, René: *Zola et ses amis italiens: documents inédits*, Paris, Société les Belles Lettres, 1967.

Mitterand, Henri: *Émile Zola, journaliste: bibliographie chronologique et analytique. 1, 1859—1881*, en collaboration avec Halina, Suwala, Paris, Edition Les Belles Lettres, 1968.

Adhémar, Jean: *Zola*, Paris, Hachette, 1969.

Bakker, Bard H.: *Naturalisme pas mort; lettres inédites de Paul Alexis à Émile Zola, 1871—1900*, Toronto University of Toronto Press, 1971.

Bernard, Marc: *Zola par lui-même*, Paris, Éditions du Seuil, 1952, 1971.

Marel, Henri: *Germinal et le mouvement ouvrier en France*, Paris, Société littéraire des Amis d'Émile Zola, Fasquelle, 1972.

Becker Colette: *Zola et les critiques de notre temps*, Garnier-Flamarion,1973.

Vial, André Marc: *Germinal et le "Socialisme" de Zola*, Paris, Éditions sociales, 1975.

Lattre, Alain de: *Le Réalisme selon Zola*, P.U.F., 1975.

Bernard, Marc: *Zola*, Paris, Seuil, 1977.

Suwała, Halina: *Naissance d'une doctrine*: *formation des idées littéraires et esthétiques de Zola (1859—1865)*, Warszawa: Wydawn. Univ. warszawskiego, 1976 [erschienen] 1977.

Lejeune, Paule: *Germinal*: *un roman antipeuple*, Paris, A.-G. Nizet, 1978.

Emile-Zola, François; Massin: *Zola photographe*: *480 documents*, Paris, Denoel, 1979.

Becker, Colette: *Lettres de l'éditeur Georges Charpentier à Emile Zola*: *trente années d'amitié*: *1872—1902*, Paris, Presses universitaires de France, 1980.

Durin, Jacques: *Émile Zola, éducateur*, Lille, C.R.D.P., 1980.

Ripoll, Roger: *Réalité et mythe chez Zola*, Lille, Atelier Reproduction des thèses, Université de Lille Ⅲ, Paris, 1981.

Favre, Georges: *Musique et naturalisme*: *Alfred Bruneau et Emile Zola*, Paris, Pensée universelle, 1982.

Malinas, Y.: *Zola et les hérédités imaginaires*, Paris: Expansion scientifique française, 1985.

Gracq, Julien: *Proust considéré comme terminus*: *suivi de Stendhal*, *Balzac*, *Flaubert*, *Zola*, Bruxelles: Editions Complexe, 1986.

Henri Mitterand: *Zola et le naturalisme*, Paris, Presses Universitaires de France, 1986.

Mitterand, Henri: *Carnets d'enquêtes*: *une ethnographie inédite de la France de Émile Zola* Paris, Plon, 1986.

Mitterand, Henri: *Le Regard et le signe*, Paris, Presses Universitaires de France, 1987.

Mitterand, Henri: *Poétique du roman réaliste et naturaliste*, Paris, Presses Universitaires de France, 1987.

Mirbeau, Octave: *Sur la statue de Zola*, Caen, L'Échoppe, 1989.

Seassau, Claude: *Emile Zola, le réalisme symbolique*, Paris, Corti, 1989.

Mittérand, Henri: *Zola: l'histoire et la fiction*, Paris, Presses Univ. de France, 1990.

Troyat, Henri: *Zola*, Paris, Flammarion, 1992.

Assouline, Pierre: *Germinal: l'aventure d'un film*, Paris, Fayard, 1993.

Dubois, Jacques (docteur en philosophie et lettres): *L'Assommoir de Zola*, Paris, Belin, 1993.

Becker, Colette: *Les apprentissages de Zola: du poète romantique au romancier naturaliste, 1840—1867*, Paris, Presses universitaires de Frances, 1993.

Warren, Paul: *Zola et le cinéma*, Sainte-Foy Presses de l'Univ. Laval [u.a.] 1995.

Dezalay, Auguste: *Zola sans frontières: actes du colloque international de Strasbourg (mai 1994)*, Strasbourg, Presses universitaires de Strasbourg. 1996.

Fernandez, Dominique: *Le musée d'Emile Zola: haines et passions*, Paris, Stock, 1997.

Thorel-Cailleteau, Sylvie; Ulbach, Louis: *Zola*, Paris, Presses de l'Univ. de Paris-Sorbonne, 1998.

Delamotte, Isabelle: *La médecine, le malade et le médecin dans l'œuvre de Zola*, Villeneuve d'Ascq, Cedex, France, Presses Universitaires du Septentrion, 1998.

Tillier, Bertrand: *Cochon de Zola, ou, Les infortunes caricaturales d'un écrivain engagé; suivi d'un Dictionnaire des caricaturistes*, Paris, Séguier, Biarritz, Atlantica, 1998.

Mitterand, Henri: *Zola*, Paris, Fayard, 1999, 2001.

Robert, Frédéric: *Zola en chansons, en poésies et en musique*, Sprimont, Mardaga, 2001.

Bloy, Léon; Glaudes, Pierre: *Les funérailles du naturalisme*, Paris, Les Belles lettres, 2001.

Le testament de Zola: Les Évangiles et la religion de l'humanité au tournant du XXe siècle.

著者: Jacques Pelletier.

Québec, Québec: Nota Bene, ©2001.

Huysmans, J-K: *Zola*, Paris, Bartillat, 2002.

Bedel, Jean: *Zola assassiné*, Paris, Flammarion, 2002.

Mittérand, Henri: *Passion Émile Zola: les délires de la vérité*, Paris Textuel 2002.

Becker, Colette; Mitterand, Henri: *La naissance du naturalisme: 1868—1870*, Paris, Nouveau Monde Édition, 2003.

Fougère, Marie-Ange: *Le scandale de l'Assommoir (1877—1879)*, Paris, Nouveau Monde Edition, 2003.

Guermès, Sophie: *La religion de Zola: naturalisme et déchristianisation*, Paris, H. Champion, 2003.

Mourad, François-Marie: *Zola, critique littéraire*, Paris, Champion, 2003.

Beatrice, Laville: *Champ littéraire de fin siècle autour de Zola*, Presses Universitaire de Bordeau, 2004.

Moens, Julie: *Zola l'imposteur: Zola et la Commune de Paris*, Bruxelles, Editions Aden, 2004.

Dousteyssier-Khoze, Catherine: *Zola et la littérature naturaliste en parodies*, Éditeur, Cazaubon, Eurédit, 2004.

Branger, Jean-Christophe; Ramaut, Alban: *Le naturalisme sur la scène lyrique*, Saint-Etienne, Publications de l'Université de Saint-Etienne, 2004.

Lefebvre-Filleau, Jean-Paul: *On a assassiné Zola!: la piste normande*, Luneray, Bertout, 2005.

Gural, Anna; Hoyt, Carolyn: *Zola et le texte naturaliste en Europe et aux Amériques: généricité, intertextualité et influences*, Lewiston, Edwin Mellen Press, 2006.

Steinhauser, Beate: *Les "natures mortes" dans Le Ventre de Paris d'Émile Zola: lieux de rencontre entre littérature et peinture*, Éditeur, Frankfurt am Main; New York, P. Lang, 2006.

Bellalou, Gael: *Regards sur la femme dans l'oeuvre d'Émile Zola: ses représentations du livre à l'écran*, Toulon, Presses du Midi, 2006.

Kellner, Sven: *Emile Zola et Paul Cézanne: deux artistes, deux tempéraments*, Paris, Publibook.com, 2007.

Marin, Mihaela: *Le livre enterré: Zola et la hantise de l'archaique*, Éditeur, Grenoble, ELLUG, Université Stendhal, 2007.

Lefebvre-Filleau, Jean-Paul: *Zola et l'affaire Dreyfus: l'histoire d'un double crime*, Éditeur, Le Coudray-Macouard, Cheminements, 2007.

Cnockaert, Véronique: *Émile Zola: mémoire et sensations*, Éditeur, Montréal, XYZ éditeur, 2008.

Mbarga, Christian: *Emile Zola, les femmes de pouvoir dans les Rougon-Macquart*, Éditeur, Paris, Harmattan, 2008.

Mitterand, Henri; Pagès, Alain: *De l'affaire aux Quatre Évangiles (1897—1901)*, Paris, Nouveau Monde Édition, 2008.

Pagès, Alain: *Emile Zola—De J'accuse au Panthéon*, Lucien souny, 2008.

Mitterand, Henri: *Zola tel qu'en lui-même*, Paris, Presses universitaires de France, 2009.

二 英语文献

Moore, George: *Zola at work*, London, Remington and co., 1881.

Lang, Andrew; Darlington, F. G.: *Émile Zola*, New York, Fortnightly Review, 1882.

Chalmers, Edward Wharton: *Pot-bouille (Piping hot) a realistic novel*, Chicago, Laird & Lee, 1888.

Great Britain, Parliament, House of Commons (Great Britain): *Pernicious literature: debate in the House of Commons: trial and conviction for sale of Zola's novels. With opinions of the press*, London, National Vigilance Association, 1889.

Maurey, Max: *Money (L'argent) a realistic novel*, Chicago, Laird & Lee, 1891.

Sherard, Robert Harborough: *Emile Zola; a biographical and critical study*, London, Chatto & Windus, 1893.

Burrows, Herbert: *Zola*, London, S. Sonnenschein, 1899.

Vizetelly, Ernest Alfred: *With Zola in England*, London, Chatto & Windus, 1899.

Mac Donald, Arthur: *Emile Zola: A study of his personality, with illustrations*, Washington, District of Columbia, 1899.

Hirsch, Emil Gustav: *Émile Zola*, Chicago, Bloch & Newman, 1902.

Vizetelly, Ernest Alfred:*Émile Zola, novelist and reformer: an account of his life & work*, London, New York, J. Lane, the Bodley Head, 1904.

Patterson, J. G.: *A Zola dictionary; the characters of the Rougon-Macquart novels of Emile Zola*, London, G. Routledge; New York, Dutton, 1912.

Josephson, Matthew: *Zola and his time; the history of his martial career in letters, with an account of his circle of friends, his remarkable enemies, cyclopean labors, public campaigns, trials, and ultimate glorification*, New York, Macaulay Co., 1928.

Luter, W.H.: *German, Criticism of Zola 1875—1893*, New york, Columbia Univ. Press, 1931.

Decker, Clarence Raymond: *Zola's literairy reputation in England*, New York, Modern Language Association of America, 1934.

Salvan , Albert Jacques: *Zola aux États-Unis*, Providence, R.I., Brown University, 1943.

James, Henry: *Emile Zola*, in James, Henry: *The Art of Fiction and Other Essays* , New York, Oxford University Press, 1948.

Gumbiner, Joseph H: *Emile Zola: defender of justice*, Cincinnati, U.A.H.C., 1948.

Lloyd, Everett Thomas: *The evolution of the attitude in the United States toward Émile Zola*, New York, New York University, 1949.

Wilson, Angus: *Émile Zola, an introductory study of his novels*,New York, Morrow, 1952.

Hemmings, F. W.J.: *Émile Zola*, Oxford, Clarendon Press, 1953.

Franklin, Benjamin; Hudson, J.: *Zola and Schopenhauer: the affinity of some aspects of their thought as reflected in the Rougon-Macquart series*, Ann Arbor, University of Michigan, 1958.

Grant, Richard B.: *Zola's Son Excellence Eugène Rougon; an historical and critical study*, Durham, N.C., Duke University Press, 1960.

Grant, Elliott Mansfield: *Zola's Germinal, a critical and historical study*, Leicester, Eng. Leicester University Press, 1962.

Kanes, Martin: *Zola's La bete humaine: a study in literary creation*, Berkeley, University of California Press, 1962.

Carter, Lawson A.: *Zola and the theater*, New Haven, Yale University Press, 1963.

Lapp, John C: *Zola before the Rougon-Macquart*, Toronto, University of Toronto Press, 1964.

Friedman, Lee M: *Zola & the Dreyfus case: his defense of liberty and its enduring significance*, New York, Haskell House, 1966.

Grant, Elliott Mansfield: *Emile Zola*, New York, Twayne Publishers, 1966.

Hemmings , Frederick William: *Emile Zola*, London & New York, Oxford Univ. Press, 1966.

Niess, Robert J.: *Zola, Cézanne, and Manet: a study of L'oeuvre*, Ann Arbor, University of Michigan Press, 1968.

Walker, Philip D.: *Émile Zola*, New York, Humanities Press, 1968, 1969.

Schor, Naomi: *Zola*, New Haven, Ct., Yale University, 1969.

Schor, Naomi; JSTOR (Organization): *Zola*, New Haven, Yale French Studies, 1969.

Zakarian, Richard H.: *Zola's 《Germinal》, a critical study of its primary sources*, Genève, Librairie Droz, 1972.

Bédé, Jean Albert: *Emile Zola*, New York, Columbia University Press, 1974.

Smethurst, Colin: *Emile Zola, 《Germinal》*, London, Edward Arnold, 1974.

Hewitt, Winston R.: *Through those living pillars. Man and nature in the works of Emile Zola*, he Hague, Mouton, 1974.

Welch, Carolyn Roberts: *Emile Zola's 《Germinal》: a critical commentary*, New York, N.Y., Monarch Press, 1974.

Burns, C. A.: *Emile Zola: art, science, politics*, Leeds, Maney, 1975.

Hemmings, F. W. J.: *The life and times of Emile Zola*, New York, Scribner, 1977.

King, Graham: *Garden of Zola: Emile Zola and his novels for English readers*, New York, Barnes & Noble Books, 1978.

Richardson, Joanna: *Zola*, New York , St. Martin's Press, 1978.

Schor, Naomi: *Zola's crowds*, Baltimore, Johns Hopkins University Press, 1978.

Nelson, Brian: *Zola and the bourgeoisie: a study of themes and techniques in les Rougon-Macquart*, Totowa, N.J.: Barnes & Noble, 1983.

Butler, Ronnie: *Zola, La terre*, London, Grant & Cutler, 1984.

Brown, Frederick: *Zola et Cézanne: the early years*, New York, Foundation for Cultural review, 1984.

Walker, Philip D.: *Germinal and Zola's philosophical and religious thought*, Amsterdam, Philadelphia, J. Benjamins Pub. Co., 1984.

Brady, Patrick: *Zola and naturalism*, Baton Rouge, Dept. of French & Italian, Louisiana State University, 1985.

Walker, Philip D.: *Zola*, London, Boston, Routledge & Kegan Paul, 1985.

Schehr, Lawrence R.: *Flaubert and sons: readings of Flaubert, Zola and Proust*, New York, Peter Lang, 1986.

Grignon, Claude: *Sociology of taste and the realist novel: representations of popular eating in E. Zola*, Chur, G & B/Harwood, 1986.

Schom, Alan: *Emile Zola: a biography*, New York, Holt, 1987.

Bell, David F.: *Models of power: politics and economics in Zola's Rougon-Macquart*, Lincoln, University of Nebraska Press, 1988.

Petrey, Sandy: *Realism and revolution: Balzac, Stendhal, Zola, and the performances of history*, Ithaca, N.Y.: Cornell University Press, 1988.

Marel, Henri: *Germinal: une documentation intégrale*, Glasgow: Univ.of Glasgow French and German Publ., 1989.

Furst, Lilian R.: *L'Assommoir: a working woman's life*, Boston, Twayne Publishers, 1990.

Nelson, Roy Jay: *Causality and narrative in French fiction from Zola to Robbe-Grillet*, Columbus, Ohio State University Press, 1990.

Berg, William J.: *The visual novel: Emile Zola and the art of his times*, University Park, Pa, Pennsylvania State University Press, 1992.

Brosman, Catharine Savage: *Nineteenth-century French fiction writers: naturalism and beyond, 1860—1900*, Detroit, Gale Research, 1992.

Burns, Colin; Morel, Chantal; Emile Zola Society.: *Emile Zola, 1893—1993: the completion of "The Rougon-Macquart" cycle & his first visit to London*, London, Emile Zola Society, 1993.

Mossman, Carol A.: *Politics and narratives of birth gynocolonization from Rousseau to Zola*, Cambridge, England; New York, NY, Cambridge University Press, 1993.

Evenhuis, Anthony John: *Messiah or antichrist?: a study of the messianic myth in the work of Zola*, Newark, University of Delaware Press; London, Associated University Presses, 1998.

Pagano, Tullio: *Experimental fictions: from Emile Zola's naturalism to Giovanni Verga's verism*, Madison, Fairleigh Dickinson University Press; London, Associated University Presses, 1999.

Shideler, Ross: *Questioning the father: from Darwin to Zola, Ibsen, Strindberg, and Hardy*, Stanford, CA: Stanford University Press, 1999.

Haavik, Kristof Haakon: *In mortal combat: the conflict of life and death in Zola's Rougon-Macquart*, Birmingham, Ala., Summa Publications, 2000.

Andersen, Wayne V.: *The youth of Cézanne and Zola: notoriety at its source art and literature in Paris*, Geneva, Boston, Editions Fabriart, 2003.

Gural, Anna: *L'écriture du féminin chez Zola et dans la fiction naturaliste = Writing the feminine in Zola and naturalist fiction*, Bern, P. Lang, 2003.

Sullivan, Simon D. A.: *Photographic history in the face of French literature: the case of Emile Zola*, Didcot, Tityrus Press, 2004.

Bloom, Harold: *Emile Zola*, Philadelphia, Chelsea House, 2004.

Bell, David F.: *Real time: accelerating narrative from Balzac to Zola*, Urbana, University of Illinois Press, 2004.

Thompson, Hannah: *Naturalism redressed: identity and clothing in the novels of Emile Zola*, Oxford, Legenda, 2004.

Duffy, Larry: *Le grand transit moderne: mobility, modernity and French naturalist fiction*, Amsterdam, Rodopi, 2005.

Gural, Anna; Singer, Robert: *Zola and film: essays in the art of adaptation*, Jefferson, N.C.: McFarland & Co., 2005.

Byrd, Alma W.: *The first generation reception of the novels of Emile Zola in Britain and America: an annotated bibliography of English language responses to his work, 1877—1902*, Lewiston, N.Y. , Edwin Mellen Press, 2006.

Hennessy, Susie: *The mother figure in Emile Zola's Les Rougon-Macquart: literary realism and the quest for the ideal mother*, Lewiston, N.Y. , Edwin Mellen Press, 2006.

Cummins, Anthony: *Émila Zola*, London, Hesperus, 2009.

三 德语文献

Welten, Oskar: *Zola-Abende bei Frau von S. Eine kritische Studie in Gesprachen*, Berlin, A.B. Auerbach, 1883.

Brink, Jan ten: *Emile Zola und seine Werke ...*, Brunswick, Schwetschke, 1887.

Burger, Emil: *Emile Zola: Alphonse Daudet, und andere naturalisten Frankreichs*, Dresden, E. Pierson, 1889.

Wohlfarth, Fritz: *Abende in Medan: eine Blütenlese von Erzählungen*, Grossenhain, Baumert & Ronge, 1890.

Wolff, Eugen: *Zola und die Grenzen von Poesie und Wissenschaft*, Kiel, Lipsius & Tischer, 1891.

Urien, Carlos María: *La débacle de Emilio Zola*, Buenos Aires, J. Peuser, 1892.

Diederich, Benno: *Emile Zola*, Leipzig, R. Voightlander, 1898.

Stranz, J.: *Franzosisches Recht über Pressbeleidigungen im Anschluss an den Prozess Zola. Ein Vortrag*, Berlin, Siemenroth & Troschel, 1898.

Conrad, M. G.: *Von Emile Zola bis Gerhart Hauptmann: Erinnerungen zur Geschichte der Moderne*, Leipzig, Hermann Seemann, 1902.

Conrad, M. G.: *Emile Zola*, Berlin, Bard, Marquardt, 1905.

Wiegler, Hans: *Geschichte und kritik der theorie des milieus bei Emile Zola ...*, Berlin, O. Schade, 1905.

Mann, Heinrich: *Macht und Mensch*, Munchen, K. Wolff, 1919.

Strasser, Charlot: *Emile Zola: Eine Wurdigung*, Zurich, Unionsbuchh, 1922.

Herrmann-Neisse, Max: *Emile Zola*, Berlin, Wochenschrift die Aktion (Franz Pfemfert), 1925.

Mayer, Jeannette: *Widerspruche in Zolas Experimentalromanen*, Belfort, Société générale d'imprimerie, 1927.

Stieler, Elisabeth: *Zolas Stellung zu Religion und Kirche*, Munster, Selbstverlag des Romanischen Seminars, 1934.

Krumbholz, Karl Wilhelm: *Emile Zolas Roman, "L'Œuvre" als Wortkunstwerk*, Munster, H. Poppinghaus, 1935.

Strempel, Horst: *Zeichnungen zu Germinal*, Dresden, Sacshenverlag, 1949.

Walter, Gerhard: *Émile Zola: Der Deuter d. Fin de Siècle*, Munchen, Hueber, 1959.

Mann, Heinrich: *Zola: essay*, Leipzig, Insel-Verlag, 1962.

Schmidt, Lieselotte: *Edouard Drumont—Emile Zola: Publizistik und Publizisten in der Dreyfus-Affare*, Berlin, Ernst-Reuter Gesellschaft, 1962.

Hamann, Richard &Hermand, Jost: *Naturalismus*, Berlin, Akademie-Vertage, 1968.

Munchour, Ursual: *Deutscher Naturalismus*, Berlin, Akademie-Vertage, 1968.

Cowen, Roy C.: *Naturalismus, Kommentar Zu einer Epoche*, Munich, Winkler, 1973.

Herrmann-Neisse, Max: *Dichter fur das revolutionare Proletariat 1 Emile Zola*, Berlin-Wilmersdorf Die Aktion, 1973.

Schmidt, Gunter: *Die literarische Rezeption des Darwinismus: das Problem d. Vererbung bei Émile Zola u. im Drama d. dt. Naturalismus*, Berlin, Akademie-Verlag, 1974.

Mahal, Giinther: *Naturalismus*, Munich, Fink, 1975.

Daus, Ronald: *Zola und der franzosische Naturalismus*, Stuttgart, Metzler, 1976.

Roth, Viktor: *Emile Zola um die Jahrhundertwende: Stationen eines kampferischen Lebenslaufs*, Nordlingen: F. Steinmeier, 1987.

Saltzer, Rolf: *Entwicklungslinien der deutschen Zola-Rezeption von den Anfangen bis zum Tode des Autors*, Berne, New York, Lang, 1989.

Hirdt, Willi: *Alkohol im französischen Naturalismus: der Kontext des Assommoir*, Bonn, Bouvier, 1991.

Vassevière, Jacques; Ader, Wolfgang: *Lekturehilfen Émile Zola 《Germinal》*, Stuttgart , Dresden, Klett-Verl. fur Wissen und Bildung; Paris, Nathan, 1992.

Seide, Adam: *Jeder, der an mir vorübergeht, ist ein Held (Emile Zola)*, Neu-Isenburg, Patio, 1993.

Hofmann, Werner: *Nana: eine Skandalfigur zwischen Mythos und Wirklichkeit*, Koln DuMont, 1999.

Hirdt, Willi: *Manet und Zola: zur Symbiose von Literatur und Kunst*, Tubingen, A. Francke, 2001.

Beci, Veronika: *Émile Zola*, Dusseldorf, Artemis & Winkler, 2002.

Kautenburger, Monika Dorothea: *Vom "roman experimental" zur "roman psychologique": Medizin und Psychologie in Romanen des ausgehenden 19. Jahrhunderts von Emile Zola bis zu Paul Bourget*, Frankfurt am Main; New York, P. Lang, 2003.

Schober, Rita: *Auf dem Prufstand: Zola—Houellebecq—Klemperer*, Berlin, Ed. Tranvía, Verl. Frey, 2003.

Spieker, Annika: *Der doppelte Blick: Photographie und Malerei in Emile Zolas Rougon-Macquart*, Éditeur: Heidelberg, Winter, 2008.

四 意大利语文献

Sanctis, Francesco De: *Zola e L'assommoir. Conferenza tenuta al Circolo filologico di Napoli il 15 giugno 1879*, Milano, ratelli Treves, editori, 1879.

Martucci, Giovanni: *Una fonte zoliana*, Pitigliano, Tipografia Editrice della Lente di Osvaldo Paggi, 1898.

Coop, Ernesto; Golisciani, Enrico: *Teresa Raquin: dal romanzo di E. Zola: dramma musicale in due atti divisi in tre quadri*, Milano, Edoardo Sonzogno editore, 14 via Pasquirolo, 1894.

Moderni, Pompeo: *Note critiche al Roma di E. Zola*, Roma, Enrico Voghera, 1896.

Squillace, Fausto: *Zola e Nordau. Appunti critici ed anticritici sulla teoria della degenerazione nella letteratura*, Napoli, Fortunio, 1897.

Martucci, Giovanni: *Una fonte zoliana*, Pitigliano, Tipografia Editrice della Lente di Osvaldo Paggi, 1898.

Tutino, Saverio: *La revoca della rivoluzione francese note giuridico-sociali sulla questione Dreyfus*, Éditeur: Roma, Tip. Partenopea f. lli Amoroso, 1898.

Johannis, Arturo Jehan De: *A proposito del libro di E. Zola 《Fecondità》*, Firenze, 1900.

Bianchi, Leonardo: *E. Zola. Conferenza commemorativa tenuta nella grande sala del R. Liceo V. Emmanuele*, Napoli, A. Trani, 1902.

Ricca, Vincenzo: *Emilio Zola e il romanzo sperimentale*, Catania, Giannotta, 1902.

Orano, Paolo: *Emilio Zola, 1841—1902*, Roma, 1902.

Ricca, Vincenzo: *Emilio Zola*, Milano, R. Sandron, 1910.

Carli, Antonio de: *En relisant Zola*, Éditeur: Torino Giovanni Chiantore, 1930.

Untersteiner, Gabriella: *《L'œuvre》di Émile Zola e i suoi rapporti con Cézanne. Indicazioni bibliografiche*, Milano, La Goliardica, 1957.

Cantoni, Edda: *Appunti sull'ideologia di Zola*, Torino, Bottega d'Erasmo, 1962.

Rosselli, Ferdinando: *Una polemica litteraria in Spagna: il romanzo naturalista*, Pisa Università di Pisa, 1963.

Pomilio, Mario: *Dal naturalismo al verismo*, Napoli, Libreria Liguori, 1963.

Paris, Renzo: *Interpretazioni di Zola*, Roma, Savelli, 1975.

Scolari, Ennio: *Arte e scienza nell'estetica di Emile Zola*, Reggio Emilia , Age

Grafica Editoriale, 1981.

Nicolosi, Francesco: *Verga tra De Sanctis e Zola*, Bologna, Pàtron Editore, 1986.

Ceserani, Remo: *La bestia umana di Emile Zola*, Torino, Loescher, 1989.

Menichelli, Gian Carlo; Cirillo, Valeria De Gregorio: *Il Terzo Zola*: *Emile Zola dopo i "Rougon-Macquart"*: *atti del convegno internazionale* (*Napoli-Salerno 27—30 maggio 1987*), Napoli, Istituto universitario orientale, 1990.

Drudi, Davide: *Sogni di spiriti esatti*: *percorsi nell'estetica del positivismo*: *Taine, Zola, Guyau*, Firenze, Alinea, 1990.

Schiffer, Daniel S.: *Il discredito dell'intellettuale*: *storia critica di una vocazione da Emile Zola a Václav Havel*, Carnago, Italia, SugarCo, 1992.

Pellini, Pierluigi: *L'oro e la carta*: *L'Argent di Zola, la "letteratura finanziaria" e la logica del naturalismo*, Fasano (Br-Italia) , Schena, 1996.

Pellini, Pierluigi: *Naturalismo e verismo*, Scandicci (Firenze), La nuova Italia, 1998.

Gallini, Clara: *Il miracolo e la sua prova*: *un etnologo a Lourdes*, Napoli, Liguori, 1998.

Ghidetti, Enrico: *L'ipotesi del realismo*: *storia e geografia del naturalismo italiano*, Éditeur: Milano, Sansoni, 2000.

Reim, Riccardo: *La Parigi di Zola*, Roma, Editori riuniti, 2001.

Basso, Isa Dardano: *Cronaca e invenzione in Zola*: *Son excellence Eugène Rougon*: *personaggi e modelli*, Roma, Edizioni di storia e letteratura, 2002.

Sestili, Massimo: *L'errore giudiziario*: *l'affaire Dreyfus, Zola e la stampa italiana*, Faenza, Mobydick, 2004.

Bianca, Luca Della: *Introduzione alla grandezza di Émile Zola*, Pesaro, Metauro, 2008.

五 西班牙语文献

Bazán, Emilia Pardo: *La cuestión palpitante. Con un prólogo de Clarín*, Madrid, Imprenta Central, 1883.

Urien, Carlos María: *La débacle de Emilio Zola*, Buenos Aires, J. Peuser, 1892.

Bazán, Abel: 《*Lourdes*》 *de Emilio Zola*: *crítica*, Córdoba, Impr. de Los Principios, 1895.

Gallegos, Miguel: *Emilio Zola y la evolución literaria*, México, Tipografía de I. Paz, 1899.

Lugones, Leopoldo: *Emilio Zola*, Buenos Aires, Ateneo, 1920.

Baeza, Ricardo: *Centenario de Emile Zola*: *1840—1902*, Buenos Aires: Publ. del Patronato Hispano-Argentino de Cultura, 1942.

Zévaès, Alexandre: *Emilio Zola*, México, Exportadora de Publicaciones Mexicanas, 1952.

Daniel Cruz Beltrán: *Emilio Zola*: *Naná*, México, D.F. , Fernandez, 1987.

Caudet, Francisco: *Zola, Galdós, Clarín*: *el naturalismo en Francia y España*, Madrid, Ediciones de la Universidad Autónoma de Madrid, 1995.

Ríos, Hermenegildo Giner de los: *Historia de un crimen*: *drama en tres actos y en prosa*: *escrito sobre el pensamiento del 《Teresa Raquin》 de Zola*, Madrid, Impr. de A.J. Alaria, 1881.

Busnach, W; Domínguez, Mariano Pina: *La taberna*: *melodrama en tres actos y ocho cuadros*, Madrid, Impr. de C. Rodríguez, 1883.

Oller, Narcís; Navarro, Felipe Benicio: *La mariposa*, Barcelona, Biblioteca "Arte y Letras", 1886.

Peña, José María Cabezón: *Emilio Zola y la influencia social de sus obras*; *reflexiones sobre el 《Doctor Pascal》 y 《Lourdes》... con un prólogo del doctor Celestino L. Pera ...*, Buenos Aires, J.A. Berra, 1894.

Troisi, Eugenio: *Zola naturalismo y decadentismo* (*polémica*), Córdoba, La Italia, 1898.

Lugones, Leopoldo: *Homenaje a la memoria de Emilio Zolá. Discurso de Leopoldo Lugones en el Teatro Victoria de Buenos Aires el miercoles 22 de octubre de 1902*, Buenos Aires, 1902.

Petit, Víctor Pérez: *Zola*: *conferencia dada en el Club"Vida Nueva"la noche del 24 de octubre de 1902, en homenaje a la memoria del eminente escritor*, Montevideo, Impr. Artística de Dornaleche y Reyes, 1902.

Castañeda, Francisco: *Emilio Zola*: *estudios de estética y de crítica*, Guatemala, Tip. Nacional, 1906.

Rivas, José Pablo: *Germinal*; *melodrama en siete actos y once cuadros*, Barcelona, Biblioteca "Teatro Mundial", 1915.

Mancisidor, José: *Zola, soñador y hombre*, México, D.F., Editorial Dialéctica,

1940.

Rovetta, Carlos: *Emilio Zola, la vida y la obra de quien más relieve tuvo en un momento de la conciencia humana*, Buenos Aires, Editorial Claridad, 1941.

Agosti, Héctor P.: *Emilio Zola: todas las inquietudes de una época, a través de una vida poderosa y fértil*, Buenos Aires, Atlántida, 1941.

Baeza, Ricardo: *Centenario de Emile Zola: 1840—1902*, Buenos Aires, Publ. del Patronato Hispano-Argentino de Cultura, 1942.

Petit, Víctor Pérez: *Las tres catedrales del naturalismo*, Montevideo, C. García y cía., 1943.

Josephson, Matthew; Barberá, Manuel: *Zola y su época, historia de su belicosa carrera literaria; con relación de sus amistades, sus notables enemigos, tenaces esfuerzos, campañas públicas, contrariedades y glorificación final*, Buenos Aires, Editorial Poseidón, 1945.

Franca, Mireille García de: *Zola y Rodin, dos formas de una misma idea*, La Habana Úcar, García y compañía, (impresores), 1946.

Miller, Stephen: *Del realismo/naturalismo al modernismo: Galdós, Zola, Revilla y Clarín (1870-1901)*, Las Palmas, Ediciones del Cabildo Insular de Gran Canaria , Servicio Insular de Cultura, 1993.

Caudet, Francisco: *Zola, Galdós, Clarín: el naturalismo en Francia y España*, Madrid: Ediciones de la Universidad Autónoma de Madrid, 1995.

Arjona, Encarnación Medina: *Zola y el caso Dreyfus: cartas desde España (1898—1899)*, Cadiz, Servicio de Publicaciones, Universidad de Cadiz, 1999.

Miguel, Concha Sanz: *Zola y Dreyfus: el poder de la palabra*, Barcelona, Ediciones Bellaterra, 2001.

Bonet, Laureano; Fuster, J aume: *El naturalismo*, Barcelona, Ediciones Península, 2002.

Arjona, Encarnación Medina: *Los combates de Zola, el "faiseur d'hommes": correspondencia iberoamericana dirigida a Émile Zola (1886—1902)*, Erie, Pa.: School of Humanities and Social Sciences, Penn State University, the Behrend College, 2004.

六 俄语文献

Tolstoy, Leo: *Zola, Dumas, Guy de Maupassant*, Paris, L. Chailley, 1896.

Bieliavskii, F.: *Staraia i novaia viera 《Lurd》, 《Rim》, i 《Parizh》E. Zolia*, S.-Peterburg, "TSentr" Tipo-lit.M. IA. Minkova, 1900.

Dynnik, Valentina Aleksandrovna: *Romantik naturalizma* (*È. Zola*), Moskva, Industrial'no-pedagogiceskij institut im. K. Libknechta, 1929.

Kleman, M. K.: *Emile Zola: sbornik statei*, Leningrad, Khudozh. lit-ra, 1934.

Derzhavin, Konst; Mehring, Franz; Lunacharsky, Anatoly Vasilievich: *Emile Zolia*, Leningrad, Izd. gos. Akademicheskogo teatra dramy, 1934.

Eikhengolts, M.: *Tvorcheskaia laboratoriia Zolia*, Moskva, Sov. Pisatel, 1940.

Kleman, M. K.; Reizov, B. G.:*Emile Zola, 1840—1940*, Leningrad, Khudozh. lit-ra, 1940.

Puzikov, A.: *Emile Zola: ocerk tvorcestva*, Moskva, Gos. izd-vo chudožestvennoj literatury, 1961.

Emelianikov, Sergei Pavlovich: *《Rugon-Makkary》E. Zolia*, Moskva, Khudozh lit-ra, 1965.

Puzikov, A.: *Zolia*, Moskva, Izd. TSK VIKSM "Molodaia gvardiia", 1969.

IAkimovich, Tat'iana Konstantinovna: *Molodoi Zolia: estetika i tvorchestvo*, Kiev: Izd-vo Kievskogo un-ta, 1971.

Kuchborskaia, Elizaveta Petrovna, *Realizm Emilia Zolia, 《Rugon-Makkary》 i problemy realisticheskogo iskusstva XIX veka vo Frantsii*, Moskva, Izd-vo Moskovskogo un-ta, 1973.

Lescinskaja, G. I.: *Emile Zolia: bibliograficeskij ukazatel' russkich perevodov i kriticeskoj literatury na russkom jazyke 1865—1974*, Moskva, Kniga, 1975.

Melik-Sarkisova, N.: *Kontseptsiia cheloveka i tvorcheskii metod E. Zolia*, Makhachkala: Dagestanskoe knizhnoe izd-vo, 1975.

Puzikov, A.: *Portrety frantsyzskikh pisatelei: zhizn Zolia*, Moskva: Khudozh. Lit-ra, 1976.

Kuchborskaia, Elizaveta Petrovna: *Emile Zolia — literaturnyi kritik: k istorii realisticheskogo romana vo Frantsii XIX veka*, Moskva: Izd-vo Moskovskogo universiteta, 1978.

Travuskin, Nikolaj Sergeevic: *Zerminal — mesiats vschodov: suddba romana E. Zolia*, Moskva, Kniga, 1979.

Vladimirova, M. M.; Balakhonov, V. E.: *Romannyi tsikl E. Zolia 《Rugon-Makkary》: khudozhestvennoe i ideĭno-filosofskoe edinstvo*, Saratov, Izd-vo

Saratovskogo universiteta, 1984.

IUlmetova, S. F.: *Novatorstvo Emilia Zolia: uchebnoe posobie*, Ufa, Bashkirskii gosudarstvennyi universitet, 1988.

Evdokimova, Ol'ga K, "*Zolaizm*" *i problema khudozhestvennogo metoda v russkoĭ literature 1880-kh godov: uchebnoe posobie*, Cheboksary, Chuvashskii gos. univ., 1997.

Studenko, T. S.: *Estetika impressionizma v tvorchestve E. Zolia*, Minsk, BGU, 2004.

七 其他西语文献

1. 波兰语文献

Nowakowski, Jan: *Spór o Zole w Polsce; z dziejów pozytywistycznej recepcji naturalizmu francuskiego*, Wrocław, Zakład Narodowego Im. Ossolinskich, 1951.

Dolatowska, Krystyna: *Pochodzenie rodziny Rougon-Macquartów*, Warszawa, Państwowy Instytut Wydawniczy, 1956.

Knysz-Rudzka, Danuta: *Od naturalizmu Zoli do prozy Zespołu "Przedmieście": (z dziejów tradycji naturalistycznej w wieku XX)*, Wrocław, Zakład Narodowy im. Ossolińskich, 1972.

Kulczycka-Saloni, Janina: *Literatura polska lat 1876—1902 a inspiracja Emila Zoli: studia*, Wrocław, Zakład Narodowy im. Ossolińskich, 1974.

2. 罗马尼亚语文献

Emile Zola Society: *Statutul Societatei Emile Zola*, Bucuresci, Tipografia Concurent□a Frat□ĭ Osias, M. Klein, 1902.

Braescu, Ion: *Emile Zola*, Bucuresti: Editura Albatros, 1982.

Pintecele Parisului

de Émile Zola; Sanda Oprescu

Roumain, Bucures□ti: Editura Romcart, 1993.

3. 荷兰语文献

Brink, Jan ten: *Emile Zola: letterkundige studie*, Nijmegen, Blomhert en Timmerman, 1879.

Lasserre, Henri: *Lourdes: Zola onder het mes!*, Groenloo, Banning, 1900.

Meester, J.de: *De menschenliefde in de werken van Zola; eene lezing*, Rotterdam, W. L. Brusse, 1903.

Buysse, Cyriel: *Émile Zola*, Haarlem: Tjeenk Willink, 1904.

Prick, Harry G.M.: *Bij drie brieven van Emile Zola*, Tilburg, H. Gianotten, 1955.

Adhémar, J.: *Zola*, Hasselt, Heideland-Orbis, cop. 1973.

Borghart, Pieter: *In het spoor van Emile Zola: de narratologische code(s) van het Europese naturalisme*, Gent, Academia Press, 2006.

八　日语文献

エミール·ゾラ原著, 堺利彦訳述「子孫繁昌の話　家庭夜話第1冊」（東京）内外出版協会, 1903。

エミール·ゾラ原著、堺利彦訳述「家庭夜話」（東京）内外出版協会, 1904。

エミール·ゾラ原著、堺利彦抄訳「労働問題」、（東京）春陽堂, 1904。

河内清著「エミール·ゾラ」（東京）世界評論社, 1949。

山田珠樹著「ゾラの生涯と作品」（東京）六興出版社, 1949。

河内清著「ゾラとフランス·レアリスム：自然主義形成の一考察」（東京）東京大学出版会, 1975。

稲葉三千男著「ドレフュス事件とゾラ：抵抗のジャーナリズム」青木書店, 1979。

尾崎和郎著「若きジャーナリスト　エミール·ゾラ」（東京）誠文堂新光社, 1982。

尾崎和郎著「ゾラ」（東京）清水書院, 1983。

ミッシェル·セール著、寺田光徳訳「火,そして霧の中の信号——ゾラ」（東京）法政大学出版局, 1988。

河内清著「ゾラと日本自然主義文学」（千葉県松戸市）梓出版社, 1990。

清水正和著「ゾラと世紀末」（東京）国書刊行会, 1992。

稲葉三千男著「ドレフュス事件とエミール·ゾラ：1897年」（東京）創風社, 1996。

稲葉三千男著「ドレフュス事件とエミール·ゾラ：告発」（東京）創風社, 1999。

アンリ·ミットラン著、佐藤正年訳「ゾラと自然主義」（東京）白水社, 1999。

加賀山孝子著「エミール·ゾラ断章」（東京）早美出版社, 2000。

宮下志朗、小倉孝誠編「いま、なぜゾラか：ゾラ入門」（東京）藤原書店, 2002。

新関公子著「セザンヌとゾラ：その芸術と友情」（東京）ブリュッケ、星雲社　（発壳), 2000。

宫下志朗、小倉孝誠編集「エミール·ゾラ没100年記念出版·ゾラ·セレクション」全11巻、藤原書店、2002。

宫下志朗、小倉孝誠編集「いま、なぜゾラが:ゾラ入門」(東京) 藤原書店、2002。

小倉孝誠, 宮下志朗編「ゾラの可能性:表象·科学·身体」(東京) 藤原書店, 2005。

九 汉语文献

专著:

陈晓兰:《文学中的巴黎与上海:以左拉和茅盾为例》, 广西师范大学出版社, 1963, 2006。

金满城:《左拉》, 黑龙江人民出版社, 1983。

丁子春:《左拉》, 辽宁人民出版社, 1988。

蒋承勇等:《欧美自然主义文学的现代阐释》, 复旦大学出版社, 2002。

高建为:《自然主义诗学及其在世界各国的传播和影响》, 江西教育出版社, 2004。

张冠华等:《西方自然主义与中国20世纪文学》, 中央编译出版社, 2007。

曾繁亭:《文学自然主义研究》, 中国社会科学出版社, 2008。

编著:

柳鸣九主编:《法国自然主义作品选》, 天津人民出版社, 1987。

柳鸣九主编:《自然主义》, 中国社会科学出版社, 1988。

柳鸣九主编:《自然主义大师左拉》, 上海文艺出版社, 1989。

朱雯等编选:《文学中的自然主义》, 上海文艺出版社, 1992。

谭立德编选:《法国作家、批评家论左拉》, 安徽文艺出版社, 1994。

吴岳添编译:《左拉文学书简》, 安徽文艺出版社, 1995。

吴岳添编选:《左拉短篇小说选》, 中国文联出版社, 2009。

论文:

陈独秀:《现代欧洲文艺史谭》(任建树主编:《陈独秀著作选编》第一卷, 上海人民出版社, 2009年, 第182—185页。)

茅 盾:《自然主义与中国现代小说》(《茅盾文集》, 第18卷, 人民文学出版社,

1989年，第235—243页）。

瞿秋白：《关于左拉》（《瞿秋白文集》第二卷，人民文学出版社，1954年，第1169—1192页）。

何孔鲁：《略谈左拉与自然主义文学》（《扬州师院学报》，1980年第4期）。

陆钦南：《自然主义和现实主义》（《淮阴师专学报》，1982年第4期）。

郑克鲁：《为正义而斗争的作家——左拉》（《法国文学论集》，漓江出版社，1982）。

金嗣峰：《左拉的自然主义理论与创作——兼论对〈小酒店〉的批评》（《社会科学战线》，1983年第2期）。

徐知免：《论左拉》（《法国研究》，1985年第2期）。

郑永慧：《〈娜娜〉，左拉对罪恶的资本主义制度的控诉书》（《法国研究》，1985年第3期）。

高建为：《左拉和自然主义》（《自修大学》，北京，1985年第7期）。

柳鸣九：《自然主义文学巨匠左拉》（柳鸣九主编：《自然主义》，中国社会科学出版社，1988）。

王秋荣、周颐：《左拉的自然主义与生理学》（《外国文学研究》，1988年第3期）。

柳鸣九：《关于左拉的评价问题（一）、（二）——对恩格斯关于现实主义与左拉论断的质疑》（《外国文学评论》，1989年第1期、第2期）。

陈　惇：《开拓者的功绩——左拉的〈小酒店〉》（《北京师大学报》（社会科学版，1989年第2期）。

高建为：《略论左拉的文艺观》（北京师大学报（社会科学版），1989年第2期）。

丁子春：《论左拉的文学功绩》（杭州大学学报（哲学社会科学版），1989年第2期）。

林青：《从左拉的写作看小说观念的演变》（《文艺研究》，1989年第6期）。

钱林森、苏文煜：《从发现中的误解到误解中的发现——左拉在中国》（《首都师范大学学报》，社会科学版，1991年第2期)。

高建为：《试论自然主义小说与其读者的审美差距》（《北京师范大学学报》，1991年第4期）。

柳鸣九：《重新评价自然主义》（柳鸣九：《理史集》，河北教育出版社，1998年，第234—244页）。

高建为：《狂欢精神的两个继承者——陀思妥耶夫斯基和左拉的小说艺术比较》

（《南开学报》，哲学社会科学版，2000年第1期）。

吴岳添：《全面理解恩格斯对左拉的评价》（《马克思主义美学研究》，第3辑，广西师范大学出版社，2000年4月）。

吴康茹：《从法国学界对左拉的阅读与阐释看左拉的经典化》（《首都师范大学学报社会科学版》，2006年第3期）。

曾繁亭：《自然主义文学之“决定论”辨释》（《文艺研究》，2007年第8期）。

曾繁亭：《“真实感”—— 重新解读左拉的自然主义文论》（《外国文学评论》，2009年第4期）。

郑克鲁：《左拉的文学批评》（《外国文学评论》，2010年第4期）。

译著：

（法）让·弗雷维勒：《左拉》（王道乾译，平明出版社，1955，新文艺出版社，1956）。

（英）利里安·R.弗斯特等：《自然主义》（任庆平译，昆仑出版社，1989年）。

（法）亨利·特洛亚：《正义作家左拉》（胡尧步译，世界知识出版社，1999年）。

（法）拉法格：《左拉的〈金钱〉》，（罗大冈译，载《拉法格文论集》，罗大冈译，人民文学出版社，1979年，第122—163页）。

（法）阿拉贡：《左拉的现实意义》（林秀清、盛澄华译，载《阿拉贡文艺论文选集》，盛澄华等译，人民文学出版社，1958年，第53—64页）。

（德）梅林：《埃米尔·左拉》（张玉书等译，载《梅林论文学》，人民文学出版社，1982年，第283—289页）。

（德）梅林：《今天的自然主义》（张玉书等译，载《梅林论文学》，人民文学出版社，1982年，第255—258页）。

（匈）卡契：《左拉诞生百年纪念》（黄星圻译，载《卢卡契文学论文集》中国社会科学出版社，第2卷，1981年，第416—429页）。

（苏）卢那察尔斯基：《论左拉》（陆人豪译，载《外国文学名家论名家》，智量编选，华东师范大学出版社，1985年，第69—75页）。

附录二 人名中外文对照及索引

附录三

书、报、刊名中外文对照及索引

法文部分:

Ferdinand Brunetière: *Le Roman naturaliste*, Paris,Calmann Lévy, 1892(费迪南·布吕纳介:《自然主义小说》, 巴黎, 卡尔芒·莱维出版社, 1892年)。

Henri Barbusse: *Zola*, Paris, Gallimard, 1932(亨利·巴比塞:《左拉》, 巴黎, 加里玛出版社, 1932年)。

Gustave Lanson: *Histoire de la Littérature française*(remaniée et complétée par Paul Tuffrau), Librairie Hachette, 1951(居斯塔夫·朗松:《法国文学史》保尔·杜夫洛增订, 阿歇特出版社, 巴黎, 1951年)。

Jean Freville: *Zola*: *semeur d'orage*, Editions sociales, Paris, 1952(让·弗雷维勒:《左拉: 暴风雨的播种者》, 社会出版社, 巴黎, 1952年)。

Armand Lanoux: *Bonjour monsieur Zola*, Hachette, 1952(阿尔芒·拉努:《您好, 左拉先生》, 阿歇特出版社, 1952年)。

Jules Vallès: *Littérature et Révolution*, Paris, Les Editeurs Français Réunis, 1969(于勒·瓦莱斯:《文学与革命》, 巴黎, 法国出版商联合出版社, 1969年)。

Marc Bernard: *Zola*, Paris, Seuil, 1977(马尔克·贝尔纳:《左拉》, 瑟伊出版社, 巴黎, 1977年)。

Armand Lanoux et Stellio Lorenzi: *Zola ou la Conscience humaine*, Atelier Marcel Jullian, 1978(阿尔芒·拉努和斯泰里奥·洛伦兹:《左拉或人类的良心》, 马塞尔·朱利安研究会, 1978年)。

Henri mitterand: *Zola et le naturalisme*, Presses universitaires de France, 1986(亨利·密特朗:《左拉和自然主义》, 法国大学出版社, 1986年)。

Auguste Dezalay: *Zola sans frontières*: *actes du colloque international de Strasbourg* (*mai 1994*) Strasbourg: Presses universitaires de Strasbourg, 1996

（奥古斯特·德扎雷：《没有国界的左拉：斯特拉斯堡国际讨论会，1994年4月》，斯特拉斯堡大学出版社，1996年）。

Béatrice Laville: *Champ littéraire de fin siècle autour de Zola*, Presses Universitaires de Bordeau, 2004（贝亚特里斯·拉维勒：《世纪末关于左拉的文学》，波尔多大学出版社，2004年）。

Alain Pagès: *Emile Zola—De J'accuse au Panthéon*, Lucien souny, 2008。（阿兰·帕瑞斯：《埃米尔·左拉——从〈我控诉〉到先贤祠》，吕西安·苏尼出版社，2008年）。

Henri Mitterand: *Zola tel qu'en lui-même*, Presses universitaires de France, 2009（亨利·密特朗：《真实的左拉》，法国大学出版社，2009年）。

中文部分：

《阿拉贡文艺论文选集》，盛澄华等译，人民文学出版社，1958年。

《马克思、恩格斯、列宁、斯大林论文艺》，人民文学出版社，1959年。

《拉法格文论集》，罗大冈译，人民文学出版社，1962年。

外国文学研究资料丛刊编辑委员会编：《卢卡契文学论文集》，中国社会科学出版社，第1卷，1980年，第2卷，1981年。

外国文学研究资料丛刊编辑委员会编：《欧美古典主义作家论现实主义和浪漫主义》（二），中国社会科学出版社，1981年。

朱庭光主编：《巴黎公社史》，中国社会科学出版社，1982年。

《梅林论文学》，张玉书、韩耀成、高中甫译，人民文学出版社，1982年。

鲁迅编，瞿秋白译：《海上述林》上卷，四川人民出版社，1983年。

中国社会科学院文学研究所文艺理论研究室：《法国作家论文学》，王忠琪等译，三联书店，1984年。

M. 雅洪托娃等：《法国文学简史》，郭家申译，辽宁教育出版社，1986年。

柳鸣九主编：《自然主义》，中国社会科学出版社，1988年。

丁子春：《左拉》，辽宁人民出版社，1988年。

（英）利里安·R.弗斯特等：《自然主义》，任庆平译，昆仑出版社，1989年。

丁子春：《法国小说与思潮流派》，团结出版社，1991年。

朱雯等编选：《文学中的自然主义》，上海文艺出版社，1992年。

谭立德编选：《法国作家、批评家论左拉》，安徽文艺出版社，1994年。

江伙生、肖厚德:《法国小说论》,武汉大学出版社,1994年。

钱林森:《法国作家与中国》,福建教育出版社,1995年。

《左拉文学书简》,吴岳添译,安徽文艺出版社,1995年。

米歇尔·莱蒙:《法国现代小说史》,徐知免、杨剑译,上海译文出版社,1995年。

柳鸣九主编:《自然主义经典小说选》,北岳文艺出版社,1995年。

(法)皮埃尔·布吕奈尔等:《19世纪法国文学史》,郑克鲁等译,上海人民出版社,1997

黎跃进、曾思艺主编:《外国文学争鸣评述》,广西师范大学出版社,1999年。

亨利·特洛亚:《正义作家左拉》,胡尧步译,世界知识出版社,1999年。

蒋承勇等:《欧美自然主义文学的现代阐释》,复旦大学出版社,2002年。

茅盾:《西洋文学通论》,复旦大学出版社,2004年。

吴岳添:《法国小说发展史》,浙江文艺出版社,2004年。

高建为:《自然主义诗学及其在世界各国的传播和影响》,江西教育出版社,2004年。

周平远:《文艺社会学史纲——中国20世纪文艺学主流形态研究》,中国大百科全书出版社,2005年。

沈石岩编著:《西班牙文学史》,北京大学出版社,2006年。

余匡复:《德国文学简史》,上海外语教育出版社,2006年。

叶渭渠、唐月梅:《日本文学简史》,上海外语教育出版社,2006年。

柳鸣九主编:《法国文学史》(三卷本),人民文学出版社,2007年。

吴岳添:《法国现当代左翼文学》,湘潭大学出版社,2007年。

张冠华等:《西方自然主义与中国20世纪文学》,中央编译出版社,2007年。

彭建华:《现代中国的法国文学接受——革新的时代、人、期刊、出版社》,中国书籍出版社,2008年。

曾繁亭:《文学自然主义研究》,中国社会科学出版社,2008年。